Dunkle Havel

Tim Pieper, geboren 1970 in Stade, studierte nach einer Weltreise Neuere und Ältere deutsche Literatur und Recht. Mit seiner Familie lebt er im Südwesten von Berlin, nur wenige Kilometer vor den Toren Potsdams. Er liebt es, die idyllische Landschaft Brandenburgs mit dem Fahrrad zu erkunden. Nach zwei historischen Krimis ist »Dunkle Havel« sein erster Gegenwartskrimi im Emons Verlag. www.timpieper.net

Dieses Buch ist ein Roman. Handlungen und Personen sind frei erfunden. Ähnlichkeiten mit lebenden oder toten Personen sind nicht gewollt und rein zufällig.

Für Steffi und Moritz

Prolog

Baumblütenfest in Werder, 2. Mai 1998

Als von der Marktplatzbühne das Lied »Am Fenster« von der Rockgruppe City herüberschallte, griff Toni nach Sofies Hand und tanzte mit ihr ausgelassen in der Nähe des letzten Ausschanks, an dem noch alkoholische Getränke verkauft wurden. Von der aufkommenden Kühle ließ sich der Zweiundzwanzigjährige die Laune nicht verderben. Seit langer Zeit war es ihr erster freier Abend, und er wollte ihn auskosten. Während er seine Frau herumwirbelte, legte er den Kopf in den Nacken und blickte in den Nachthimmel. Das Tiefdruckgebiet »Yolly« hatte am Nachmittag einige Schauer gebracht. Mittlerweile war die Wolkendecke wieder aufgerissen, und die Sterne funkelten. Vorerst würde es trocken bleiben.

»Warte mal«, sagte Toni und griff nach dem Becher mit Sauerkirschwein, den er zwischen zwei Pfützen abgestellt hatte. Während er durstig trank, bemerkte er, dass einige Männer Sofie anstarrten. Besonders der Blick eines ungefähr sechzigjährigen Schnurrbartträgers mit Hornbrille und weichen weißen Haaren hatte sich an ihr festgesaugt.

Toni hatte sich damit abgefunden, dass sie Aufmerksamkeit erregte. Auch ohne es zu wollen, übte sie eine große erotische Anziehungskraft aus. Zudem kleidete sie sich speziell. Heute trug sie einen grünen Sari, ein traditionelles indisches Gewand, das ihre langen roten Haare, die funkelnden Katzenaugen und ihre nackten, sommersprossigen Schultern betonte. Während sie barfuß auf der Stelle tanzte, klapperten zahlreiche Silberreifen an ihren Hand- und Fußgelenken.

»Bist du etwa eifersüchtig?«, fragte sie. Anscheinend waren ihr die verlangenden Blicke auch aufgefallen.

»Da muss ich erst meinen Anwalt fragen«, erwiderte Toni.

»Scherzkeks«, sagte sie lachend und hauchte ihm einen Kuss

auf den Hals, der ihm durch Mark und Bein ging. Dann wiegte sie sich aufreizend in den Hüften und sang den Liedtext mit: »... Flieg ich durch die Welt ... Flieg ich durch die Welt ... Flieg ich durch die Welt ...«

Toni betrachtete sie stolz. Natürlich war sie heute besonders sexy, vielleicht sogar ein wenig provokant, aber das gefiel ihm besser als die Schwere, die sie in letzter Zeit in immer kürzeren Abständen befallen hatte.

Im Januar waren sie von einer zweieinhalbjährigen Weltreise heimgekehrt. An einem tristen Berliner Winterabend hatte sie ihm unter Tränen gestanden, dass es sie frustriere, dass sich während ihrer Abwesenheit nichts geändert habe. Ihre Familie und ihre Freunde würden in alten Denk- und Verhaltensmustern stagnieren. Sie habe das Gefühl, Quantensprünge gemacht zu haben, und daheim habe sich nichts verändert. Das sei einfach nur todtraurig, hatte sie gesagt.

Toni konnte sie gut verstehen. Ihm ging es ähnlich. Auch er wäre lieber in ihrer Strandhütte im indischen Bundesstaat Goa geblieben, wo ihr gemeinsamer Sohn Aroon zur Welt gekommen war, aber sie hatten sich entschlossen, dem Jungen mehr Sicherheit zu bieten. Sie trugen nun Verantwortung. Aus diesem Grund hatten sie den VW-Bus gepackt und waren viele tausend Kilometer in die alte Heimat gefahren.

In Berlin hatten sie alles unternommen, um sich eine geordnete Existenz aufzubauen. Sie hatten eine kindgerechte Wohnung gemietet, sie hatten sich an der Freien Uni eingeschrieben und sich standesamtlich trauen lassen. Sofie wurde finanziell von ihren Eltern unterstützt, und Toni verdiente mit einem Cateringjob ordentlich. Es fühlte sich gut an, wenn er am Abend zu seiner Familie heimkehrte, aber in letzter Zeit hatte er manchmal das Gefühl gehabt, dass dieses kleine Glück Sofie nicht reichen würde, dass *er* ihr nicht reichen würde. Insgeheim hatte er sich gefragt, ob sie eine Affäre hatte.

Plötzlich tauchte der Schnurrbartträger mit den weichen weißen Haaren an Sofies Seite auf und lud sie zu einem Getränk ein. Das ging zu weit. In solchen Situationen verstand Toni keinen

Spaß. Er wollte sich schon vor Sofie stellen, als sie sich mit einem koketten Lächeln umdrehte und sich so eng an ihn schmiegte, dass er ihre kleinen, festen Brüste spürte. Er musste den Kopf nach unten beugen, um sie flüstern zu hören: »Ich möchte mit dir schlafen.«

»Was, jetzt?« Mit einem kurzen Seitenblick prüfte Toni, ob der Schnurrbartträger etwas mitbekommen hatte, aber er entfernte sich bereits auf der Uferpromenade.

Toni war überrascht. Seit der Geburt ihres Sohnes vor einem Jahr waren sie nicht mehr intim gewesen. Zwar hatte er alles versucht, um sie zurückzuerobern, aber er hatte nur liebevolle, tröstende und zuletzt auch schroffe Zurückweisungen erfahren. Auf Dauer war das frustrierend gewesen.

Ihm war klar, dass es vermutlich klüger war, nicht sofort Feuer und Flamme zu sein, aber seitdem sie es das erste Mal getan hatten, war er süchtig nach ihrem kleinen roten Mund, nach ihren langen, schlanken Gliedmaßen und nach ihrem unverwechselbaren Geruch.

»Sollen wir zum Parkplatz gehen?«, fragte er rau. »Im Bus hätten wir genügend Platz.«

»So lange kann ich nicht warten«, erwiderte sie. »Lass uns sofort etwas suchen.«

»Also los«, sagte er und zog sie mit sich. Sofie wollte ihn wieder, und das erregte ihn nicht nur, sondern machte ihn auch froh. Wie weggeblasen war die Müdigkeit wegen ihres Sohnes, der noch nie durchgeschlafen hatte und heute zum ersten Mal bei den Großeltern nächtigte. Mit seiner wunderschönen Frau im Arm, mit dem breiten Ledergürtel um die Hüfte und den schweren Beatstiefeln an den Füßen schritt er weit aus und fühlte sich wie der lässigste Familienvater der Welt.

Rechts von ihnen ragte das Schilf in den Nachthimmel, und dahinter floss die dunkle Havel vorüber. Auf einer Bank saßen drei Gestalten. Die Männer verstummten. Vermutlich fühlten sie sich ertappt. Die Rote Armee Fraktion hatte gerade ihre Auflösung bekannt gegeben. Aber für Terroristen sind sie noch zu jung, dachte Toni. Einige Wochen später sollte er versuchen, ihre Gesichter zu zeichnen, aber er hatte nicht richtig hingeschaut. Im Moment stand ihm der Sinn nach etwas anderem.

»Das Gras ist feucht«, sagte er, »aber wir haben unsere Regenponchos und die Wolldecken dabei. Daraus können wir uns ein Lager bauen.«

»Mein Experte«, sagte Sofie lächelnd und schmiegte sich enger an ihn. Sie schlang ihren Arm um seine Hüfte und ließ beiläufig ihre Finger in seiner vorderen Hosentasche verschwinden. »Ich hab dich vermisst.«

»Und ich dich erst mal«, erwiderte Toni und schluckte hart.

Beim Baumblütenfest war es Sitte, Campingstühle oder Decken mitzubringen, um sich in den Stadtgärten niederzulassen und von den hausgemachten Weinen zu kosten. Toni dankte dem Herrgott, dass er den Rucksack am Morgen gewissenhaft gepackt hatte. Direkt am Havelufer, zwischen einer kleinen Baumgruppe, Schilfgras und einem hölzernen Bootssteg, fanden sie einen geeigneten Platz. In großer Eile bereitete er alles vor, bis sie sich hinlegen und zudecken konnten.

Toni drehte sich auf die Seite, und Sofie rutschte mit dem Hintern an ihn heran. Irgendwo in der Nähe erklangen Stimmen, aber der Sinn der Worte entging ihm völlig. Er konnte sich nicht erinnern, wann er zuletzt so kopflos gewesen war. Immer wieder küsste er ihren Nacken, ließ seine Hände über ihren Leib gleiten, saugte ihren Geruch auf und drängte sich an sie. Irgendwann konnte er nicht länger warten. Unter der Decke schob er ihren Sari hoch, öffnete die Knopfleiste seiner Jeans und drang in sie ein. Sie fanden schnell in einen Rhythmus.

»Warte noch«, sagte sie. »Ich möchte dich spüren.«

»Sch, sch, sch«, machte Toni hektisch. »Hast du irgendwo die Notbremse gesehen?«

So sehr er auch die Augen verdrehte, so sehr er auch mit den Zähnen knirschte und die Zehen abspreizte – das Gefühl war überwältigend. Er konnte die aufgestaute Lust keine Sekunde länger bändigen. In immer kürzeren Wellen brandete sie an und nahm ihn mit. Mit einem Aufstöhnen packte er ihre Hüfte und ließ sich von seinem Verlangen fortreißen.

Kurz darauf lag er schwer atmend da. Er war selig, stolz und unglaublich befreit. Eine Zentnerlast war von ihm abgefallen. Zärtlich strich er über ihren schlanken Hals und über die Schultern, die kein Bildhauer schöner hätte modellieren können. Er war so entspannt, dass ihm beinahe entgangen wäre, wie sie lautlos weinte. Sogleich stützte er sich auf den Ellenbogen und griff ihr zart unters Kinn.

»Was ist?«, fragte er. »War ich zu heftig? Hab ich dir wehgetan?«

»Nein, nein«, erwiderte sie. »Es war schön. Du warst so echt. Es ist nur ...«

»Was? Du kannst mir alles sagen. Das weißt du doch.«

»Ja, das weiß ich. Bitte rück ganz eng an mich ran.«

Toni legte seinen Arm um ihre Brust und drückte seine Nase in ihr duftendes Haar. Er kannte sie gut genug, um zu wissen, dass es jetzt nichts bringen würde, weiter nachzuforschen. Alles, was sie von sich preisgab, erzählte sie freiwillig oder gar nicht. Das war schon immer so gewesen und hatte ihn manchmal zur Weißglut gebracht. Momentan sah er jedoch keinen Grund, um sich Sorgen zu machen. Sie war zu ihm zurückgekehrt, und nur das zählte. Während er dem Geplätscher der Wellen und dem Motorengeräusch eines vorbeifahrenden Bootes lauschte, fielen ihm die Augen zu.

»Wo gehen wir hin, wenn das hier vorbei ist?«, fragte Sofie.

Toni riss die Augen auf. »Entschuldige – ich war kurz weg. Was hast du gesagt?«

»War nicht so wichtig.«

»Mach dir keine Sorgen. Alles wird sich einrenken. Unser Sohn wird bald durchschlafen. Dann können wir uns ausruhen und haben mehr Zeit für uns. In den Semesterferien fahren wir an die Ostsee. Und solange wir zusammen sind, wird alles gut. Hörst du? Alles wird gut.«

Er drückte sie enger an sich, küsste ihren Nacken und wollte noch etwas Kluges anfügen, aber müde von den Strapazen der vergangenen Woche, müde von dem schweren Obstwein und ermattet von der Lust stürzte er in wenigen Sekunden in einen tiefen, traumlosen Schlaf.

★★★

Als jemand an seinem Arm rüttelte, wusste er zunächst nicht, wo er sich befand. Er fror am ganzen Leib, seine Jeans war klamm, und er hustete heftig. Mühsam setzte er sich auf und rieb sich die Augen, bis er die mondbeschienene Flusslandschaft wiedererkannte. Das Schilf raschelte im Wind.

Über ihn beugte sich ein grauhaariges Paar im Partnerlook. Sie trugen pinkfarbene Poloshirts, helle Baumwollhosen und weiße Lederslipper.

»Vor einer halben Stunde ist eine Frau nackt ins Wasser gesprungen«, sagte der Mann. »Sie ist über den Bootssteg gegangen. Deshalb konnten wir sie von der Dachterrasse aus sehen. Doris hat gesagt, behalt die mal lieber im Auge, aber dann ist mein Schwager in die Duschtür gekracht, und wir haben ja noch den halben Tennisclub zu Hause. Jedenfalls ging alles drunter und drüber. Irgendwann sind wir wieder auf die Terrasse. Da ist uns die Frau wieder eingefallen, aber wir konnten sie nicht mehr entdecken. Jetzt machen wir uns Sorgen und wollten nachschauen, ob alles in Ordnung ist.«

Unter dem fragenden Blick des Paars dämmerte Toni allmählich, was dieser Redestrom zu bedeuten hatte.

»Kennen Sie die Frau?«, fragte der Mann. »Wissen Sie, was aus ihr geworden ist? In der Nacht geht man besser nicht schwimmen. Das muss sie doch wissen. Außerdem ist das Wasser viel zu kalt. Es hat noch keine zehn Grad.«

Toni sah auf die Stelle, wo Sofie gelegen hatte, aber sie war nicht mehr da. Schnell schloss er die Knopfleiste seiner Jeans und stemmte sich auf die Füße. »Sofie?«, fragte er und schaute sich nach allen Seiten um.

»Auf dem Grünstreifen ist sie nicht«, erwiderte der Mann. »Da hätten wir sie entdeckt, aber auf dem Bootsanleger liegen noch ...«

Toni schob das Paar zur Seite und sprang auf den hölzernen Steg, an dessen Ende sich ein verschattetes Bündel abzeichnete. Als er näher getreten war, identifizierte er Sofies grünen Sari, ihre Unterwäsche und die silbernen Arm- und Fußreifen. Außerdem war dort ihr Ehering, den sie eigentlich nie vom Finger zog.

An dem Steg waren zwei Ruderboote mit Eisenketten festgemacht. Die Havel floss grau wie flüssiges Blei vorüber. An einigen Stellen schimmerte das Wasser silbern, andere waren so schwarz wie dunkle Schlünde. Der Fluss war mehr als einen halben Kilometer breit. Am Ufer gegenüber hoben sich Baumkronen von dem heller werdenden Horizont ab. Nirgends war jemand zu entdecken.

»Sofie«, sagte Toni zuerst leise und schrie dann immer lauter: »Sofiee ... Sofieee ... Sofieeee!«

Seine Rufe gellten in die Nacht, aber eine Antwort blieb aus. Nur die Havel plätscherte leise gegen die Pfähle.

Sechzehn Jahre später

What can I say, she's walking away
From what we've seen
What can I do, still loving you
It's all a dream ...
How can we hang on to a dream?
How can it, will it be, the way it seems?
Tim Hardin, US-amerikanischer Musiker, 1941–1980

Es ist die Hoffnung, die den schiffbrüchigen Matrosen mitten im Meer veranlasst, loszuschwimmen, obwohl kein Land in Sicht ist.
Ovid, römischer Dichter, 43 v. Chr.–17. n. Chr.

1

Neustädter Havelbucht, Potsdam

Am Morgen des 26. April saß Toni Sanftleben an Deck seines Hausboots und schaute auf das Minarett des alten Dampfmaschinenhauses, das die ersten Sonnenstrahlen des Tages golden reflektierte. Einige Enten schwammen über die glatte Wasseroberfläche, und über die Eisenbahnbrücke rollte ein roter Regionalzug. Bei den Bootsnachbarn waren die Vorhänge zugezogen, auf der Uferpromenade ging ein Frühaufsteher mit einer Brötchentüte vorüber.

Auch mit achtunddreißig Jahren hatte Toni noch die dunklen Locken, die sich durch keine Bürste bändigen ließen. Er trug auch noch die Muschelkette, die ihm einst ein französischer Althippie am Strand von Goa geschenkt hatte. Und seine Füße steckten immer noch in braunen Lederstiefeln. Obwohl er sich rein äußerlich kaum von dem Globetrotter unterschied, der er einmal gewesen war, hatten ihn die letzten sechzehn Jahre zu einem anderen Menschen geformt.

Fest schloss er beide Hände um den dampfenden Becher, pustete auf die braune Brühe und trank von dem Rumkaffee, der stark und bitter schmeckte. In Sekundenschnelle flutete der Alkohol seine Adern. Endlich ließ die nervöse Unruhe seiner Beine nach, endlich konnte er die Füße lang ausstrecken und eine bequeme Sitzhaltung einnehmen. Schon mit dem zweiten und dritten Schluck wurden auch die Kopfschmerzen erträglicher.

In der Nacht, als Sofie verschwunden war, war zunächst die Freiwillige Feuerwehr Werder vor Ort gewesen. Von einem Boot aus hatten sie den Uferbereich und den Grund systematisch abgeleuchtet, aber ihre Suche war erfolglos geblieben. Nach Ablauf der Akutphase waren Polizeitaucher aus Potsdam eingetroffen, die sofort ihre Sauerstoffgeräte aufgesetzt hatten. Rettungsschwimmer der DLRG hatten im Seichtwasser eine

Suchkette gebildet. Bald hatte man auch die Rotorblätter eines Hubschraubers gehört, der, ausgerüstet mit einer Wärmebildkamera, über das Gebiet geflogen war. Hunde hatten an Sofies grünem Sari geschnüffelt und waren die Ufer hinuntergeführt worden. Alles Menschenmögliche war unternommen worden, bis der Einsatzleiter um siebzehn Uhr zu ihm gekommen war und ihm mitgeteilt hatte, dass die Suche eingestellt werden würde.

Toni war zu keiner Erwiderung fähig gewesen. Er hatte kaum glauben können, dass dies alles wirklich passiert war.

Noch am selben Abend war Sofie in INPOL, dem »Informationssystem der Polizei«, erfasst worden. Die Vermisstenstelle Berlin war für sie zuständig gewesen und hatte Schleusenwärter, Binnenhäfen, Frauenhäuser, Verkehrsbetriebe, Rettungsleitstellen, Taxibetriebe, Krankenhäuser und andere Pflegeeinrichtungen kontaktiert. Die zuständige Beamtin hatte schnell und gewissenhaft gearbeitet und war nach Ermittlung aller Umstände von einem Badeunfall oder einem Suizid ausgegangen. Sie hatte Toni ihr Beileid ausgesprochen und ihm gesagt, dass es manchmal geschehe, dass eine Wasserleiche verschwunden bliebe. Dann hatte sie sich dem nächsten Fall zugewandt.

Zwar war Toni mittlerweile in der Realität angekommen, aber das schnelle Aufgeben der Behörde hatte er nicht akzeptieren können. Zu viele andere Konstellationen waren denkbar gewesen. Vielleicht hatte Sofie – aus welchem Grund auch immer – den Badeunfall inszeniert. Vielleicht hatte sie sich halb erfroren ans Ufer gerettet, war von einem der Festbesucher entführt worden und hatte nun Schreckliches auszustehen. Regelmäßig hatte er bei der zuständigen Beamtin angerufen, aber er war immer eisiger abgewimmelt worden, was ihn sehr wütend gemacht hatte.

Er hatte Handzettel angefertigt und sie in Werder und in den umliegenden Dörfern verteilt. Er hatte einige Festbesucher ausfindig gemacht und sie befragt. Er hatte Freunde und Bekannte mobilisiert, war mit ihnen die Ufer abgeschritten und hatte Waldstücke durchkämmt. Vielleicht hatten Tiere ihren gestrandeten Leib fortgeschleppt. Bei allen regionalen Tageszeitungen, Radio- und Fernsehsendern hatte er vorgesprochen, aber er hatte bald gemerkt, dass die Redakteure keinen Suchaufruf veröffentlichen würden. Der Fall war ihnen zu aussichtslos gewesen. Auch sonst hatte die Unterstützung schnell nachgelassen.

Die Ungewissheit war das Schlimmste gewesen. Gefangen in einem Schwebezustand zwischen Hoffen und Bangen, zwischen Resignation und dem Verfolgen einer neuen Spur wäre es wohl immer so weitergegangen, wenn ihn sein Sohn Aroon nicht davor bewahrt hätte, den Verstand zu verlieren. Der Junge war noch zu klein gewesen, um das Verschwinden seiner Mutter zu begreifen. Er hatte ganz normale Bedürfnisse gehabt, die sein Vater hatte stillen müssen.

Toni hatte ihr Leben umgekrempelt. Glücklicherweise waren er und Sofie verheiratet gewesen, und ein verständnisvoller Richter hatte schnell festgestellt, dass die elterliche Sorge der Ehefrau geruht hatte. Toni hatte fortan alle Entscheidungen alleine treffen können. Außerdem hatte er ihnen ein gemeinsames Bankkonto eingerichtet, sodass er auch finanziell handlungsfähig geblieben war.

In jener ersten Phase hatten ihm seine Eltern und die Schwiegereltern viel geholfen, aber auch sie führten ihr eigenes Leben und hatten mit ihrem Schmerz zurechtkommen müssen, sodass der Alltag dominanter geworden war. Toni war kaum noch Zeit geblieben, um Suchmaßnahmen zu ergreifen. Deshalb hatte er eine Entscheidung getroffen. Niemand hätte wohl je gedacht, dass er Kriminalbeamter werden würde, aber die Bewerbung bei der Brandenburger Polizei war notwendig gewesen, um bei der Suche mehr Handlungsspielraum zu haben.

Alle Einstellungstests hatte er bestanden und 1999 das Studium an der Fachhochschule in Basdorf begonnen. Von 2002 bis 2004 war er bei der Landeseinsatzeinheit der Polizei (LESE) stationiert. Gleich seine erste Bewerbung bei der Fahndungskoordinierungsstelle in Eberswalde war erfolgreich gewesen. Hier waren alle Vermisstenfälle in Brandenburg bearbeitet worden.

Er hatte ein klares Ziel gehabt, er hatte Sofie finden wollen, und mit dieser Motivation war es ihm gelungen, sich mit dem

Behördenalltag zu arrangieren. Von einem wohlwollenden Vorgesetzten hatte er alles gelernt, was er hatte wissen müssen. Er war jedem noch so kleinen Hinweis nachgegangen. Letztendlich hatten sich jedoch alle als Sackgassen erwiesen.

Im Jahr 2008 hatte er beim BKA eine Ausbildung zum Fallanalytiker angefangen. Durch den Umgang mit der Datenbank ViCLAS hatte er sich neue Ansätze erhofft. Vielleicht hatte es einen Fall gegeben, in dem eine Frau auf ähnliche Weise verschwunden war.

Allerdings hatte sein Sohn große Anpassungsschwierigkeiten in Wiesbaden gehabt. Bei dem Jungen war schon im Vorschulalter eine Hochbegabung festgestellt worden, die eine spezielle Förderung nötig gemacht hatte. Außerdem hatten ihm seine Großeltern gefehlt, die wichtige Bezugspersonen für ihn geworden waren.

Toni hatte die Ausbildung zum Fallanalytiker abgebrochen und sich auf eine freie Stelle bei der Potsdamer Kriminalpolizei beworben. Aufgrund seiner Qualifikationen war er eingestellt und schnell zum Leiter eines Ermittlungsteams ernannt worden. In den folgenden Jahren hatte er sich mit Arbeit betäubt und so die Einsicht verdrängt, dass er die Suchmöglichkeiten nahezu ausgeschöpft hatte. Zwar hatte er sich als gründlicher Ermittler entpuppt, auch wies sein Team die beste Aufklärungsquote auf, aber diese Erfolge bedeuteten ihm nichts. Er zweifelte an sich und seinem Beruf. Immer häufiger saß er da und starrte vor sich hin.

Toni nahm einen Schluck von seinem Rumkaffee. Ein Kajütmotorboot lief gerade in die Neustädter Havelbucht ein. Der Bug teilte das Wasser, schäumte es auf und schickte es in kleinen Wellen Richtung Ufer.

Der Frühling hatte in diesem Jahr früher begonnen, überall blühte und grünte es bereits. Die Luft war erstaunlich warm. Ein erster Insektenschwarm wogte über die Wasseroberfläche.

Manchmal meinte Toni, dass er sich so lange mit der Suche nach Sofie beschäftigt hatte, dass er sich darüber selbst verloren hatte. Wenn sie nicht verschwunden wäre, hätte er einen völlig anderen Weg eingeschlagen. Vielleicht hätte er französische Romane übersetzt. Vielleicht wäre er Möbeltischler geworden. Schon als Kind hatte er gerne mit Holz gearbeitet. Er führte ein Leben, das nicht zu ihm passte. Was war überhaupt noch von ihm geblieben?

Als sein Smartphone eine unbekannte Nummer anzeigte, wurden seine Lippen schmal. Er gab sich die größte Mühe, die aufkommende Hoffnung zu ersticken und ganz normal zu reagieren. Vergeblich! Er konnte einfach nichts dagegen tun. In ihm erwachte der brennende Wunsch, Sofie möge am anderen Ende der Leitung sein und ihm endlich erklären, was damals geschehen war. Er klopfte sogar noch auf die Holzlehne seines Sonnenstuhls. Ein zwanghafter Tick, der seinen Wunsch Wirklichkeit werden lassen sollte und von dem er nicht lassen konnte.

Mit wummerndem Herzen drückte Toni auf die grüne Annahmetaste, hielt sich das Mobiltelefon ans Ohr und sagte: »Hallo?«

2

Nach Beendigung des Telefonats hinterließ Toni seinem Sohn eine Nachricht auf dem Kombüsentisch. Dann ging er über den stählernen Steg, den Uferweg und den Anwohnerparkplatz zu seinem Peugeot, der vor dem Hotel & Restaurant »Froschkasten« stand. Natürlich war nicht Sofie, sondern ein Kollege mit einer neuen Nummer in der Leitung gewesen, der ihn informiert hatte, dass in der Innenstadt eine Leiche gefunden worden war.

Toni hatte keine Lust, den Fall zu übernehmen. Er hatte Urlaub eingereicht und wollte zum ersten Mal seit sechzehn Jahren richtig verreisen. Mit seinem Sohn wollte er in die Bretagne fahren, Meeresfrüchte essen und zum Glénan-Archipel segeln. Vermutlich würde er die Ermittlungen ohnehin nicht beenden können, und mit Sicherheit hätte er sich rausreden können. Trotzdem trieb ihn etwas auf die Straße. Später sollte er nicht mehr wissen, was es gewesen war.

Toni stieg in den Wagen, steckte sich ein Pfefferminzbonbon in den Mund und fuhr los. Mit halbem Ohr lauschte er den Radionachrichten. Der deutsche Außenminister Steinmeier hatte seinen russischen Kollegen aufgefordert, sich für die Freilassung der in der Ukraine gefangenen OSZE-Mitarbeiter einzusetzen. In Werder würde heute das hundertfünfunddreißigste Baumblütenfest mit einem Umzug beginnen. Dunkle Erinnerungen wurden wach, und Toni verdrängte sie sofort.

In der Hegelallee fand er problemlos einen Parkplatz. Das Eckhaus zur Hermann-Elflein-Straße war mit Gerüsten eingedeckt, die auf umfassende Sanierungsarbeiten hindeuteten. Der Fußgängerweg und die halbe Straße waren mit hohen Gittern und rot-weißen Schranken abgesperrt. Dahinter befanden sich Dixie-Toiletten, Estrichbetonsäcke, leere Paletten, ein Stromkasten und ein dunkelblauer Bauschuttcontainer, um den sich mehrere Kollegen geschart hatten. Toni entdeckte Kriminaloberkommissarin Gesa Müsebeck, die zu seinem Ermittlungsteam gehörte.

Mit ihrer Kurzhaarfrisur, der schwarzen Jacke und den bequemen schwarzen Lederschnürschuhen sah Gesa aus wie die motivierte Pastorin einer kleinen Landgemeinde. Im Jahr 2008 hatte sie sich freiwillig nach Afghanistan gemeldet, um einheimische Polizistinnen auszubilden und die Position der Frau am Hindukusch zu stärken. Nach dem Besuch einer bewachten Mädchenschule, wo sie für einen »Girls' Day« im Ausbildungslager geworben hatte, war ihr Konvoi von Talibankriegern angegriffen worden. Mit einer Granatpistole hatte Gesa den Weg freigeschossen. Seitdem eilte ihr ein martialischer Ruf voraus, der ihren gesunden Pragmatismus nur unzutreffend beschrieb. Nach einer Zwischenstation im Kriminalkommissariat für Eigentums- und Vermögensdelikte war sie vor zwei Jahren zu Tonis Team gestoßen.

»Morgen«, sagte er. »Was gibt's?«

Gesa wedelte mit der Hand, so als wollte sie die Luft zwischen ihnen vertreiben. »Ist gestern wohl spät geworden, was?«

»Keine Sprüche heute. Ich will einen Lagebericht.«

»Etwas empfindlich, der Herr?«

»Das war mein Ernst!«

»Okay, okay. In seinem Personalausweis steht, dass er Klaus Hartwig heißt. Vierzig Jahre alt, kräftige Statur, ungefähr einen Meter neunzig groß. In seiner Brusttasche steckte das Foto einer rothaarigen Frau. Tatzeitpunkt: ungefähr drei Uhr morgens. Es sieht ganz so aus, als wäre er dort drüben erstochen, dann zum Bauschuttcontainer gezogen und hineingeschmissen worden.«

Toni merkte, wie der Berufsalltag seine Gedanken in vernünftige Bahnen lenkte. »Das Opfer muss schwer gewesen sein. Einen solchen Mann hebt man nicht einfach über den Kopf. Wie ist er da reingekommen?«

»Das nenne ich eine gute Frage. Der Täter hat ihn nämlich über eine breite Planke geschleift, die von den Bauarbeitern benutzt wird, um Schubkarren hochzuschieben und Schutt abzuladen. Hier, bitte sehr.«

Toni nahm den weißen Overall entgegen, steckte Arme und Beine hinein, schloss den Reißverschluss bis zur Kehle und zog die Kapuze über. Nachdem er in die Einweghandschuhe geschlüpft war, kletterte er hinter die Absperrung und fragte: »Wie ist die Spurenlage?«

»Einwandfrei. Soweit wir feststellen konnten, gab es keine Verfälschungen durch Unbefugte, Tiere oder die Witterung. Der Wetterbericht sagt, dass es trocken bleiben soll. Der Kriminaltechniker dürfte noch eine Weile brauchen. Soll ich vorsichtshalber Zelte anfordern?«

»Das wird nicht nötig sein. Die Seitenwände sind zu hoch, um im Vorbeigehen hineinzusehen. Wer hat den Toten entdeckt?«

»Ein Anwohner aus dem Mietshaus gegenüber. Sein Apartment liegt ganz oben. Auf dem Balkon hat er seine Morgenzigarette geraucht und hinuntergeschaut. Den Rest kannst du dir ja denken.«

»Na gut. Am besten befragst du jetzt die übrigen Anwohner, ob ihnen in der Nacht etwas aufgefallen ist. Danach klapperst du die umliegenden Kneipen ab. Wenn der Tote so spät noch unterwegs war, ist er vielleicht irgendwo eingekehrt. Außerdem sollen alle Passanten fotografiert werden. Wir treffen uns um zehn Uhr zur Lagebesprechung. Sag auch den anderen Bescheid. Also los.«

Toni wollte sich schon abwenden, als er am anderen Ende der Straße zwei orange Wagen der Müllabfuhr sah, die gerade mit einem hydraulischen Quietschen hielten. Mehrere Müllmänner in leuchtenden Overalls schwärmten aus und zerrten gelbe und schwarze Tonnen hinter sich her. Heute war Samstag, und Toni begriff, dass sich der Leerungstag wegen des Osterfestes um einen Tag verschoben hatte.

Es war keine Seltenheit, dass der Täter auf dem Fluchtweg sein Tatwerkzeug, die blutverschmierte Kleidung oder Teile der Beute wegschmiss. Mülltonnen waren dafür prädestiniert. In den Entsorgungsanlagen war schon vieles gelandet, was nie mehr aufgetaucht war.

»Gesa«, rief er. »Warte noch. Siehst du die Fahrzeuge da

hinten? Halt sie auf. Die Tonnen dürfen nicht geleert werden, solange wir den Inhalt nicht untersucht haben.«

»Mach ich«, erwiderte die Kollegin und rannte los.

Toni griff sich eine leere Palette und lehnte sie gegen den Bauschuttcontainer. Er stieg die provisorische Leiter hoch und erblickte den Kriminaltechniker, der dem Toten gerade eine Klebefolie auf das Sportsakko drückte, um Faserspuren zu sichern.

Der LKA-Beamte Christoph Roth galt als launisch und schweigsam. Er konnte ungemütlich werden, wenn er bei der Verrichtung seiner Arbeit mit Fragen behelligt wurde und Mutmaßungen anstellen sollte, die er später relativieren musste. Toni ließ ihn einfach gewähren und wandte sich dem Opfer zu.

Der Tod hatte die Solariumsbräune des breiten Gesichts fleckig und brüchig werden lassen. Es hatte den Anschein, als könnte die Haut abblättern. Sah er deshalb so verlebt aus? Oder hatte ihn sein Lebenswandel frühzeitig altern lassen? Das Sakko war an der Seite zerknautscht und leicht nach oben gerutscht. An seinem rechten, unbeschuhten Fuß trug er einen hellgrauen Socken, der im Fersenbereich schwarzen Dreck aufwies. Beide Beobachtungen stützten Gesas Vermutung. Wahrscheinlich hatte jemand den Mann unter den Achseln gepackt und hierhergeschleift. Er lag auf Schutt, der mit zerbrochenen Ziegelsteinen, leeren Softdrinkflaschen, Zigarettenstummeln und weißen Plastikbändern gespickt war. Toni holte sein Smartphone aus der Tasche und machte einige Fotos von dem Leichnam, der Auffindposition und dem Containerinhalt.

»Wo sind seine Sachen?«, fragte er.

»Na da«, erwiderte der Kriminaltechniker Christoph Roth. »Auf dem Gehweg. Das sieht doch ein Blinder mit Krückstock.«

»Christoph, es ist immer wieder eine Freude, mit dir zusammenzuarbeiten«, erwiderte Toni, kletterte hinab und legte die Palette zurück auf den Stapel.

Nachdem er sich zu der milchigen Plastikbox begeben hatte, nahm er den Deckel ab und untersuchte den Inhalt. In dem Portemonnaie steckten noch vierhundert Euro in Fünfzigerscheinen. Das Handy war ausgeschaltet. Neben dem Ehering lag eine Vorratspackung Kondome. Der Schlüsselanhänger stellte eine Krankenschwester aus Gummi dar, die mit einem offenherzigen Dekolleté und Strapsen bekleidet war. Von ihrem prallen Hintern baumelte ein Mazda-Schlüssel.

Schließlich hob Toni die transparente Tüte an, in der das Foto steckte. Als er es umdrehte und der Frau ins Gesicht blickte, stockte ihm der Atem. Für einen Moment stand die Welt still, kein Laut drang zu ihm durch. Auch wenn die katzengrünen Augen verweint waren, auch wenn sich die Flügel ihrer feinen Nase blähten, auch wenn sie ihre Lippen schürzte, konnte es keinen Zweifel geben. Er hatte ihr schönes Antlitz sofort wiedererkannt. Das war nicht die Ehefrau des Mordopfers, das war seine eigene Ehefrau, das war Sofie.

Er hatte keine Ahnung, wie lange er da hockte und auf die Aufnahme starrte. Erst als jemand seinen Namen rief, begriff er, dass er hier wegmusste. Schnell fotografierte er das Bild ab, legte es zusammen mit den anderen Sachen zurück und schloss den Deckel. In Rekordtempo riss er sich die Handschuhe und den Overall herunter. Als er losstürmte, stieß er beinahe mit der Staatsanwältin zusammen, die im Justizzentrum, nur ein paar hundert Meter entfernt, ihr Büro hatte und sich einen Eindruck vor Ort machen wollte.

»Toni«, sagte sie und blickte irritiert zur Plastikbox. »Wir müssen uns unterhalten.«

»Nicht jetzt«, erwiderte er, drängte sich vorbei und eilte davon.

»Toni«, rief die Staatsanwältin. »Es ist wichtig. Nun warten Sie doch.«

Als er in seinem Rücken ihre eleganten Stiefeletten hörte, beschleunigte er seine Schritte noch. Er erreichte seinen Wagen, sprang hinein und fuhr mit kreischenden Reifen los. In seinem Kopf hallte nur ein einziger Name wider:

Sofie, Sofie, Sofie!

3

Toni bog von der Jägerallee in die Gregor-Mendel-Straße ein. Diese fuhr er hoch, bis er das Lenkrad einschlug und am Bordstein hielt.

In der einsetzenden Stille merkte er, wie heftig sein Herz schlug. Hell gestrichene Häuser umgaben ihn, die geschmackvoll renoviert waren und in der Morgensonne erstrahlten. In den Vorgärten standen die Fliederbüsche in voller Blüte. Die Grundstücke wurden durch geschmiedete Zäune begrenzt. An den Garagentoren blitzten verchromte Gegensprechanlagen.

Toni griff sich an die Wange und stellte fest, dass seine Fingerspitzen nass waren. Er hätte nicht gedacht, dass er noch weinen konnte. In den vergangenen sechzehn Jahren war er zu einem Funktionszombie geworden, aber jetzt, in diesem Moment, löste sich ein Klumpen in ihm. Ja, er war beinahe froh, als er seinen Kopf gegen die Seitenscheibe legte und der Kühle des Glases nachspürte.

Die Bedeutung des Fotos konnte er noch nicht einschätzen, aber er begriff, dass etwas Unglaubliches geschehen war. Auf diesen Moment hatte er zahllose schlaflose Nächte gewartet, auf diesen Moment hatte er all die Jahre hingearbeitet. Endlich hatte er eine vielversprechende Spur von Sofie gefunden. Wie war ihr Foto in die Tasche des Toten gelangt? War es möglich, dass sie noch lebte?

Von seiner Tätigkeit in der Fahndungskoordinierungsstelle in Eberswalde wusste er, dass Tagebüchern, Briefen und persönlichen Aufzeichnungen eine große Bedeutung zukam. In ihnen hielten Mädchen und Frauen ihre Gedanken, neue Bekanntschaften und Probleme fest, die einen entscheidenden Hinweis geben konnten.

Auch Sofie hatte Tagebücher geführt, aber er hatte sie nie gefunden. Zudem waren einige Unterwäschestücke verschwunden gewesen. Hatte sie eine Tasche mit Dingen gepackt, die ihr wichtig erschienen waren? Und wenn ja – warum hatte sie das getan?

Toni musste sich überlegen, wie er vorgehen sollte. Wenn jemand ihre Identität herausfände, würde er wegen Befangenheit abgezogen werden. Durch Zurückhaltung ihres Namens machte er sich eines Dienstvergehens schuldig – aber er war Polizist geworden, um sie zu suchen. Das war der einzige Grund gewesen. Wenn er ihr Schicksal aufklären könnte, wäre es ohnehin fraglich, ob er länger Kriminalbeamter bleiben würde. Vielleicht würde er ein neues Leben anfangen, vielleicht würde er zurück nach Goa gehen.

Eine bessere Chance als jetzt hatte er noch nie gehabt. Es würde Wochen dauern, bis er jemanden in sein privates Archiv eingearbeitet hätte, das mehrere tausend Fotos, unzählige Akten und Fachartikel enthielt. Er musste einfach am Ball bleiben, weil er alle Zeugenaussagen und alle Umstände ihres Verschwindens bis ins Detail kannte. Ihm würde sofort auffallen, wenn etwas nicht stimmte.

Toni überlegte angestrengt, wer etwas wissen konnte. Als er in Potsdam angefangen hatte, war Sofie bereits viele Jahre verschwunden gewesen. Er hatte seinen Kollegen nichts von ihr erzählt, weil es häufig vorkam, dass Angehörige falschen Verdächtigungen und Verleumdungen ausgesetzt waren. Den persönlichen Fragen seiner Kollegen war er deshalb stets ausgewichen.

Der Einzige, der etwas wissen konnte, war sein alter Chef gewesen, der ihn eingestellt und zum Leiter des Ermittlungsteams gemacht hatte. Der gewiefte Kriminalist war jedoch längst pensioniert worden und so redselig wie ein Feldstein gewesen. Toni konnte sich nicht vorstellen, dass er etwas erzählt hatte. Der neue Kommissionsleiter war erst seit vier Jahren im Amt und ein Vollblutkarrierist. Über seine Ermittler machte er sich nur Gedanken, wenn sie nicht die gewünschte Aufklärungsquote erzielten.

Toni konnte also loslegen.

Als er den Zündschlüssel drehte, wurde auf dem Multimedia-

Touchscreen ein Anruf der Staatsanwältin angezeigt. Was hatte sie vorhin gesagt? Hatte sie etwas gemerkt? Egal. Toni drückte den Anruf weg.

Er musste so lange ermitteln, wie es irgendwie ging und wie er die Befugnisse seines Amtes nutzen konnte. Er musste schnell und hart vorgehen. Er würde jeden Stein nach ihr umdrehen und nicht eher ruhen, bis er die ganze Wahrheit ans Licht gebracht hatte.

4

Wenige Minuten später traf Toni im Kommissariat ein. Während er durch den Flur marschierte, fragte er sich, wie er die Ermittlungen führen sollte. Mit Gewissheit konnte er nur sagen, dass es einen Grund geben musste, warum das Opfer Sofies Foto bei sich gehabt hatte. Dieser Grund lag jedoch völlig im Dunklen. Also gab es nur einen vernünftigen Ansatz. Er musste mehr über den Toten herausfinden. Möglicherweise würde er dabei auf Hinweise stoßen, die er mit Sofies Verschwinden in Verbindung bringen konnte.

Als Toni den Besprechungsraum betrat, war Kriminalkommissar Nguyen Duc Phong bereits anwesend. Seine Eltern waren vietnamesische »Boatpeople« gewesen, die Ende der siebziger Jahre nach Westberlin gekommen waren. Unter seinem glatten schwarzen Pony trug er eine dunkel getönte Brille mit dicken Gläsern, die seine Augen stark vergrößerten. Er war einen Meter sechzig groß und hatte die Figur eines untrainierten Sumoringers. Von Natur aus zeigte er nur wenig Bewegungsdrang und drückte sich gern vorm Außendienst. Toni setzte ihn daher vor allem als Verbindungsmann zur Kriminaltechnik und Gerichtsmedizin ein. Außerdem war er für technische Fragen und Recherchen zuständig, worin er es zu einem echten Könner gebracht hatte.

»Wie ich sehe, hat Gesa dir den Namen des Opfers schon durchgegeben«, sagte er mit einem Blick auf die Computerausdrucke. »Bereite dich schon mal auf deinen Vortrag vor. Gleich muss es schnell gehen.«

»Nur keinen Stress«, sagte Phong und trottete zu seinem Platz. Er entfernte die Verpackung eines Schokoriegels und biss genussvoll hinein.

Toni rückte seinen Stuhl zurecht und ließ ungeduldig seinen Blick über das Foto des Bundespräsidenten, die leere Magnettafel und die verdurstenden Topfpflanzen schweifen. Der Kühlschrank stand offen, jemand hatte den Stecker rausgezogen. Wo blieben sie nur?

Endlich öffnete sich die Tür, und der Mordkommissionsleiter trat – gefolgt von Gesa – ein.

Kriminalrat Frank Schmitz hatte seinen Seidenschal leger um den Hals drapiert. Während er den geflochtenen Einkaufskorb mit Spargel und Petersilie auf dem Tisch abstellte, zupfte er einige Strähnen seiner Kurzhaarfrisur zurecht. Schmitz war einundvierzig Jahre alt und hatte seine Karriere in der Inselstadt Werder begonnen. Durch seinen Ehrgeiz hatte er das Kunststück vollbracht, zwei Laufbahnsprünge – von dem mittleren in den gehobenen und von dem gehobenen in den höheren Dienst – hinzulegen. Seit vier Jahren war er nicht mehr befördert worden. Einige Kollegen munkelten, dass man ihn als Blender durchschaut hätte. Andere behaupteten, dass man begriffen hätte, dass er zu dumm für höhere Aufgaben sei. Schmitz zeigte sich von solchem Gerede unbeeindruckt. Seit die Stelle als Leiter des Führungsstabs ausgeschrieben worden war und er sich intern beworben hatte, hatte er andere Dinge im Kopf.

»Setzen Sie sich, Frau Müsebeck«, sagte er und ließ seine gebleichten Zähne aufblitzen. »Ich finde es ganz toll, dass Sie Ihr Wochenende so bereitwillig opfern wollen, um ...«

»Ich opfere gar nichts«, erwiderte Gesa. »Morgen hat meine Nichte Geburtstag, und da gehe ich hin. In den vergangenen Monaten habe ich schon genug Überstunden gemacht.«

»Wie Sie das hier managen, ist mir egal, aber bis Ende nächster Woche will ich die Identität des Täters. Ich höre!«, sagte Schmitz beleidigt, setzte sich auf einen Stuhl und zückte sein Smartphone, um eine Textnachricht zu verfassen.

»Darüber reden wir noch, Gesa«, sagte Toni. Ihm war es recht, dass sein Vorgesetzter gleich zur Sache gekommen war und sich nun seiner Lieblingsbeschäftigung, dem Networking, widmete. So würde er nicht auf die kriminalistisch bedeutungslosen Kommentare des Kriminalrats eingehen müssen. »Phong, dein Einsatz. Was hast du über das Opfer herausgefunden?«

Der Kriminalkommissar nahm einen Schluck von seiner

Cherry-Cola und schob seine getönte Brille den Nasenrücken hinauf. »Der Tote ist bei uns nicht aktenkundig. Im sozialen Netzwerk habe ich jedoch einiges über ihn herausgefunden. Er wohnt in Werder, ist verheiratet und von Beruf Obstbauer. Er hat drei Kinder, die fünfzehn, siebzehn und achtzehn Jahre alt sind und noch zur Schule gehen. Klaus Hartwig baut Spargel, Erdbeeren, Süßkirschen, Himbeeren, Johannisbeeren, Sauerkirschen, Pflaumen, Äpfel und Birnen an. Er vertreibt seine Produkte in seinem Hofladen, auf Wochenmarktständen und bei Selbstpflückaktionen. Manchmal findet man sie auch in Supermärkten. Bislang konnte ich nichts Ungewöhnliches feststellen.«

»Einer meiner Brüder wohnt in Werder«, sagte Gesa. »Er ist Friseur und kennt Gott und die Welt. Wenn es Gerüchte gibt, hat er bestimmt davon gehört. Soll ich mal nachfragen?«

Toni wusste, dass die Kriminaloberkommissarin mit acht Geschwistern auf einem Wiedereinrichterhof in Brandenburg aufgewachsen war. Alle Müsebecks waren in der Mark geblieben und bis ins kleinste Dorf verwandtschaftlich vernetzt. »Sehr gut, mach das.«

Plötzlich sah Kriminalrat Schmitz von seinem Smartphone auf. »Wie hieß der Mann doch gleich?«

»Klaus Hartwig«, wiederholte Phong.

»Ich kenne ihn«, sagte Schmitz. »Ich bin sogar mit ihm zur Schule gegangen. Das ist ja … ganz, ganz schrecklich.«

Toni, Phong und Gesa sahen sich überrascht an und überlegten, ob sie nachbohren sollten, aber ihr Chef verfasste bereits eine neue SMS und sagte: »Ich hab keine Ahnung, was Klaus in letzter Zeit getrieben hat. Wir hatten seit zwanzig Jahren keinen Kontakt mehr. Also verschonen Sie mich mit Ihren Fragen. Berichten Sie mir lieber, was die Vernehmung der Anwohner ergeben hat. Und fassen Sie sich kurz, Frau Müsebeck. Ich muss gleich noch zum Neuland-Schlachter.«

»Von den Anwohnern hat ein Mann angegeben, einen Schrei gehört zu haben«, erwiderte Gesa. »Allerdings war er vor dem Fernseher eingeschlafen und ist sich nicht sicher, ob der Schrei von draußen oder aus dem Nachtprogramm kam. Ich hab mir die genaue Uhrzeit aufgeschrieben, einen Moment ... Das war um drei Uhr einundzwanzig. Er weiß das so genau, weil er auf die Anzeige seines DVD-Rekorders geschaut hat.«

»Seine Aussage könnte noch von Bedeutung sein«, sagte Toni.

»Was machen die Mülltonnen?«

»Fehlanzeige. Die Kollegen haben auch die umliegenden Straßen, Hauseingänge und Hinterhöfe abgesucht, aber sie haben nichts gefunden.«

»Hast du die Kneipen abgeklappert?«

»Ich kann ja nicht hexen. Außerdem waren die noch gar nicht auf. Ich erledige das heute Nachmittag.«

In diesem Moment gab das Smartphone von Schmitz ein »Piep, piep« von sich. Nachdem er die Nachricht gelesen hatte, breitete sich ein Grinsen auf seinem Gesicht aus, das von einem Ohr zum anderen reichte. Der Kriminalrat erhob sich von seinem Stuhl, griff nach seinem Einkaufskorb und sagte: »Das war der Polizeipräsident. Er kommt heute zum Essen. Gerichtsmedizin und Kriminaltechnik habe ich bereits Dampf gemacht. Sie können sich auf die Unterstützung der Assistenztruppen verlassen.« Mit seinen hellblauen Augen fixierte er einen nach dem anderen, als wollte er sein Team auf einen grandiosen Erfolg einschwören. »Wenn der Mensch kein Ziel hat, ist ihm jeder Weg zu weit«, sagte er bedeutungsschwanger und entschwand.

»Was war das denn?«, sagte Gesa. »Er sollte lieber den Kühlschrank reparieren lassen, als heiße Luft zu verbreiten.«

Phong knibbelte an seinem Daumennagel.

»Hier spielt die Musik«, sagte Toni. »Wir haben ein Opfer, das Autoschlüssel, Geld und Wertsachen noch bei sich trug. Einen Raubmord können wir also ausschließen. An den Händen habe ich keinerlei Abwehrspuren entdeckt. Entweder ist er von dem Angriff überrascht worden, und/oder er kannte den Täter. Jedenfalls hat kein Kampf stattgefunden. Wenn ich dich richtig verstanden habe, ist das Opfer erstochen worden?«

»Das hat die Gerichtsmedizinerin gesagt, ja«, bestätigte Gesa. »Aber wir wissen noch nichts Genaues. Das Stichwerkzeug kann das Opfer oder der Täter bei sich gehabt haben.«

»Okay«, sagte Toni. »Phong, du hältst Kontakt zur Gerichtsmedizin und informierst uns, wenn die ersten Fakten raus sind. Um die Frau auf dem Foto kümmere ich mich. Ansonsten gehen wir vor wie immer und rekonstruieren die letzten Stunden des Opfers. Wo hat er sich aufgehalten? Mit wem hat er sich getroffen? Und welchen Weg hat er wann zurückgelegt? Ihr wisst, was zu tun ist. Ich überbringe in der Zwischenzeit der Familie die Todesnachricht. Vielleicht erhalte ich ein paar nützliche Infos. Morgen früh um acht treffen wir uns wieder. Habt ihr sonst noch Anmerkungen?«

»Was ist mit dem Geburtstag meiner Nichte?«, fragte Gesa.

»Später.«

In diesem Moment klingelte Phongs Handy. Er sah auf das Display und sagte: »Christoph Roth, der beste Kriminaltechniker der Welt.«

»Dann geh ran«, drängte Toni.

Wenig später legte Phong das Mobiltelefon wieder zur Seite, blickte seine Kollegen an und sagte: »Er hat auf dem Sakko des Toten Übertragungsspuren gefunden, die vermutlich von einem schwarzen Fleecepulli stammen. Ob sie dem Täter zuzuordnen sind, kann er noch nicht sagen. Das Handy bekomme ich spätestens morgen früh. Und jetzt haltet euch fest. Auf dem Foto von der weinenden Frau hat er Rückstände sichergestellt, die bei der Bestrahlung mit UV-Licht gelblich fluoreszieren. Er ist sich sicher, dass es sich um Sperma handelt. Vielleicht sind wir soeben auf das Motiv gestoßen.«

5

Toni setzte sich hinter das Lenkrad seines Peugeots und vergrößerte die Aufnahme auf dem Smartphone. Tatsächlich entdeckte er in der rechten unteren Bildecke grau-gelbliche Spuren. Sofort spürte er, wie sich seine linke Hand verkrampfte. War er wirklich in der Lage, angesichts dieser Indizien die Ermittlungen zu leiten?

Eines musste von vornherein klar sein: Wenn er die kriminalistische Arbeit nicht anderen überlassen wollte, musste er sich zusammenreißen. Um nichts zu übersehen, war es unbedingt notwendig, streng rational vorzugehen. Nur so würde er seine ganze Routine abrufen und gleichzeitig sein spezielles Wissen einbringen können.

Tief atmete er durch und nahm das Foto genauer in Augenschein. Im Hintergrund sah man eine weiße Wand, wie sie in Gebäuden oder an Außenfassaden zu finden war. Es waren weder Poster noch Graffiti noch eine Hausnummer zu erkennen, die einen Hinweis auf den Aufenthaltsort geben könnten.

Sofie trug ein kurzärmeliges gelbes T-Shirt, das er ihr in Goa geschenkt hatte und das er – wie auch die Tagebücher – nicht in ihrem Nachlass gefunden hatte. Ihr Gesicht wies weder Fältchen noch andere Alterserscheinungen auf. Die Haare hatten ungefähr die Länge wie am Tag ihres Verschwindens. Ihre mentale Verfassung war schlecht. Ihre Augen wirkten rot, entzündet und verweint. Ihre Lippen waren verzerrt, so als würde sie etwas Schmerzhaftes sagen. Was beschwerte sie so sehr? Wer hatte sie in diesem Zustand fotografiert und warum?

Die Aufnahme war zweifellos alt. Entscheidend war jedoch, ob sie vor oder nach ihrem Verschwinden gemacht worden war. Der genaue Zeitpunkt könnte erhellen, ob sie das nächtliche Bad überlebt hatte.

Toni rief Phong an und sagte: »Ich bin es noch mal. Ich brauche eine genaue Datierung von dem Foto. Außerdem soll Klaus

Hartwigs DNA mit dem Erbmaterial von den Spermaspuren verglichen werden. Ich benötige die Ergebnisse schnell.«

»Ja, ich hab's begriffen«, erwiderte der Kriminalkommissar wenig begeistert.

Toni unterbrach die Verbindung und sah durch die Windschutzscheibe nach draußen. Er musste an die Entführungsfälle denken, die er in den Medien verfolgt hatte. Der Österreicher Josef Fritzl hatte seine eigene Tochter vierundzwanzig Jahre in einer unterirdischen Wohnung eingesperrt und sieben Kinder mit ihr gezeugt. Die US-Amerikanerin Jaycee Dugard war von ihrem Peiniger achtzehn Jahre lang im Garten gefangen gehalten worden. Ariel Castro aus Cleveland hatte drei junge Frauen verschleppt und sie in einem Kellerverlies eingeschlossen. Natascha Kampusch war als Zehnjährige entführt und dreitausendsechsundneunzig Tage ihrer Freiheit beraubt worden. Das war nur eine kleine Auswahl von bekannten Fällen, die Dunkelziffer war viel größer.

Bei den Tätern handelte es sich zumeist um gut organisierte Männer, die sich ein Doppelleben eingerichtet hatten. Nach außen hin führten sie eine »normale« Existenz. Ariel Castro, der Entführer von Cleveland, war ein guter Musiker und spielte in einer beliebten Band. Aber in ihrem Inneren waren sie anders als andere Menschen. Es war ihnen nicht nur gleichgültig, welches Leid sie verursachten, sondern es erregte sie. Immer wenn sich Toni vorstellte, was die jungen Frauen erduldet hatten und welchen Ballast sie für den Rest ihres Lebens mit sich herumschleppen mussten, überkam ihn eine heftige Wut auf diese Bestien.

Er machte sich sogleich bewusst, dass Sofie nicht ein ähnliches Schicksal widerfahren sein musste. Aus welchem Grund Klaus Hartwig das Foto bei sich getragen hatte, stand noch nicht fest. Es gab mehrere Erklärungen. So war es zum Beispiel durchaus denkbar, dass er die Aufnahme irgendwo entdeckt hatte und sich zur Polizei begeben wollte, um etwas zu melden. In diesem Fall hätte der wahre Entführer ein klares Motiv gehabt, Klaus Hartwig zu töten. Seine DNA musste zunächst mit dem Sperma verglichen werden, dann hätten sie einen ersten Orientierungspunkt.

Toni nahm sich vor, nicht mehr zu spekulieren. Mutmaßungen, Ahnungen und Befürchtungen vernebelten ihm den Verstand. Für alle Indizien, auf die er im Laufe der Ermittlungen stieß, musste er offen sein. Nur so konnte er aus gesicherten Erkenntnissen die richtigen Schlussfolgerungen ziehen.

Toni nahm einen Schluck aus dem Flachmann, warf ein Pfefferminzbonbon ein und massierte sich die Schläfen, bis das Pochen nachließ. Er gab die Adresse des Obsthofs ins Navigationsgerät ein und erfuhr, dass er für die Strecke sechsundzwanzig Minuten brauchen würde. Er drehte den Zündschlüssel. Die Sonne hatte schon den ganzen Morgen auf das Autodach geknallt, und es war so warm, dass er die Temperatur mit der Klimaanlage herunterregelte.

Auf der Fahrt stachen ihm zahllose Wahlplakate ins Auge. Am 25. Mai würden die Wahlen zum Europäischen Parlament und zur Potsdamer Stadtverordnetenversammlung erfolgen. In der Zeppelinstraße wurden auf einem elektronischen Schild Verkehrsbehinderungen wegen des rbb-Laufs angekündigt. Vorbei am Olympiastützpunkt ging es durch den Wald, Richtung Geltow. Am Straßenrand tauchte ein Spargelstand auf. Die Äste der Spiersträucher bogen sich unter der üppigen weißen Blütenpracht. Zahllose Radfahrer waren auf der Havelbrücke unterwegs. Vor der Ortseinfahrt Werder staute sich der Verkehr, und es ging nur noch stockend voran.

Der Multimedia-Touchscreen zeigte einen Anruf seines Sohnes, und Toni nahm das Gespräch an.

»Hallo, Papa«, sagte Aroon, dessen Vorname übersetzt »das frühe Licht am Morgen« hieß. Der Junge war mittlerweile siebzehn. Mit seinen braunen lockigen Haaren ähnelte er seinem Vater, aber in seinem Wesen glich er mehr seiner Mutter. Mit drei hatte er sich das Lesen selbst beigebracht, mit vier hatte er komplexe Rechenaufgaben gelöst. Seine Grundschullehrerin hatte ihn gefördert und ihm individuelle Lernpläne geschrieben. Während der Gymnasialzeit hatte er an der Potsdamer Universität an Förderprogrammen teilgenommen, bis er im Alter von fünfzehn Jahren Abitur gemacht und ein Mathematikstudium aufgenommen hatte. Jetzt schrieb er an seiner Masterarbeit.

Toni überlegte kurz, ob er ihm sagen sollte, dass er eine Spur gefunden hatte, aber er wollte ihn nicht unnötig beunruhigen. Er würde ihn erst informieren, sobald er Näheres in Erfahrung gebracht hatte.

»Ich wollte dir nur sagen, dass ich nicht zum Abendessen komme«, fuhr Aroon fort. »Kenan holt mich nachher mit dem Auto ab, und wir fahren zu Opas Laube.« Dort hatten sich die beiden Studenten ein Büro eingerichtet und eine spezielle Software für den Devisenmarkt geschrieben. Das Computerprogramm lief bei einer Bank in einem mehrmonatigen Test. »Wir wollen uns auf einen Brunch mit dem Abteilungsleiter vorbereiten. Er ist auch Mathematiker. Ich hab dir von ihm erzählt.«

»Ja, ich erinnere mich«, sagte Toni. »Egal, was er will – ich möchte, dass du es zuerst mit mir besprichst. Und wieso können wir uns nicht zum Abendessen sehen?«

»Jetzt dreh nicht gleich durch, ja? Wir wollen später noch zum Baumblütenfest. Da spielen ein paar Livebands, die was drauf haben.«

Toni spürte einen Stich in der Herzgegend. Eigentlich gefiel es ihm, dass Aroon einen Freund gefunden hatte, aber natürlich musste er an jenen Abend vor sechzehn Jahren denken, der sein Leben verändert hatte.

»Nur weil Mama beim Baumblütenfest verschwunden ist, heißt das noch lange nicht, dass mir dort auch etwas passiert.«

»Wie kommst du zurück?«

»Die Linie 631 fährt bis dreiundzwanzig Uhr im Zwanzigminutentakt. Ich wollte den letzten oder vorletzten Bus nehmen.«

»Wenn er voll ist, fährst du mit dem Taxi. Das Geld gebe ich dir. Und wenn du kein Taxi erwischst oder sonst etwas los ist, rufst du mich an, ganz egal, wie spät es ist.«

»Ich kann schon auf mich aufpassen, Papa. Mach dir keine Sorgen.«

Nachdem Toni aufgelegt hatte, stand er immer noch in Werder im Stau. Am Straßenrand parkten einige Traktoren mit Anhängern, die mit Obst, Blumen, Wimpeln oder den Vereinsfarben geschmückt waren. Auf ihnen saßen bunt oder traditionell gekleidete Menschen und warteten auf ihren Einsatz beim Festumzug. Die ganze Bevölkerung war auf den Beinen. Toni dachte, dass sein Schicksal mit dieser Stadt verknüpft war. Am Havelufer von Werder war Sofie verschwunden, aus dieser Gemeinde stammte das Mordopfer, und hier wollte sich sein Sohn ins Festgetümmel stürzen.

Er hoffte, dass nicht noch etwas geschah.

6

Im Hofladen sagte man Toni, dass er die Ehefrau von Klaus Hartwig auf dem Blütenfest finden würde, das die Familie jedes Jahr auf der Kirschplantage veranstaltete. Nachdem man ihm eine kurze Beschreibung des Weges und der Vierzigjährigen gegeben hatte, fuhr er ein Stück weiter und stellte den Wagen auf einer holprigen Wiese ab, die zu einem Parkplatz umfunktioniert worden war. Ringsum ragten hohe Säulenpappeln auf, deren hellgrüne Blätter im Wind raschelten.

Auf der Kirschplantage herrschte eine entspannte Atmosphäre. Aus bauchigen Gefäßen ließen die Gäste ihre Krüge mit Obstwein füllen und trotteten zu den Bänken zurück, die inmitten der blühenden Fruchtbäume standen. An drei Verkaufsständen wurden Bratwürstchen, Kaffee und Kuchen angeboten. Ein Reisebus hielt und entließ eine Schar von Senioren, die hier eine Rast einlegen wollten. Bevor sie das Gelände stürmen konnten, setzte Toni seine Sonnenbrille ab und sprach eine Frau an, auf die die Beschreibung – »schlank, gepflegt, schwarzhaarig« – passte.

»Sind Sie Jessica Hartwig?«, fragte er.

Ihr Blick glitt an ihm hoch und runter. »Wer will das wissen?«

Toni war diese Reaktion gewohnt. Er sah nicht aus wie ein typischer Kriminalbeamter, er war wohl überhaupt schwer einzuschätzen. Aus der Gesäßtasche zog er seinen Dienstausweis und bat um ein Gespräch unter vier Augen. Frau Hartwig zögerte kurz. Schließlich legte sie ihre Schürze ab, gab einer jungen Servicekraft Anweisungen und begleitete Toni über den Festplatz.

Auf der Wiese waren einige Strohballen gestapelt worden, auf denen dreckverschmierte Kinder glücklich herumtollten. Zwei Paare im fortgeschrittenen Alter hatten sich eine Picknickdecke mitgebracht. Die Frauen trugen geblümte Seidenkleider, die Männer Panamahüte. Sie rauchten französische Zigaretten und saßen mit gefüllten Gläsern um ein altes Grammophon, auf dem sie Schellackplatten abspielten, die eine nostalgische Stimmung verbreiteten.

Auf den ersten Blick hatte sich Jessica Hartwig gut gehalten. Bei einer Körpergröße von ungefähr einem Meter siebzig hatte die dreifache Mutter eine sportliche Figur, um die sie sicher von vielen weitaus jüngeren Frauen beneidet wurde. Ihr glattes schwarzes Haar war zu einem Pferdeschwanz zusammengebunden, der bei jedem ihrer Schritte auf- und abwippte. Auf den zweiten Blick fielen jedoch die dunklen Ränder unter ihren Augen und der unstete Blick auf. War sie übermüdet, nervös oder schwante ihr Schlimmes?

»Sind wir jetzt weit genug entfernt?«, fragte sie und schaute mehrmals zurück.

»Frau Hartwig, ich habe Ihnen eine traurige Mitteilung zu machen. Wir haben Ihren Mann gefunden. Er ist tot. Es tut mir sehr leid.«

»Das kann nicht sein. Sind Sie sicher? Ich meine, ist er es wirklich?«

»Er trug seinen Personalausweis bei sich. Trotzdem ist es wichtig, dass Sie in die Gerichtsmedizin kommen und den Leichnam identifizieren.«

Jessica Hartwig biss sich in die Hand. Für einen Moment bereute Toni, die Frau so weit von ihren Bekannten entfernt zu haben, aber heute hatte er diese Vorgehensweise gewählt, um ihre Reaktion zu studieren.

»Was ist passiert?«

»Wir wissen noch nichts Genaues, aber es war weder ein natürlicher Tod noch ein Unfall. Nach dem jetzigen Ermittlungsstand gehen wir von einer Vorsatztat aus.«

»Mord? Das kann nicht sein. Ich kenne Klaus seit der Schule. Er war ein guter Mann. Viele Ehen sind in unserem Bekanntenkreis zerbrochen, aber er hätte uns niemals verlassen. Die Familie war ihm das Wichtigste.«

Ihr letzter Satz hatte so schrill geklungen, dass er Toni in den Ohren nachklang. »Im Rahmen einer Todesermittlung ist schnelles Handeln wichtig. Fühlen Sie sich in der Lage, einige Fragen zu beantworten?«

»Oh Gott. Ich hatte schon mit etwas Schlimmen gerechnet. Auch wenn es mal spät wird, kommt er sonst immer nach Hause, aber heute Morgen stand sein Auto nicht auf dem Hof.«

»Bei seinen Sachen haben wir einen Mazda-Schlüssel gefunden. Können Sie seinen Wagen beschreiben?«

»Ein roter MX-5. Das ist ein Cabriolet. Der Wagen war mit Sportledersitzen, Spezialfelgen und allen möglichen Extras ausgestattet. Klaus wollte sich auch mal was gönnen.«

Nachdem sich Toni das Kennzeichen notiert hatte, fragte er: »Hatte Ihr Mann Feinde?«

»Feinde? Wie kommen Sie denn darauf? Gestern Abend war ich noch mit unserem Ältesten auf dem Baumblütenball. Wir haben am Tisch der neuen Königin gesessen, und alle Anwesenden waren enttäuscht, dass Klaus nicht dabei war. Er war charmant, witzig, und feiern konnte er auch.«

»Wo war er gestern Abend?«

»Zu mir hat er gesagt, dass er noch etwas Geschäftliches zu erledigen hätte. Es muss wichtig gewesen sein, sonst hätte er nicht auf den Baumblütenball verzichtet.«

»Verstehe ich Sie richtig, dass er sich plötzlich umentschieden hat? Hat er einen Anruf erhalten? Wirkte er verstimmt?«

»Das kam häufiger vor. Er hat immer so ein Geheimnis um seine Unternehmungen gemacht. Dabei bin ich mir sicher, dass alles ganz harmlos war. Er ist wie ein großer Junge, wissen Sie? Ich meine natürlich: Er war. Oh Gott, Klaus ist tot!«

Toni ließ Frau Hartwig einen Moment Zeit und wartete, bis ihr Schluchzen verebbt war. Während er weitere Routinefragen stellte, wurde die Spannung bei ihm immer unerträglicher. Endlich zog er sein Smartphone heraus und zeigte ihr Sofies Foto. »Kennen Sie diese Frau?«

»Nein. Wer soll das sein?«

»Ihr Mann hatte diese Aufnahme in seiner Sakkotasche. Schauen Sie bitte genau hin und überlegen Sie, ob Sie sie schon mal gesehen haben.«

»Ich hab wirklich keine Ahnung. Vielleicht hat er das Bild gefunden und wollte es dem Besitzer zurückgeben.«

Es war charakteristisch, dass Frau Hartwig beim Anblick der bildhübschen, jungen und weinenden Frau einen harmlosen Hintergrund vermutete. »Wo war Ihr Mann beim Baumblütenfest 1998?«

»Was? Wieso?«

»Aus ermittlungstechnischen Gründen kann ich Ihnen darüber keine Auskunft geben, aber die Information ist von großer Bedeutung und kann zum Täter führen. Bitte antworten Sie.«

»1998? Damals hatten meine Schwiegereltern hier noch das Sagen. Wir waren zwei-, dreimal an der Nordsee. Unser Sohn hatte Allergien und Lungenprobleme, und an der Nordsee ist die Luft doch so gut. Ob das 1998 oder ein Jahr später anfing, kann ich nicht sagen, aber mein Mann hat Kalender geführt. Ich muss sie nur suchen.«

»Tun Sie das. Wie lange waren Sie gestern auf dem Baumblütenball?«

»Ungefähr bis drei Uhr morgens. Wozu wollen Sie das wissen?«

»Reine Routine. Bitte nennen Sie mir einige Personen, die das bezeugen können.«

Toni notierte sich die Namen. Wenn sich die Gerichtsmedizinerin über den Todeszeitpunkt nicht getäuscht hatte, hatte Frau Hartwig ein Alibi. »Ich muss mir die Sachen Ihres Mannes ansehen. Es wäre hilfreich, wenn Sie mich begleiten und mir alles zeigen könnten.«

»Mein Sohn ist zu Hause. Fahren Sie am besten vor. Bitte seien Sie nett zu ihm. Er wird die Nachricht schwer verkraften. Jan ist ein sensibler Junge.«

Ihre Stimme war wieder so schrill geworden, dass es Toni in den Ohren wehtat. »Wollen Sie es ihm nicht selbst sagen? Soll ich einen Moment warten?«

»Nein, nein, ich muss noch meine Töchter informieren und Anweisungen für den Standdienst erteilen. Fahren Sie nur. Nun fahren Sie schon.«

Ist ja gut, dachte Toni.

Zurück am Stand konnte Frau Hartwig nicht länger an sich halten, die Nachricht platzte aus ihr heraus. Die anderen Frauen umarmten sie, wiegten sie und streichelten ihre Schultern. Den psychologischen Notdienst einzuschalten, war nicht notwendig, man würde sich um sie kümmern.

Toni musste an einen seiner Vorfahren denken. Dr. Otto Sanftleben hatte Ende des 19. Jahrhunderts einen Forschungsansatz namens »Verbrecherphänomenologie« entwickelt und zahlreiche kriminologische Werke verfasst. Seiner Meinung nach verfolgten Menschen, die eine laute oder schrille Stimme einsetzten, meistens zwei Ziele. Entweder wollten sie die Aufmerksamkeit auf sich ziehen, oder sie wollten etwas übertönen. War es das Offensichtliche, das Toni schon beim Anblick der halb vollen Kondompackung in den Sinn gekommen war? Oder steckte mehr dahinter? Was wusste Jessica Hartwig?

Während Toni in seinen Wagen stieg, musste er an all die Frauen denken, die ihren Männern geholfen hatten, jemanden zu entführen und gefangen zu halten. Teilweise hatten sie sich an den sadistischen Spielen beteiligt und waren zu hohen Haftstrafen verurteilt worden. Manchmal waren sie auch selbst Opfer gewesen.

Wenige Minuten später bog Toni auf den Plattenweg ab und parkte auf dem Obsthof neben einem kleinen grünen Trecker. Vor dem Hofladen standen mehrere Fahrräder mit Lenker- und Satteltaschen in einem Ständer. Die grün-weiße Markise bot den pausierenden Freizeitsportlern, die sich auf Bänken und an Tischen mit Apfelbier, Kirschsecco und Schmalzbroten stärkten, Schutz vor der kräftigen Sonne.

Toni entschied sich, sein Glück im Einfamilienhaus zu versuchen. Der private Grundstücksbereich war durch hohe Thujen und Säuleneiben, die eine blickdichte immergrüne Mauer bildeten, abgegrenzt. Ein Granitsteinweg führte zwischen gepflegten Beeten auf die Haustür zu. Alles machte einen soliden Eindruck, aber Toni hatte schon häufiger erlebt, dass hinter der Maske der Wohlanständigkeit der Wahnsinn gelauert hatte. Man musste genau hinsehen, um ihn zu entdecken, und nicht immer erkannte man die Anzeichen.

Nachdem er geklingelt hatte, erschien ein glatzköpfiger junger Mann, dem ein Labrador zwischen den Springerstiefeln herumlief. Toni wusste, dass ein Skinhead nicht zwangsläufig ein Nazi sein musste. Ob der junge Hartwig eine links- oder rechtsradikale Gesinnung hatte, ob er sich der »Oi!«-Szene, den traditionellen, antirassistischen oder homosexuellen Skinheads zugehörig fühlte oder gar kein politisches Statement abgeben wollte, konnte Toni nicht feststellen. Einen »sensiblen« Jungen hatte er sich jedenfalls anders vorgestellt.

Toni zeigte seinen Ausweis, berichtete vom Tod des Vaters und beobachtete die Reaktion. Jan Hartwigs Pupillen weiteten sich. Sein Blick ging nach innen. Ansonsten stand er vollkommen reglos da. Eigentlich hatte Toni gleich den Nachlass des Opfers inspizieren wollen, aber jetzt war sein Interesse geweckt.

»Wie war das Verhältnis zu Ihrem Vater?«

»Ist der Alte wirklich tot?«, fragte Jan Hartwig.

Toni bestätigte es.

»Ich kann es nicht glauben. Da hat man einen Erzeuger, dem alle anderen egal sind, und dann ist er tot. Peng, einfach so. Jetzt kann ich ihm nicht mal mehr sagen, was für ein Arschloch er war. Sie fragen nach unserem Verhältnis? Wir hatten keins. Wir sind uns aus dem Weg gegangen. Vor einem Jahr bin ich ausgezogen. Seitdem habe ich eine kleine Wohnung auf der Insel. Heute bin ich nur hier, um auf den Hund aufzupassen.«

Jetzt begriff Toni, warum Jessica Hartwig die Nachricht nicht überbringen wollte. Sie hatte Angst vor der Reaktion ihres Sohnes gehabt. »Wieso sind Sie ausgezogen? Was ist vor einem Jahr geschehen?«

»Darauf muss ich nicht antworten. War's das? Ich hab noch zu tun.«

»Moment mal. Ich muss mir den Nachlass Ihres Vaters ansehen. Ihre Mutter sagte mir, dass Sie mir behilflich sein würden.«

»Haben Sie einen Durchsuchungsbeschluss?«

»Jetzt mal halblang, Junge. Ich rate dir, mich zu unterstützen.

Ansonsten gewinne ich den Eindruck, dass du die Ermittlungen behindern willst. Du bist volljährig, also kann ich dich jederzeit vorladen. Wo warst du gestern Nacht?«

»Ist ja gut. Ich war mit meiner Mutter auf dem Baumblütenball. Gegen drei Uhr morgens haben wir ein Taxi genommen. Möchten Sie jetzt reinkommen?«

Toni stapfte in den Flur. »Warum hast du deinen Vater ein Arschloch genannt?«

»Da müssen Sie sich wohl verhört haben. Sie können ja mal meine Mutter fragen. Von der kriegen Sie sicher die passende Antwort.«

»War das ironisch gemeint?«

»Mein Vater hat oben ein Büro. Da finden Sie, was Sie suchen.«

Der Hund rannte hechelnd voraus. Seine Krallen kratzten über die lasierten dunkelbraunen Treppenstufen. Im Flur oben hingen romantische Fotografien von Walen im Mondschein, von springenden Delphinen im Meer und vom Sternenhimmel über der Wüste.

»Kitsch«, sagte Jan Hartwig.

»Sag mal, trifft es dich überhaupt nicht, dass dein Vater tot ist?«

»Ich hab doch gesagt, dass er ein Arschloch war. So, da wären wir. Ich bin unten, wenn Sie mich brauchen.«

Toni sah sich in dem Büro um. Der Schreibtisch quoll über von Papieren und stand direkt unterm Fenster. Er setzte sich auf den Stuhl und drehte sich im Kreis. Im Regal standen diverse Fachbücher, die keine Knicke aufwiesen und unberührt wirkten. In dem gleichen Zustand waren auch einige Romane, die eine Etage tiefer aneinandergereiht waren. Aktenordner trugen Aufschriften wie »Bank«, »Verträge«, »Versicherungen« und »Autos«. Zeitschriften über Oldtimer, Rennwagen und Cabriolets stapelten sich auf dem Fußboden. Die Cover waren speckig, und die Ecken hatten Eselsohren. Klaus Hartwig hatte hier Bürokram erledigt und sich mit seinem Hobby beschäftigt.

Toni wühlte sich durch die Papiere auf dem Schreibtisch. Rechnungen, Geschäftskorrespondenz, Einladungen von Aktiengesellschaften zur Jahreshauptversammlung, die Kündigung beim Automobilclub und ganz unten ein Taschenkalender. Er griff zu und blätterte ihn durch. Nicht alle Eintragungen waren in Klarschrift vorgenommen worden. An manchen Tagen waren Zahlen aneinandergereiht worden. Wenn das ein Code war, würde Phong ihn knacken können. Vielleicht hatte er einen Treffer gelandet!

Toni steckte den Kalender ein, klemmte sich das Notebook unter den Arm und ging die Treppe hinunter. Im Wohnzimmer stand Jan Hartwig mit verschränkten Armen vor dem großen Panoramafenster, von dem man einen Blick auf die Apfelplantage hatte. Über den niedrigen Bäumen erstreckte sich der blaue Himmel.

»Hatte dein Vater noch einen anderen privaten Bereich?«, fragte Toni.

»Mein Alter war nicht dumm«, erwiderte Jan Hartwig. »Hier im Haus werden Sie nichts finden. Das weiß ich aus eigener Erfahrung.«

Erst jetzt fiel Toni auf, dass der junge Mann geweint hatte. Vielleicht war er doch nicht so hartgesotten, wie er vorgab. »Was meinst du damit? Gibt es etwas, das ich wissen sollte?«

Jan Hartwig verfiel in finsteres Schweigen. Aus ihm war nichts mehr herauszukriegen. Toni gab ihm seine Visitenkarte, verließ das Haus und setzte sich hinters Steuer. Eine starke Beklommenheit nahm von ihm Besitz. Schließlich griff er zum Handy und rief seine Kollegin an.

»Hallo, Toni«, meldete sich Gesa.

»Ich bin gerade auf dem Obsthof. Die Nutzflächen sind riesig. Außerdem gibt es zahlreiche Wirtschaftsgebäude. Es ist völlig unübersichtlich.«

Einen Moment war es still in der Leitung, dann sagte Gesa: »Glaubst du, dass Hartwig die rothaarige Frau auf dem Foto irgendwo gefangen hält?«

Im Gegensatz zu ihr wusste Toni, dass das Foto von Sofie alt war. Wenn Hartwig sie noch gefangen halten würde, hätte er eine aktuelle Aufnahme bei sich gehabt. Und wenn sie sich jetzt nicht mehr in seiner »Obhut« befand, konnte das nur bedeuten, dass sie woanders oder nicht mehr am Leben war. Außerdem musste er noch etwas anderes in Erwägung ziehen: Wenn Hartwigs Tod tatsächlich mit Sofies Verschwinden zusammenhing, musste eine zweite Person involviert sein, die über alles Bescheid wusste. Der Fall war noch zu nebulös, um vernünftige Entscheidungen zu treffen. »Nein, das halte ich für unwahrscheinlich.«

»Da bin ich ganz deiner Meinung. Dass sich das Foto in seiner Sakkotasche befand, kann viele Ursachen haben.«

»Ich weiß.«

»Warum rufst du dann an?«

»Morgen früh, nach der Besprechung, kannst du zum Geburtstag deiner Nichte gehen.«

»Oh, super!«

»Hast du schon mit deinem Bruder geredet?«

»Er ist heute mit einem Freund segeln und hat sein Handy ausgeschaltet. Ich versuche es heute Abend noch mal.«

»Gut, dann frag ihn auch nach dem Sohn des Opfers. Jan Hartwig. Ein Skinhead, der in Werder wohnt. Vor einem Jahr muss irgendetwas vorgefallen sein.«

Nachdem Toni sich verabschiedet hatte, startete er den Motor und rollte langsam vom Hof. Er schaute auf die große Obsthalle, die einen riesigen dunklen Schatten warf. Die Hartwigs gaben viel Raum für Spekulationen. Der Vater trug ganz offen einen sexy Schlüsselanhänger mit sich herum, die Stimme der Mutter wurde schrill, sobald die Sprache auf familiäre Verhältnisse gelenkt wurde, und der Sohn war ein Skinhead. Waren sie nur »anders«, oder steckte mehr dahinter?

7

Auf dem Weg nach Potsdam wurde die Mobilfunknummer der Staatsanwältin auf dem Touchscreen angezeigt. Toni drückte den Anruf weg. Nur wenige Sekunden später machte ein Piepton ihn darauf aufmerksam, dass er eine Kurzmitteilung erhalten hatte. Sie stammte von der Juristin, und der Inhalt lautete: »Um siebzehn Uhr in meinem Büro. Keine Widerrede. Und seien Sie pünktlich!«

Im Kommissariat übergab Toni den Kalender und das Notebook des Opfers an Phong. Außerdem trug er ihm auf, die Verbindungsdaten vom Festnetzanschluss der Hartwigs zu prüfen, das Taxiunternehmen ausfindig zu machen, mit dem Jessica und ihr Sohn das Baumblütenfest um drei Uhr nachts verlassen hatten, und den Besprechungsraum für morgen früh herzurichten. An seinem Arbeitsplatz schrieb er den roten Mazda MX-5 zur Fahndung aus und beantwortete einige E-Mails zu einem anderen Fall. Schließlich griff er nach dem Schlüssel und machte sich auf den Weg zum Justizzentrum.

Das Justizzentrum war ein früherer Kasernenkomplex, der für neunundvierzig Millionen Euro umgestaltet worden war. Im Jahr 2008 hatten fünfhundert Beschäftigte, darunter neunzig Richter und achtzig Staatsanwälte, ihre Tätigkeit aufgenommen. Der Eingang befand sich in der Jägerallee. Das lang gezogene, dreigeschossige Gebäude machte mit dem hellen Anstrich, dem Stuck und einigen modernen Elementen einen geschmackvollen Eindruck. Heute war Samstag, und alles sah ausgestorben aus. Auf dem Parkplatz stand ein einziger Wagen, die Fahrradständer waren verwaist.

Im Foyer sagte Toni: »Frau Staatsanwältin Winter erwartet mich!«

Der Pförtner griff zu einem Telefon, drückte eine Kurzwahltaste und sprach in die Muschel.

Toni fragte sich unterdessen, was die Juristin von ihm wollte.

Wenn es um den Fall ginge, hätte sie sich in einer dringenden Angelegenheit an Kriminalrat Schmitz gewandt. Wusste sie etwas über Sofie?

Schließlich öffnete sich die gläserne Seitentür, die man nur mit einer Magnetkarte passieren konnte, und die blonde Staatsanwältin erschien.

»Kommen Sie bitte«, sagte sie.

Caren Winter war neununddreißig Jahre alt und mit ihrem früheren Strafrechtsdozenten verheiratet. Sie war nicht nur attraktiv, sondern zeigte im Umgang mit Richtern, Rechtsanwälten und Kriminalbeamten zwischenmenschliches Geschick. Meistens vertrat sie klare Positionen und behauptete ihren Standpunkt energisch. Trotzdem konnte Toni sich nicht erinnern, dass sie sich jemals unangemessen verhalten hätte. Mit ihrer nahezu perfekten Erscheinung zählte sie zu jener Art von Menschen, die ihm ein Rätsel waren.

Während er ihr durch den Gang folgte, fiel sein Blick auf ihr wohlgeformtes Hinterteil, das sie durch eine legere dunkelblaue Hose zur Geltung brachte. Schnell wandte er den Blick ab. Immer wenn er eine Frau attraktiv fand, musste er an Sofie denken. Natürlich war es unwahrscheinlich, dass sie noch am Leben war, aber auch der kleinste Hoffnungsschimmer ließ sie weiterhin präsent sein.

In dem Büro war es angenehm kühl. Durch einen Strauß frischer Schnittblumen, durch einige Fotos von Familienangehörigen und geschmackvolle Schreibtischutensilien wie eine lederne Unterlage, einen originellen Brieföffner und einen Designertacker hatte die Staatsanwältin dem nüchternen Behördenzimmer einen dezenten persönlichen Anstrich gegeben und gleichzeitig die Arbeitsatmosphäre erhalten.

»Bitte setzen Sie sich«, sagte Caren Winter. »Möchten Sie einen Kaffee, einen Tee oder ein Wasser?«

Toni verneinte und beobachtete, wie die Juristin ihm gegenüber Platz nahm. Dabei fiel ihm auf, dass sie ein enges elastisches Oberteil trug, das ihre Brüste betonte. Er schaute aus dem Fenster und sagte: »Wie Sie wissen, stecke ich in einer Ermittlung und habe viel zu tun. Es wäre mir lieb, wenn Sie gleich zum Punkt kommen könnten.«

»Natürlich«, erwiderte Caren Winter und strich mit einer graziösen Bewegung eine blonde Strähne ihres halblangen Haars hinters Ohr. »In den vergangenen Jahren haben Sie mehrmals unentschuldigt beim Dienst gefehlt. Ihr Vorgesetzter Kriminalrat Schmitz hat die Fehlzeiten dokumentiert und überlegt, ob er ein Disziplinarverfahren gegen Sie anstrengen soll.«

»Schmitz?«, fragte Toni erstaunt. Er hätte nicht gedacht, dass sein Vorgesetzter den Extratouren eine große Bedeutung zumaß. Sein Ermittlungsteam wies die beste Aufklärungsquote auf, und das war normalerweise alles, was den Kriminalrat interessierte. Was hatte ihn plötzlich zu diesem Schritt bewogen? »Ich hab die Kollegen immer über mein Fernbleiben informiert und die Aufgaben delegiert.«

»Das hat Kriminalrat Schmitz nicht verschwiegen. Allerdings waren Ihre Fehlzeiten nicht abgesprochen. Sie haben weder Urlaub eingereicht noch hinterher Atteste beigebracht. Was war der Grund?«

Toni überlegte, wie viel er preisgeben konnte. Im vergangenen Jahr war beispielsweise aus dem Ljubljanica-Fluss eine rothaarige Frau geborgen worden, die durch das lange Liegen im Wasser so entstellt gewesen war, dass keine Identifizierung möglich gewesen war. Ein spezieller Intimschmuck hatte die Vermutung nahegelegt, dass es sich um eine Bürgerin der Bundesrepublik Deutschland gehandelt hatte. Deshalb war Interpol informiert und die Tote in diversen Datenbänken aufgenommen worden. Die Körpergröße und Statur waren nahezu identisch mit Sofies Maßen gewesen. Urlaub hätte er so kurzfristig nicht bewilligt bekommen, und die Ungeduld hatte ihm zugesetzt. Um den langen Behördenweg abzukürzen, hatte er schließlich Genmaterial von Aroon nach Slowenien gebracht. Der DNA-Abgleich hatte zweifelsfrei ergeben, dass keine verwandtschaftliche Beziehung bestanden hatte.

Nach einigen Tagen war Toni nach Deutschland zurückgekehrt. Weil er seine Vorgesetzten nicht über den Zweck seiner

Reise informieren konnte, ohne etwas von seiner Vergangenheit preiszugeben, hatte er geschwiegen. Natürlich war diese Verhaltensweise nicht korrekt, aber er hatte sich geschworen, jedem noch so kleinen Hinweis nachzugehen. Sein alter Chef hatte ihm diese Extratouren zugestanden, solange er bei seiner Arbeit hundertprozentigen Einsatz gebracht hatte. Auch Kriminalrat Schmitz hatte in den letzten Jahren bei ähnlich gelagerten Vorfällen weggesehen – bis heute.

»Warum bespricht er diese Angelegenheit mit Ihnen?«, fragte Toni. »Soweit ich weiß, werden Verfahren gegen Polizeibedienstete in Abteilung VII koordiniert. Sitzen Sie im Disziplinarausschuss?«

»Er sucht juristischen Rat bei mir, weil wir schon einige Jahre zusammenarbeiten und er mir vertraut. Er will die Sache noch nicht offiziell machen.«

Toni sah die Staatsanwältin weiter fragend an und bemerkte, dass sich eine leichte Röte über ihre Wangen legte. Was ging hier vor? Warum trug sie so körperbetonte Kleidung? Warum hatte sie sich die Lippen geschminkt?

Caren Winter räusperte sich und sagte: »Das Bundesverfassungsgericht hat festgestellt, dass unentschuldigtes Fehlen ein ernst zu nehmendes Vergehen darstellt, das zur Entfernung aus dem Dienst führen kann. Allerdings muss jeder Fall einzeln betrachtet werden. Schmitz können Sie nichts vorwerfen. Er ist von Amts wegen dazu verpflichtet, Dienstvergehen seiner Untergebenen aktenkundig zu machen. Eigentlich wundert es mich, dass er so unentschlossen agiert und bis jetzt noch nicht tätig geworden ist. Normalerweise handelt er streng nach den Vorschriften.«

Jetzt kapierte Toni den Vorstoß seines Vorgesetzten. Bisher hatte er die Extratouren gebilligt, weil er seinen erfolgreichsten Beamten nicht verlieren wollte. In Anbetracht einer möglichen Beförderung zum Kriminaloberrat wollte er jedoch verhindern, dass ihm jemand eine Amtspflichtverletzung nachweisen könnte, die seinen Karriereplänen zuwiderlaufen könnte. Er steckte in einer Zwickmühle.

»Caren«, sagte Toni, »Schmitz arbeitet eng mit Ihnen zusammen, außerdem ist er mein Vorgesetzter. Sie machen sich angreifbar, indem Sie mir Dinge erzählen, die er Ihnen unter vier Augen anvertraut hat. Warum tun Sie das?«

»Kannst du dir das nicht denken?«

Ihre blauen Augen schauten ihn so intensiv an, dass er den Blick senken musste. Einige Sekunden verstrichen, ohne dass einer von ihnen das Wort ergriff. Danach unternahmen sie mehrere holprige Kommunikationsversuche, bis sie mit dem aktuellen Fall einen Gesprächsgegenstand fanden, bei dem sich beide auf sicherem Terrain bewegen konnten. Toni begriff, dass sie nichts von seiner persönlichen Verstrickung wusste. Er verabschiedete sich schnell und begab sich zum Auto. Staunend schüttelte er den Kopf. Was wollte eine Frau wie Caren Winter mit einem Desperado wie ihm anfangen? Sie hatte alles, was sich eine statusbewusste Frau wünschen konnte. Er lebte auf einem Hausboot und fuhr ein französisches Auto. Wollte sie eine Affäre? War es ihr ernst? Oder steckte ein Plan dahinter?

·

8

Olaf Wendisch trat mit voller Wucht gegen eine Apfelkiste, sodass die Holzlatten brachen und helle Splitter durch den alten Schuppen schossen. Der Einundvierzigjährige arbeitete als Bankkaufmann und betrieb die Obstweinherstellung als Nebenerwerb. Er träumte davon, einmal mit der »Goldenen Kruke« ausgezeichnet zu werden, aber gestern Abend war er bei der Überreichung der Wanderpokale erneut übergangen worden, und er kannte auch den Grund. Die Juroren konnten ihn nicht ausstehen. Normalerweise kratzte es ihn nicht, was die Spießer aus der Stadt über ihn dachten, aber es war eine verdammte Sauerei, dass das Urteil über ihn als Mensch das Urteil über seine Sauerkirsch-, Blaubeer- und Brombeerweine nachteilig beeinflusste.

Nachdem sich Wendisch wieder beruhigt und geschworen hatte, im nächsten Jahr einen neuen Anlauf zu starten, füllte er aus den großen weißen Plastikbehältern den Brombeerwein in Flaschen ab, die er später zum Verkaufsstand fahren wollte. Wenigstens die Besucher des Baumblütenfests wussten einen guten Tropfen zu schätzen; seine »Schlüpferstürmer« waren jedes Jahr ausverkauft.

Mit einem Knarren öffnete sich der hölzerne Türflügel, und Licht flutete in den Schuppen. Wendisch kniff die Augen zusammen und erkannte die Umrisse von Sara Mangold, einer achtzehnjährigen Schülerin des Ernst-Haeckel-Gymnasiums. »Was willst du?«, fragte er.

»Du warst gestern nicht auf der Party«, erwiderte Sara. Sie hatte einen braunen Wuschelkopf, große melancholische Augen und eine schlanke, sportliche Figur. »Ich hab dich überall gesucht.«

»Ich war beschäftigt. Jetzt hab ich auch keine Zeit. Ich ruf dich später an.«

»Hast du etwas Ice dabei?«

Ach, daher wehte der Wind. Wendisch hatte sie ausgesucht,

weil sie perfekt geeignet war. Sie war das einzige Kind eines reichen Unternehmers, der sich eigentlich einen Sohn gewünscht hatte. Sie rebellierte gegen ihr Elternhaus, was sich in Desinteresse an Schulnoten und in einer Experimentierfreude in Sachen Drogen äußerte. Er hatte ihr immer wieder Tütchen mit Crystal Meth zugesteckt. Mittlerweile war sie reif.

»Keine Ahnung!«, sagte er.

»Kannst du mal nachsehen? Vielleicht bekommst du hinterher auch eine Belohnung.«

Ihre Stimme hatte lasziv klingen sollen, aber er hatte genau den drängenden und verzweifelten Unterton herausgehört, der so bezeichnend war.

»Warte draußen. Ich bin gleich fertig.«

Sie zögerte.

»Noch mal sag ich es nicht. Los, raus jetzt. Ansonsten musst du dir das Zeug woanders besorgen.«

Er beobachtete, wie sie gehorsam die hölzernen Türflügel schloss. Das Mädel hatte Stil, und es machte ihn an, dass sie so abhängig von ihm war.

Glücklicherweise war er nicht so schwanzgesteuert wie Klaus, der wegen seiner Dauergeilheit in den ewigen Jagdgründen gelandet war. Er hatte seinem Freund immer wieder gesagt, dass er die Finger von verheirateten Frauen lassen sollte. Irgendwann würde einer der Männer durchdrehen und ihn kaltmachen. Und nun war es passiert. Davon war er überzeugt. Er selbst tickte völlig anders. Für ihn waren die schnellen Höhepunkte nie befriedigend gewesen, er hatte schon immer Spaß am Hinauszögern und Planen gehabt. Und genau so würde er auch bei Sara vorgehen.

Sorgfältig füllte er noch drei Dutzend Flaschen ab und versah sie mit Etiketten. Er zog die Einweghandschuhe aus und trug die schweren Kartons nach draußen. Sara hatte gewartet und ging unbeholfen auf Tuchfühlung. Sie berührte ihn an der Schulter, sagte etwas Nettes über sein Auto und sah verheißungsvoll zu ihm auf.

»Wie willst du mich eigentlich belohnen?«, fragte er.

Sogleich veränderte sich ihr Blick; er wurde unstet, beinahe fliehend. »Ich könnte ...«, stotterte sie. »Ich ...«

»Ich bin ja kein Unmensch«, sagte er grinsend und stellte den Brombeerwein ab. Er griff in seine Gesäßtasche und reichte ihr ein Tütchen. Sie riss es ihm aus der Hand, lief zu einem alten, verrosteten Traktor und holte einen Schreibblock aus der Tasche, den sie auf eine Trittstufe legte. Sie schüttete das Ice auf den Pappdeckel, zerhackte es mit ihrer Kreditkarte und zog es durch die Nase ein.

Während Wendisch die Kartons in dem geräumigen Kofferraum verstaute, beobachtete er, wie die Wirkung der Droge allmählich einsetzte. Er wusste, dass er sie jetzt nehmen könnte. Vermutlich hätte er sie auch schon früher haben können, aber von einer guten Flasche Whiskey kostete man ja auch nicht, bevor man sie verschenkte.

9

Die Nacht war über der Neustädter Havelbucht hereingebrochen. Toni saß auf dem Oberdeck und merkte, wie die Buchstaben vor seinen Augen verschwammen. Er legte den Aktenordner beiseite und schenkte sich einen doppelten Calvados ein. Nachdem er das Glas geleert hatte, dehnte er seine Nackenmuskulatur.

Auf der Wasseroberfläche reflektierten kleine Wellen das Buglicht und die Steglaternen. In den Tälern sammelte sich die Schwärze. Nirgends wiederholten sich die Muster, nirgends gab es die gleichen Strukturen, überall erfand sich das Wasser neu. Auf viele Menschen hatte es eine beruhigende Wirkung, und doch konnte es den Tod bringen.

In Europa starben jedes Jahr zwanzigtausend Personen in Seen, Flüssen und Meeren. Dabei waren die Todesursachen sehr vielfältig. Von dem klassischen Badeunfall, der das Ertrinken zur Folge hatte, musste der Badetod unterschieden werden. Bei diesem wurde kein Wasser eingeatmet. Stattdessen stellten die Ärzte einen Kehlkopfschock, einen Kreislaufschock oder Trommelfelldefekte fest.

Toni hatte immer wieder darüber gegrübelt, was Sofie damals passiert war. Im Uferbereich waren viele scharfkantige Steine mit Algen bewachsen gewesen, auf denen sie ausgerutscht sein und sich den Kopf angeschlagen haben könnte. Vielleicht hatte sie sich auch nicht abgekühlt und hatte durch den Sprung ins kalte Nass einen Stimmritzenkrampf bekommen, der zum Atemstillstand geführt hatte. Überhaupt hatte er die niedrigen Wassertemperaturen in seine Überlegungen einbezogen. Bei der Kälte musste ihr Herz schneller geschlagen haben, möglicherweise war es zu unkontrollierter Atmung gekommen, die Muskelkraft war schnell geschwunden, und ihre Bewegungsfähigkeit hatte nachgelassen. Vielleicht hatte sie sich noch an einer Boje oder einem Stellnetz festklammern können, aber bei fünf bis zehn Grad Celsius hatte sie irgendwann das Bewusstsein verloren. Hinzu kam, dass Sofie ziemlich viel Obstwein getrunken hatte, was die Blutgefäße erweitert hatte und die Entwicklung noch begünstigt hätte. Vielleicht hatte sie infolge des Rausches die Orientierung verloren und sich »verschwommen«. Wenn einer dieser Fälle eingetreten war, blieb nur die Frage: Was war mit ihrem Leichnam geschehen?

Im Frühjahr dauerte der Verwesungsprozess im Wasser länger als an Land, was an den niedrigeren Temperaturen lag. Doch auch in einer relativ kalten Umgebung bildeten sich in den Eingeweiden Fäulnisgase, die dem Körper Auftrieb gaben und ihn an die Oberfläche drängten. Durch verschiedene Einflüsse konnte ein Leichnam jedoch von der Unglücksstelle fortbewegt werden. Bei Flüssen wurde er in der Regel stromabwärts getragen, aber er konnte sich auch in der Ankerkette eines Bootes verfangen und stromaufwärts geschleppt werden. In der Regel wies jeder Fluss eine Geschwindigkeit auf, die eine Berechnung erlaubte, in welcher Zeit der Leichnam welche Strecke zurücklegte. Das zeitweise oder dauerhafte Verfangen in Schlick, Baumstämmen, Schrott oder Bauwerken bildete dabei jedoch einen Unsicherheitsfaktor, der nicht einbezogen werden konnte. Bei schnell fließenden Gewässern wie etwa dem Rhein hatten die Experten Stellen ausgemacht, an denen die Leichen strandeten oder festhakten. Das waren zumeist Flussbiegungen, kurvenreiche Passagen, Brücken oder Schleusen.

Toni hatte alle Fachbücher gelesen, er war die Uferstücke abgewandert, er hatte einen Tauchschein erworben und war jeden Quadratmeter jedes in Frage kommenden Gewässers abgetaucht, aber die Havel und die benachbarten Seen hatten nichts preisgegeben.

Er war bei der Suche sehr gründlich vorgegangen. Deshalb hatte er schon vor Jahren die Wahrscheinlichkeit, dass sich ihre sterblichen Überreste noch im Wasser befanden, auf weniger als zwei Prozent beziffert. Weitergebracht hatte ihn diese Feststellung nicht. Die Ungewissheit blieb.

Er nahm einen Schluck von dem Calvados und griff nach dem Aktenordner.

10

Aus seiner Tasche zog er die Handschuhe und streifte sie über. Das Innenleder fühlte sich rau an den Fingerspitzen an. Er zog das Messer aus der Scheide und hielt die blitzende Klinge mit der rechten Hand nach oben. Er beschleunigte seine Schritte und verkürzte die Distanz zu Olaf Wendisch.

Der Bankkaufmann hatte sich auf dem Baumblütenfest so vollaufen lassen, dass er vom Bürgersteig auf die Straße torkelte. Dort unternahm er ein paar holprige Schritte, bis er es zurück auf den Gehsteig geschafft hatte. In diesem Zustand würde er kaum mitbekommen, was mit ihm geschehen würde. Das war ärgerlich.

Eigentlich sollte Wendisch bei vollem Bewusstsein sein, wenn er ihm den Namen ins Ohr flüstern würde. Er sollte begreifen, warum das alles geschah. Andererseits war es sinnvoll, die günstige Gelegenheit zu nutzen, um sich der nächsten Etappe des Plans zuzuwenden.

In den letzten Monaten hatte er sich viel mit Fragen zu Schuld, Vergebung und Rache beschäftigt. Es gab viele Positionen, die er nachvollziehbar fand. Letztendlich musste jeder seine eigene Entscheidung treffen, und dann zählte nur noch eines: den gewählten Weg zu Ende gehen.

Er umklammerte den Messergriff fester. Wendisch hatte alles vor sich gerechtfertigt, um sorglos weiterleben zu können. Er hatte sich nie Gewissensfragen gestellt, er hatte auch nie Reue gezeigt. Er war ein Unmensch, der Unheil brachte. Er verdiente keine Gnade. Wenn niemand ihn aufhielt, würde er noch mehr Leid und Schmerzen verursachen. Wendisch würde seine gerechte Strafe bekommen.

Endlich hatte er zu ihm aufgeschlossen. Er spähte in alle Richtungen, um sich abzusichern. Zeugen konnte er nicht gebrauchen. Die Luft war anscheinend rein.

Schon hob er den linken Arm, um ihn Wendisch um den

Hals zu legen, als aus der Seitenstraße ein anderer Mann torkelte und lallte: »Olaf ... du kannst ja ... noch laufen. Wollen wir ... Wie wär's mit einem Absacker?«

»Gut«, nuschelte Wendisch.

Arm in Arm setzten die Männer den Weg fort und stützten sich gegenseitig.

Unauffällig steckte er das Messer zurück in die Scheide, wechselte die Straßenseite und bog um die nächste Ecke. Ob er Wendisch heute oder morgen erwischte, war nicht wichtig. Entscheidend war nur, dass er ihn überhaupt erledigte. Wir werden uns wiedersehen, dachte er.

11

Toni saß auf der Kante seiner Koje und horchte auf die Schritte, die über ihm näher kamen. Dann erklang ein dumpfes »Tock, tock, tock«. Sein Sohn hatte den Besenstiel dreimal auf das stählerne Oberdeck gestoßen. Das war das vereinbarte Zeichen; er war wohlbehalten nach Hause gekommen. Toni war erleichtert, dass alles gut gegangen war. Wieder erklangen Aroons Schritte, dieses Mal entfernten sie sich. Die Tür zur Heckkabine, wo er sein eigenes Reich hatte, wurde knarrend geöffnet und genauso laut knarrend wieder geschlossen. Dann kehrte Stille ein.

Toni massierte sich mit Zeigefinger und Daumen den Nacken. Der Digitalwecker zeigte null Uhr dreißig an. Er würde jetzt versuchen, einige Stunden zu schlafen, und morgen früh die Ermittlungen fortsetzen. Mit einem ordentlichen Schluck Calvados spülte er zwei Tabletten hinunter. Bis die Wirkung einsetzte, würde er noch eine halbe Stunde warten müssen. Er griff nach seiner E-Gitarre und zupfte lustlos an den Saiten, dann stellte er das Instrument wieder zurück. Auf Flauberts »Madame Bovary« konnte er sich nicht konzentrieren. Schließlich legte er sich auf den Rücken und starrte an die Decke.

Nach seiner Rückkehr aus Wiesbaden hatte er die Hoffnung, Sofie jemals zu finden, beinahe aufgegeben und war einem Nervenzusammenbruch nahe gewesen. Damals hatte er von unerwarteter Seite Hilfe erhalten. In einem kleinen Esoterikladen hatte er ein Buch mit dem Titel »The Secret« entdeckt. Die Autorin beschrieb die Kraft des positiven Denkens. Sie gab den Ratschlag, dass man sich verhalten solle, als wäre der Wunsch bereits in Erfüllung gegangen.

Toni hatte nichts zu verlieren gehabt und sich auf das Experiment eingelassen. Er hatte sich daran erinnert, dass er mit Sofie oft über ein Hausboot gesprochen hatte, auf dem sie später einmal wohnen wollten. Auf dem Wasser war alles ständig in Bewegung, und dieser Zustand hatte ihrem Lebensgefühl am ehesten entsprochen. Nachdem er Aroon nach seiner Meinung gefragt und sich der Junge begeistert gezeigt hatte, hatten sie sich auf die Suche nach einem geeigneten Wasservehikel gemacht.

In einem kleinen Hafen kurz vor der Elbmündung waren sie fündig geworden. Die »MS Flora« war 1910 in einer holländischen Werft als Frachtensegler erbaut worden und hatte unter verschiedenen Eignern dem Transport von Kohle, Ziegeln und Getreide gedient. Ein Ehepaar hatte das Schiff 1998 erworben und es in einer Werft in Neuhaus an der Oste aufwendig zu einem Hausboot umbauen lassen, um seinen Lebensabend darauf zu verbringen. Zehn Jahre später war es noch in einem tadellosen Zustand gewesen.

Für Toni und Aroon war es Liebe auf den ersten Blick gewesen. Sie waren an die finanzielle Schmerzgrenze gegangen, um es zu kaufen. Hinterher hatte Toni tatsächlich eine Veränderung an sich wahrgenommen. Für eine ganze Weile war er zuversichtlicher geworden. Er hatte das gute Gefühl gehabt, alle Weichen für einen glücklichen Ausgang gestellt zu haben. An seiner Situation hatte sich jedoch nichts verändert. Sofie war nicht zurückgekommen – bis heute nicht.

Toni kontrollierte, ob sein Handy eingeschaltet war. Dann löschte er die Lampe und legte sich wieder hin. Unruhig wälzte er sich herum und fand keinen Schlaf. Manchmal wirkten die Schlaftabletten nicht mehr.

Um ein Uhr dreißig schlüpfte er in seine Jogginghose, stieg im Salon die Treppe hoch und lief barfuß über das kalte Oberdeck zur Vorschiffkabine. Vor den silbrigen Mond schob sich gerade eine schwarze Wolke. Er öffnete die Luke, stieg die Leiter hinunter und knipste die nackte Glühbirne an. Momentan befand sich hier das Archiv.

In mehreren Regalen lagerten Aktenordner, Mappen und Kartons. Zunächst suchte er eine Liste heraus, in der er den gesamten Nachlass von Sofie verzeichnet hatte. Unter der Überschrift »Fehlendes« hatte er aufgeführt, was er in der gemeinsamen Wohnung, in ihrem Elternhaus und in der Laube ihres Vaters vermisst hatte. Darunter war eine grüne Samttasche gewesen, die mit Elefanten und Pailletten bestickt gewesen war. Außerdem ein Föhn, den er einmal repariert hatte und der seitdem nur noch auf der stärksten Stufe funktioniert hatte. Ein Spitzenslip und ein ebensolcher BH, in dem sie umwerfend ausgesehen hatte. Und dieses gelbe T-Shirt, das sie auf dem Foto trug, das beim Mordopfer gefunden worden war. Möglicherweise hatten noch weitere Sachen gefehlt, an die er sich nicht erinnern konnte.

Toni nahm einen Schluck aus einer Calvadosflasche, die er hier versteckt hatte, und wischte sich über den Mund. Er vermutete, dass das Foto von Sofie mit einer Sofortbildkamera aufgenommen worden war. Eine solche hatte sich seines Wissens nie in ihrem Besitz befunden. Er hob einen Karton mit der Aufschrift »Fotos privat« herunter und ging die Aufnahmen durch, ohne recht zu wissen, wonach er suchte. Dann hatte er eine Idee. Er griff nach einem zweiten Karton mit der Aufschrift »Fotos 3. Mai 1998«. Hier hatte er Aufnahmen gesammelt, die von der Presse, von den Einsatzkräften und einem neugierigen Privatmann geschossen worden waren. Bild für Bild betrachtete er und prüfte, ob er irgendwo das Gesicht des Toten entdecken konnte. Vergeblich. Irgendwann fing er an, die Namenslisten nach einem »Klaus Hartwig« durchzugehen. Er versuchte noch einige andere Ansätze und nahm gar nicht wahr, dass schlagartig die Wirkung der Tabletten einsetzte. Über einem Aktenordner kauernd schlief er ein.

12

Am nächsten Morgen trat Toni in den Besprechungsraum und sah, dass Phong die entwickelten Fotos mit Magneten an der Tafel befestigte. Toni stellte sich neben ihn und schaute sich die Aufnahmen von den Schaulustigen, dem Tatort, dem Opfer und den Stichverletzungen an.

»Irgendwas Interessantes?«, fragte er.

»Ich hab echt keine Lust auf den Stress, aber ich muss nachher unter vier Augen mit dir reden!«, erwiderte Phong. Hinter seinen getönten Brillengläsern sahen seine Augen riesengroß aus.

»Wieso? Was ist denn los?«

In diesem Moment öffnete sich die Glastür. Schmitz und Gesa traten ein.

Toni nickte Phong zu, um ihm zu bedeuten, dass sich später ein geeigneter Zeitpunkt finden würde. Danach begrüßte er die Ankömmlinge.

Er nahm zur Kenntnis, dass er beim Anblick des Kriminalrats die gleiche Gleichgültigkeit wie immer empfand. Da waren weder Wut noch Ärger. Vermutlich, weil ihm klar war, dass es nichts Persönliches war. Schmitz war ein Karrierist, der an seiner nächsten Beförderung arbeitete. Und er selbst war ein Mann, für den die Suche nach seiner verschwundenen Ehefrau oberste Priorität hatte. Jeder verfolgte seine Ziele, manchmal kollidierten die Interessen, und am Ende musste jeder mit den Konsequenzen leben.

Schmitz' Mundwinkel hingen schlaff herab. Offenbar war das Abendessen mit dem Polizeipräsidenten nicht so gelaufen, wie er es sich gewünscht hatte. »Ich höre«, sagte der Kriminalrat und widmete sich seinem Smartphone.

Auf Tonis Wink hin begann Gesa.

»Ich hab gestern Abend noch einen Treffer gelandet«, sagte die Kriminaloberkommissarin. »Das Opfer war zwischen Mitternacht und drei Uhr in einer Cocktailbar. Die Kellnerin konnte sich gut an Klaus Hartwig erinnern, weil er häufiger zu Gast war und immer Champagner getrunken hat. Er war in Begleitung einer jungen, attraktiven Frau. Es könnte sich um eine Prostituierte oder ein Escortgirl gehandelt haben. Nach ihrem Dialekt zu urteilen, stammte sie aus dem süddeutschen Raum.«

»Das würde zu der Kondompackung und dem Schlüsselanhänger passen«, sagte Toni. »Ich frage mich nur, ob er keine Angst hatte, dass ihn jemand erkennt und seiner Ehefrau von seinem Treiben berichtet. Werder ist ja nur ein paar Kilometer entfernt.«

»Damit kommt auch ein Beziehungsmotiv in Frage«, sagte Gesa.

»Da stimme ich dir voll zu. Phong, hast du das Taxiunternehmen ausfindig gemacht, das Mutter und Sohn nach dem Baumblütenfest nach Hause gefahren hat?«

»Noch nicht«, erwiderte der, griff in eine Kartoffelchipstüte und verzehrte krachend sein Frühstück. »Dafür hab ich mir gestern Abend noch Hartwigs Handy aus der Kriminaltechnik bringen lassen. Die letzte Nummer wurde um neunzehn Uhr gewählt und gehört einer gewissen Sina Scheid, die ganz in der Nähe des Tatorts, in der Gutenbergstraße, wohnt. Ihrer Aussage nach ist sie Studentin und war mit dem Opfer zwischen einundzwanzig und drei Uhr zusammen. Sie sprach Bayrisch. Sie kann also die Frau gewesen sein, mit der Hartwig in der Cocktailbar war. Ihre Nummer und Adresse findet ihr in der Mappe.«

Toni schlug den blauen Pappdeckel auf und blickte auf diverse Inhalte, die Phong zusammengestellt hatte. Er blätterte durch eine Zeitschiene, die noch einige Lücken aufwies, durch Kopien der wichtigsten Fotos, durch den vorläufigen Bericht der Gerichtsmedizinerin, in dem sie sich auf einen Todeszeitpunkt zwischen zwei und vier Uhr festlegte, und durch einen seitenlangen Bericht des Kriminaltechnikers. Wie hing das alles mit Sofie zusammen? Toni hatte einige Ideen, aber bislang konnte er sie nicht belegen.

In diesem Moment ertönte ein »Piep, piep«. Kriminalrat Schmitz hatte eine SMS erhalten. Seine Miene hellte sich etwas auf, er blickte von seinem Smartphone auf und sagte: »Ich sehe, dass Sie den Spuren mit der nötigen Gewissenhaftigkeit nachgehen. Bei meinen Freunden aus der Politik ist mein Rat gefragt, deshalb muss ich Sie leider alleine lassen. Allerdings möchte ich nicht gehen, ohne Ihnen –«

»Der Kühlschrank!«, sagte Gesa.

»Wie bitte?«

»Sie wollten schon vor über zwei Wochen jemanden schicken, der den Kühlschrank repariert. Ihnen dürfte doch klar sein, dass es uns sehr motivieren würde, an einem heißen Tag wie diesem eine kalte Cola zu trinken.«

»Ach, natürlich. Ich regele das.« Schmitz fand noch einige »erbauliche« Worte und verschwand auf dem Gang.

Phong aß krachend einige Chips und bot den Kollegen die offene Tüte an.

»Danke«, sagte Toni. »Gib mir lieber eine Zusammenfassung vom KTU-Bericht zu dem Foto.«

Phong wischte sich die Finger an der Hose ab. »Das Foto wurde mit einer Polaroidkamera aus der Captiva- beziehungsweise Vision-Reihe geschossen, die zwischen 1993 und 1997 produziert wurde. Auch wenn man sie nicht mehr im Fotoladen kaufen kann, wird sie bei Online-Auktionshäusern und auf Liebhaberbörsen angeboten. Die Produktion der passenden Filme wurde eingestellt, aber im Internet kursieren Restbestände.«

»Hat Christoph Roth das Foto datiert?«

»Er nimmt noch einige Tests vor, aber er hat schon gesagt, dass er sich unmöglich festlegen kann, ob es ein, fünf oder zwanzig Jahre alt ist. Der beste Kriminaltechniker der Welt hat sich gewunden wie ein Aal und irgendetwas von Chemikalien erzählt. Nicht einmal das FBI könne eine solche Bestimmung vornehmen, hat er gesagt. Ihm war gar nicht wohl in seiner Haut.«

»Schade. Das wäre ein interessanter Hinweis gewesen. Wäre es möglich, dass die Frau das Foto mit einem Selbstauslöser gemacht hat? Oder dass sie die Arme von sich gestreckt und geknipst hat?«

»Und wie. Die Polaroid Vision verfügt über einen integrierten

Selbstauslöser. Außerdem schaut die Frau leicht nach unten. Man sieht nur die weiße Wand, ihr Gesicht sowie den Halsausschnitt und den Schulterbereich ihres gelben T-Shirts. Sie könnte die Kamera schräg auf einen Tisch gestellt oder gehalten haben.«

»Wurde die Aufnahme drinnen oder draußen gemacht?«

»Steht im Bericht«, erwiderte Gesa und sah von der aufgeschlagenen Mappe auf. »Mit allergrößter Wahrscheinlichkeit draußen.«

»Hast du gestern Abend noch deinen Bruder erreicht?«

»Ja, hab ich. Klaus Hartwig hat jede halbwegs attraktive Frau angebaggert, die nicht bei drei auf den Bäumen war. Außerdem hat er vor einem Jahr wohl auch die Freundin seines Sohnes beglückt.«

»Das erklärt auf jeden Fall, warum der Junge seinen Vater ein ›Arschloch‹ nannte. Einen größeren Vertrauensbruch kann ich mir nicht vorstellen. Damit hat nicht nur seine Frau Jessica, sondern auch Jan Hartwig ein Motiv. Fraglich ist nur, warum er ihn nicht schon vor einem Jahr getötet hat, als die Emotionen noch frisch waren. Ist in der Zwischenzeit noch etwas anderes passiert? Phong, sieh zu, dass du möglichst schnell den Taxifahrer ausfindig machst und das Alibi der Hartwigs überprüfst. Gesa, hast du sonst noch irgendwelche Infos über den Jungen?«

»Seit einem Jahr soll er mit einer nazistischen Kameradschaft sympathisieren. Er soll aber kein richtiges Mitglied sein, sondern nur bei Feten vorbeischauen. Strafrechtlich liegt nichts gegen ihn vor.«

»Natürlich könnte die Tat einen politischen Hintergrund haben, aber diese Spur behandeln wir nachrangig. Das Sexualverhalten von Klaus Hartwig erscheint mir aussichtsreicher zu sein ...« Und könnte auch eher im Zusammenhang mit Sofies Verschwinden stehen, fügte Toni in Gedanken hinzu. »Was habt ihr sonst noch?«

»Hartwigs Computer ist sauber«, sagte Phong. »In den Internetprotokollen und in der Verlaufschronik tauchen Automobilseiten, einige Landwirtschaftsseiten und dann wieder Automobilseiten auf. Sein E-Mail-Verkehr ist unauffällig.«

»Hast du den Zahlencode geknackt?«
»Darum kümmere ich mich gleich.«
»Und sonst?«
»Der DNA-Abgleich zu dem Sperma auf dem Foto läuft noch. Die Faserspuren stammen mit hoher Wahrscheinlichkeit von einem schwarzen Fleecepulli der Marke Jack Wolfskin. Dem Opfer wurden zwei Stiche zugefügt. Der erste wurde seitlich von hinten ausgeführt und traf die Leber, was den großen Blutverlust erklärt. Der zweite Stich kam von vorn und traf das Herz. Der Täter ist vermutlich Rechtshänder, er ist zwischen einem Meter achtzig und zwei Meter groß und hat ein Messer mit einer Klingenlänge von ungefähr zehn Zentimetern benutzt. Die Überprüfung der Verbindungsdaten von Hartwigs Festnetzanschluss kann ich erst am Montag vornehmen. Ihr findet diese Infos und viele weitere Details in der Mappe.«

»Okay. Die Fahndung nach dem roten Mazda ist raus. Gesa, dann kannst du zum Geburtstag deiner Nichte aufbrechen.«

Die Kriminaloberkommissarin packte schnell ihre Sachen zusammen, sagte gut gelaunt »Tschüss« und verließ den Besprechungsraum.

»Und nun zu dir«, sagte Toni. »Warum willst du mit mir reden?«

»Du weißt, dass ich mit Gesichtserkennungssoftware experimentiere. Ich habe die rothaarige Frau identifiziert.«

Tonis Pulsfrequenz stieg sprunghaft an. »Wer ist sie?«

»Tu bloß nicht so unschuldig. Du weißt genau, wer sie ist. Dadurch erhält der Fall eine völlig andere Dimension. Wir müssen das in unsere Überlegungen einbeziehen.«

»Hör zu, Phong. Wir können nicht wissen, ob das Verschwinden von Sofie, ihr Foto und der Mordfall zusammenhängen. Zurzeit haben wir nur einen sicheren Ermittlungsansatz. Wir müssen mehr über das Opfer herauskriegen und den Täter finden, dann klären wir vielleicht auch das Verschwinden meiner Frau auf. Das Wissen um ihre Identität macht für die Ermittlung zunächst keinen Unterschied.«

»Wenn Schmitz herauskriegt, dass du relevante Informationen

unterschlägst, wird er dich sofort suspendieren. Er kann dich nicht ausstehen. Ich glaube, er hält dich für einen Hippie oder so.«

»Das darf nicht passieren. Glaub mir – ich bin an der Aufklärung ihres Schicksals am meisten interessiert. Ich weiß alles über die Umstände ihres Verschwindens und die nachfolgenden Ermittlungen. Wenn wir irgendwo auf eine Verbindung stoßen, würde mir das sofort auffallen. Falls die Offenlegung ihrer Identität notwendig wird, werde ich ihren Namen preisgeben. Und wenn es zu disziplinarischen Maßnahmen kommen sollte, wirst du nicht hineingezogen. Das verspreche ich dir. Kannst du noch eine Weile den Ahnungslosen spielen?«

»Es würde mir echt leidtun, wenn du rausfliegst. Aber okay. Ich bin dabei.«

»Gut. Du weißt, was zu tun ist. Ich statte unterdessen Klaus Hartwigs Begleitung, dieser Sina Scheid, einen Besuch ab.«

13

In der Potsdamer Innenstadt stoppte Toni an einer Straßensperrung und erinnerte sich, dass heute der rbb-Lauf stattfand. Während er die restliche Strecke zu Fuß bewältigte, schlugen die Absätze seiner Stiefel auf das Pflaster. Die Gutenbergstraße verlief parallel zur Haupteinkaufsstraße und war wie die ganze historische Altstadt ein Sammelplatz für Baudenkmäler. Die dreistöckigen barocken Häuser waren aufwendig restauriert worden und erinnerten an längst vergangene Zeiten. Die Wohnungsmieten waren so hoch, dass sie von einer normal gestellten Studentin nicht zu bezahlen waren.

Toni betätigte den Klingelknopf, erklärte über die Gegensprechanlage sein Anliegen und stapfte durch das Treppenhaus ins Dachgeschoss, wo er von einer jungen Frau in der offenen Wohnungstür empfangen wurde. Sina Scheid hatte mit ihren langen roten Haaren, den feinen Gesichtszügen und den schlanken Gliedmaßen große Ähnlichkeit mit Sofie. War das Zufall? Oder hatte Klaus Hartwig einen bestimmten Typ Frau bevorzugt? Die Studentin trug ein hellgrünes Trägershirt, eine enge schwarze Freizeithose und Stoffturnschuhe ohne Schnürsenkel. Sie gähnte herzhaft.

Toni wies sich aus und empfahl, die Befragung im Wohnungsinneren durchzuführen.

Sina Scheid nickte und führte ihn durch einen niedrigen, dunklen Flur. An den Wänden hingen erotische Abbildungen des Kamasutra, das Kopfende des Gangs war mit einem Samtvorhang abgeteilt. Davor bogen sie in die helle Küche ab. Eine Tür führte auf einen kleinen Balkon. In einem Blumentopf steckte ein Windrad, das sich knatternd drehte. Sina Scheid bot ihm einen Kaffee an.

Toni lehnte dankend ab. »Ich bin nicht hier, um den Moralisten zu spielen. Es interessiert mich auch nicht, ob Sie Ihre Einnahmen versteuern. Ich bin einzig und allein an der Aufklärung des Mordes interessiert. Und ich möchte Sie bitten, ganz offen mit mir zu sprechen.«

Mit einem bayrischen Dialekt, der aus ihrem Mund beinahe apart klang, erwiderte Sina Scheid: »Oder möchten Sie lieber einen Prosecco?«

Toni legte seine Hände auf die Knie und zwang seine Füße zum Stillstehen. »Ein Glas kann wohl nicht schaden. In welchem Verhältnis standen Sie zu Klaus Hartwig?«

Die Studentin füllte zwei schlanke Kelche und sagte: »Santé. Trinken Sie erst mal einen Schluck. Wir haben ein Arrangement geschlossen.«

Toni stellte das geleerte Glas wieder ab und beobachtete, wie Sina Scheid ihnen nachschenkte. Er wusste, dass es zahlreiche Männer gab, die eine längerfristige sexuelle Beziehung mit einer jüngeren Frau eingingen und sie als Gegenleistung finanziell aushielten. »Also war er Ihr Sugardaddy?«

»Ich finde dieses Wort ganz schrecklich, aber ja, so könnte man ihn bezeichnen. Santé.«

»Gab es in Ihrer Beziehung eine gewisse Regelmäßigkeit? Also feste Termine, die der Täter hätte ausspionieren können?«

»Das kann man so nicht sagen. Klaus rief mich kurz vorher an und fragte, ob es mir passen würde. Die einzige Regelmäßigkeit bestand in der Häufigkeit und Dauer. Wir sahen uns ein- bis zweimal die Woche in meiner Wohnung für ungefähr drei Stunden. Hinterher führte er mich manchmal in ein Restaurant oder in eine Bar aus. Oh, Sie trinken schnell. Der Prosecco schmeckt gut, nicht wahr? Jetzt können wir die Flasche auch leer machen.«

Toni hielt die flache Hand über sein Glas. »Nein, nein, danke. Für mich nichts mehr.«

»Och, schade. Das hätte lustig werden können.«

»Sie wirken nicht sonderlich betroffen.«

»Es stört Sie doch nicht, wenn ich noch etwas trinke? Ich hatte schon etwas Zeit, mich an seinen Tod zu gewöhnen. Außerdem war er kein feinfühliger Mann, dem ich sonderlich zugetan war. Jemand wie Sie wäre schon eher nach meinem Geschmack.

Morgen schalte ich eine neue Anzeige. Vielleicht melden Sie sich ja?«

»Einen Sugardaddy in meiner Gehaltsklasse wollen Sie sich ganz sicher nicht angeln. Können Sie Klaus Hartwigs Charakter etwas konkreter beschreiben? Warum mochten Sie ihn nicht?«

»Santé«, sagte Sina Scheid und nahm einen großen Schluck. »Ah, mögen? Das ist ein weiter Begriff. Er hatte gewisse Qualitäten, er war spendabel, aber auf Dauer wäre er mir zu langweilig gewesen. In meinem Gewerbe verbringt man viel Zeit mit den Männern, und da ist es angenehmer, wenn der Freund ein guter Gesellschafter ist. Klaus interessierte sich für Sex, für Autos und nochmals für Sex. Und dementsprechend eintönig fielen auch unsere Treffen aus.«

»War er abartig veranlagt? Hatte er Gewaltphantasien?«

»Möchten Sie wissen, was er mit mir angestellt hat?«, fragte die Studentin mit funkelnden Augen.

»Bitte beantworten Sie einfach meine Frage.«

»Sadomaso war nicht sein Ding. Ich würde ihn eher als Sexathleten beschreiben.«

»Was kann ich mir darunter vorstellen?«

»Er wollte bei unseren Treffen mindestens zweimal zum Höhepunkt kommen. Meistens schaffte er es öfters, und er war stolz drauf. Das war richtig anstrengend.«

»Ist Ihnen an jenem Abend etwas aufgefallen? Wurden Sie beobachtet? Hat Sie jemand verfolgt? Haben Sie einen eifersüchtigen Freund?«

»Ich hab mir diese Fragen auch schon gestellt. Ich bin den ganzen Abend durchgegangen, und ich weiß nicht, ob es wichtig ist.«

»Alles kann wichtig sein.«

»Zuerst war er hier bei mir. Es war alles wie immer, und wir sind noch auf einen Champagner in eine Bar. Hinterher hat Klaus mich zu Fuß nach Hause gebracht. Auf dem Weg hatte ich so ein komisches Gefühl. Mehrmals hab ich mich umgesehen, aber da war niemand. Obwohl ich schwören könnte, dass ich Schritte gehört habe.«

»Wie spät war es da?«

»Er hat sich unten an der Haustür verabschiedet. Oben in der Wohnung hab ich auf die Uhr geguckt. Da war es drei Uhr siebzehn.«

»Hat er gesagt, wo er hinwollte?«

»Wahrscheinlich wollte er sich ein Taxi suchen«, erwiderte Sina Scheid beiläufig und sah ihn erwartungsvoll an. »Gehen wir zusammen frühstücken? Sonntage sind so deprimierend, wenn man sie alleine verbringen muss.«

»Tut mir wirklich leid, aber ich habe viel zu tun. Kennen Sie diese Frau?«, fragte Toni und zeigte Sofies Foto.

»Sie sind ja gar nicht aus der Reserve zu locken. Ach, Gott. Warum weint sie denn?«

»Sie ist vor einiger Zeit verschwunden. Möglicherweise wurde sie entführt. Hat Klaus Hartwig mal etwas erwähnt, was Ihnen in diesem Zusammenhang verdächtig vorkommt?«

»Nein, ich hab sie noch nie gesehen. Ich kann mich auch nicht erinnern, dass er mal so etwas gesagt hätte, aber sie ähnelt mir. Sie könnte als meine jüngere Schwester durchgehen.«

14

Nach der Befragung stand Toni vor dem Mietshaus und dachte nach. Der Tatort lag nur wenige hundert Meter entfernt. Wahrscheinlich war der Obstbauer von hier aus zur Hermann-Elflein-Straße gegangen und dann erstochen worden. Zur Vervollständigung der Zeitleiste musste er herausfinden, wie lange das Opfer gebraucht hatte.

Toni blickte auf seine Armbanduhr, machte sich auf den Weg und schaute am Zielort erneut auf das Zifferblatt. Wenn Klaus Hartwig nicht aufgehalten worden war, hatte er bis zu der Stelle, wo die tödliche Messerattacke erfolgt war, ungefähr vier Minuten benötigt. Also war die Tatausführung circa um drei Uhr einundzwanzig erfolgt. Das passte zu der Angabe der Gerichtsmedizinerin, die den Todeszeitpunkt zwischen zwei und vier Uhr festgelegt hatte. Und das passte zu der Aussage des Anwohners, der nicht durch das Nachtprogramm, sondern durch ein Verbrechen geweckt worden war.

Ein junger Polizist, der zur Bewachung der Örtlichkeit abgestellt war, wurde auf ihn aufmerksam. Toni legitimierte sich und schlug die Mappe auf. Er benutzte seinen Oberschenkel als Unterlage und ergänzte die Zeitschiene. Dann setzte er sich auf den Bordstein und las den Obduktionsbericht und die Ausführungen des Kriminaltechnikers.

Bei schwierigen Fällen griff er oft auf das Wissen zurück, das er bei seiner Ausbildung zum Fallanalytiker erworben hatte. In erster Linie ging es darum, den Tathergang zu rekonstruieren. Erst danach war es sinnvoll, sich ein Bild von dem Täter zu machen.

Nach der Aussage von Sina Scheid war es denkbar, dass der Mörder Klaus Hartwig verfolgt hatte. Das bedeutete, dass er das Opfer gezielt ausgewählt hatte. Während er dem Obstbauern in die Hermann-Elflein-Straße gefolgt war, hatte er möglicherweise den Bauschuttcontainer entdeckt und spontan die Idee entwickelt, den Leichnam dort zu entsorgen. Vermutlich hatte er angenommen, dass bis zur Entdeckung des Toten genügend Zeit vergehen würde, um sich in Sicherheit zu bringen, und er hatte recht behalten.

Weil der erste Stich von rechts hinten ausgeführt worden war und es keine Abwehrverletzungen gab, war es sehr wahrscheinlich, dass der Mörder das Messer bei sich gehabt hatte. Die Tat war also vorsätzlich erfolgt.

Bei dem Angriff hatte er das Überraschungsmoment ausgenutzt. Wahrscheinlich hatte er den linken Arm um das Opfer geschlungen, um es festzuhalten und aufkommenden Widerstand zu ersticken. Dabei hatte er die ersten Faserspuren seines Ärmels an Jackett- und Hemdbrust hinterlassen. Klaus Hartwigs Leber war getroffen worden, und er hatte so laut geschrien, dass ein Anwohner aus dem Schlaf geschreckt war. Danach war das Opfer bewusstlos oder verteidigungsunfähig gewesen.

Die Tötungshandlung an sich war für Fallanalytiker von größter Bedeutung, weil der Täter hier seine Vorstellungen umsetzte und hinterher mit dem realen Ergebnis konfrontiert wurde. Mancher Mörder geriet durch seine Allmacht in einen Rausch; ein anderer war schockiert, verlor sein Tatwerkzeug und suchte kopflos das Weite. Diese und viele andere Verhaltensweisen ließen Rückschlüsse auf das Motiv und den Charakter zu.

In diesem Fall hatte der Mörder die Nerven behalten und sein wehrloses Opfer durch einen zweiten gezielten Stich getötet. Danach hatte er möglicherweise in die Nacht gelauscht, um herauszufinden, ob jemand aufmerksam geworden war. Vielleicht hatte er mehrere Sekunden still dagestanden, ehe er zu der Einsicht gelangt war, dass keine Entdeckungsgefahr drohte.

Er hatte das Opfer unter die Achseln gegriffen und zu dem Container geschleppt. Dabei hatte er Faserspuren am Hinterkopf und dem Rücken des Obstbauern hinterlassen. Er hatte die Schubkarrenrampe benutzt, den Leichnam im Schutt abgelegt und keine Nachrichten, Botschaften oder sonst irgendetwas zurückgelassen, das über die reine Tötung und Beseitigung hinausgegangen war und weitere Anhaltspunkte zu seiner Persönlichkeit geben konnte. Wahrscheinlich hatte er sich sofort entfernt.

Toni vermutete, dass sie es mit einem entschlossenen, intelligenten und gut organisierten Täter zu tun hatten. Er hatte keine Freude am Töten, aber er schreckte vor der Anwendung von Gewalt nicht zurück und behielt auch in schwierigen Momenten die Kontrolle über sein Handeln. Da der Obstbauer über hundertzehn Kilo auf die Waage gebracht hatte, musste der Täter kräftig sein. Außerdem war er selbstbewusst genug, um sich auf einen Körperkontakt einzulassen. Wahrscheinlich gab es einen Grund für seine Entschlossenheit. Das konnte ein persönliches Motiv oder auch ein Kopfgeld sein. War es ein Auftragsmord gewesen?

15

Auf dem Weg zum Wagen klingelte Tonis Handy. Auf dem Display stand der Name seines Sohnes.

»Wie ist der Brunch gelaufen?«, fragte er.

»Er hat uns ein Jobangebot gemacht«, platzte Aroon heraus. »Eigentlich will ich noch an der Uni bleiben und promovieren, aber der Devisenmarkt ist so cool. Nur weiß ich nicht, ob er wirklich uns oder nur die Software will. Ich stelle dich mal auf Lautsprecher und reiche dich an Kenan weiter.«

»Hallo, Herr Sanftleben«, meldete sich der Freund.

»Kenan, bitte«, sagte Toni. »Ich hab dir schon tausendmal gesagt, dass du mich duzen sollst. Seit Monaten gehst du bei uns ein und aus. Wenn du mich so förmlich anredest, fühle ich mich uralt.«

»Ja, entschuldige. Jedenfalls hat unsere Software gegen die alten Forex-Programme hervorragend abgeschnitten. Wenn wir das Stellenangebot annehmen, würden wir auch eine Nutzungsvereinbarung abschließen. Ein Entgelt ist nicht vorgesehen.«

»Wie ist die rechtliche Situation?«

»Als Ergebnis kreativer Arbeit ist Software grundsätzlich geschützt. Als Urheber können wir die Nutzung nach eigenem Ermessen regeln.«

»Warum verkauft ihr der Bank nicht eine Lizenz? Wenn eure Software so gut funktioniert, könnt ihr sie für euch arbeiten lassen. Ihr bleibt an der Uni und streicht Gebühren ein. Das gibt bestimmt ein nettes Taschengeld.«

Einen Moment war es still in der Leitung. Dann sagte Aroon: »Wenn wir eine weitere Entscheidungshilfe brauchen, melden wir uns wieder. Tschüss, Papa.«

Toni stieg in den Peugeot und legte das Smartphone auf den Beifahrersitz. Es freute ihn, dass der Junge noch seinen Rat suchte. Den rastlosen Geist hatte er von seiner Mutter geerbt. Als er selbst siebzehn Jahre alt gewesen war, war er mit einem

Interrail-Ticket durch Europa gereist und hatte Exil-Literaten gelesen. Vermutlich hatte er nicht einmal gewusst, dass es einen Devisenmarkt überhaupt gab.

Phong rief an. »Ich habe das Taxiunternehmen ausfindig gemacht«, sagte er. Im Hintergrund knisterte eine Süßigkeitentüte. »Der Baumblütenball hat auf der Bismarckhöhe stattgefunden. Der Fahrer hat zunächst den Sohn auf der Insel abgesetzt, da war es ungefähr fünf vor zwei. Danach hat er die Mutter nach Hause gefahren.«

»Das widerspricht ihren Aussagen«, sagte Toni. »Beide haben angegeben, dass sie das Taxi gegen drei Uhr bestiegen hätten. Mal sehen, ob sie dafür eine Erklärung haben. Jedenfalls hätten beide genügend Zeit gehabt, um nach Potsdam zu fahren und den Mord zu begehen. Was gibt es sonst?«

»Ich habe mir die Schaulustigen angesehen, aber mir ist nichts aufgefallen. Ich glaube nicht, dass der Täter unter ihnen steht.«

»Okay. Haken wir das ab. Was macht der Taschenkalender?«

»Ich bin mir ziemlich sicher, dass Klaus Hartwig einen Buchcode benutzt hat. Die Zahlen sind paarweise aufgelistet und sehen wie Koordinatenangaben aus. Dazu kann er irgendein Schriftstück benutzt haben. Ohne dieses Textdokument ist es unmöglich, die Eintragungen zu enträtseln.«

»Verstehe. Ich wollte sowieso gerade zu den Hartwigs. Ich schau mich um und melde mich, wenn ich etwas entdecke.«

16

Als Toni eine halbe Stunde später auf den Obsthof rollte, ergriff ihn erneut eine große Beklommenheit. Im Gegensatz zu Sofie war er nie ein großer Esoteriker gewesen, aber hier herrschte eine Atmosphäre vor, die er ohne zu zögern als dunkel beschreiben würde. Vielleicht lag es daran, dass alles so ordentlich, sauber und wohlanständig wirkte. Man konnte schon spüren, wie die heile Fassade aufbrach und die ganze Verzweiflung an die Oberfläche drang.

Toni rief sich zur Ordnung. Solche Stimmungen durften ihn nicht beeindrucken. Ihn durfte nur interessieren, ob der sich auftuende Abgrund krimineller Natur war. Er nahm sich vor, auf die Zwischentöne zu achten.

Jessica Hartwig öffnete die Haustür und sagte: »Sie schon wieder?«

»Guten Tag. Haben Sie mittlerweile den Kalender Ihres Mannes gefunden?«

»Ich hab noch gar nicht gesucht. Während des Baumblütenfests haben wir so viel zu tun, und wir müssen ja auch noch die Beerdigung organisieren. Ich weiß gar nicht, wo mir der Kopf steht.«

»Ich mache Sie jetzt unmissverständlich darauf aufmerksam, dass der Kalender von entscheidender Wichtigkeit sein kann. Falls Sie nicht kooperieren können oder wollen, kann ich sofort ein Team vorbeischicken, das die Suche übernimmt.«

»Nein, nein. Das wird nicht nötig sein.«

»Gut, dann suchen Sie ihn, und zwar schnell. Sie wollen doch auch, dass der Täter gefasst wird.«

Gestern Nacht war Toni in seinem Archiv aufgefallen, wie anders die Menschen vor sechzehn Jahren ausgesehen hatten. Frisuren und Kleidungsstil hatten sich völlig verändert. »Haben Sie ein Foto Ihres Mannes von 1998, das Sie entbehren können?«

»Sie geben ja doch keine Ruhe. Dann kommen Sie eben herein.«

Toni schloss die Tür hinter sich und folgte der Witwe ins Wohnzimmer. Während sie in einem Sideboard Alben heraussuchte, betrachtete er einige Familienfotos in silbernen Rahmen: der Sohn bei der Einschulung, die ältere Tochter im Badeanzug und die Jüngste bei der Entgegennahme eines riesigen Reitpokals.

Auf dem Hochzeitsbild trug Klaus Hartwig einen gestreiften Anzug mit einer weißen Rose im Knopfloch. Tonis Blick blieb an seinem Gesicht kleben. Der Obstbauer war dreißig Kilo leichter. Er hatte keine Geheimratsecken, keine Tränensäcke und kein Doppelkinn. Dafür einen Schnauz- und Kinnbart. Irgendeine Erinnerung regte sich in ihm, ohne dass sie Konturen annahm. Wo hatte er dieses Gesicht schon mal gesehen?

»Wann haben Sie geheiratet?«, fragte Toni.

»1996, kurz vor der Geburt unseres Sohnes.«

»Wie lange trug Ihr Mann einen Bart?«

»Ach. Er hielt das für ein Zeichen von Männlichkeit. Schon in der Schule hat er sich einen stehen lassen. Und dann hat es mich zwanzig Jahre gekostet, ihn davon zu überzeugen, sich jeden Morgen zu rasieren.«

»Ich muss mir das Foto ausleihen.«

»Nein«, rief die Witwe und riss es an sich, als könnte sie dadurch verhindern, dass ihr Mann ein zweites Mal ermordet wurde.

»Sie erhalten es unversehrt zurück. Das verspreche ich Ihnen. Machen Sie bitte keine Probleme, Frau Hartwig. Danke. Hat Ihr Mann gelesen? Gab es ein Buch, das ihm besonders wichtig war?«

»Was soll das jetzt wieder bedeuten? Mein Mann war kein Schöngeist oder so. Er war ein Macher, er war ständig in Bewegung, und alle haben das begriffen, bis auf seine Mutter. Sie wollte Klaus immer kultivieren und hat ihm jedes Jahr zum Geburtstag einen Roman geschenkt. Sie wollte einfach nicht akzeptieren, dass er andere Interessen hatte.«

»Okay. Ich muss Ihren Sohn Jan sprechen. Wo hält er sich gerade auf?«

»So langsam habe ich —«
»Frau Hartwig!«
»Er hilft im Hofladen aus.«
»Dann richten Sie ihm aus, dass er sofort rüberkommen soll. Ich gehe in der Zwischenzeit nach oben, in das Büro Ihres Mannes.«

Im Obergeschoss betrat Toni den Arbeitsraum. In der unteren Regalreihe standen ungefähr dreißig Romane, die ungelesen wirkten. Er erkannte einige DDR-Literaturklassiker wie »Nackt unter Wölfen« und »Die Abenteuer des Werner Holt«, aber auch jüngere Bestseller wie »Der Medicus«. Toni konnte kaum glauben, dass Hartwig eins dieser Werke zur Codierung genutzt hatte. Er wollte sich schon der Fachliteratur zuwenden, als ihm ein Titel ins Auge fiel. »Das Bernsteinzimmer« von Heinz G. Konsalik war der einzige Roman, dessen Rücken zahlreiche Knicke aufwies. Toni blätterte durch das Buch. Auf mehreren Seiten erkannte er Punkte, die mit einem Bleistift über Buchstaben gesetzt waren. Toni rief Phong an und schilderte ihm seine Entdeckung.

»Klingt gut!«, sagte der Kriminalkommissar. »Am besten bringst du es mir später vorbei.«

»Okay«, sagte Toni und hörte, dass unten die Tür ging. »Ich muss Schluss machen.« Er unterbrach die Verbindung und rief durch das Treppenhaus: »Ich komme runter.«

Jan Hartwig stand wieder vor dem großen Panoramafenster. Er trug eine grüne Schürze mit dem Früchtelogo des Obsthofes, darunter ein weißes T-Shirt, eine helle Baumwollhose und dunkelblaue Holzclogs. Da er keine szenetypischen Tätowierungen hatte, wirkte er wie ein ganz normaler Jugendlicher, der sich eine Glatze rasiert hatte, weil es gerade modern war.

»Was gucken Sie so?«, fragte Jan Hartwig.

»Ich staune, wie wandlungsfähig du bist«, erwiderte Toni. »Mal sehen, ob du noch mehr Überraschungen parat hast. Wir haben den Taxifahrer ermittelt. Er hat ausgesagt, dass er dich um fünf vor zwei auf der Insel abgesetzt hat. Mein Kollege hat sich die Angaben von der Funkzentrale bestätigen lassen.«

»Das kann nicht sein. Der hatte so eine kleine, altmodische weiße Uhr mit Zeigern auf dem Armaturenbrett kleben. Darauf war es knapp drei Uhr. Das kann Ihnen meine Mutter bestätigen.«

Toni stellte fest, dass die Differenz ziemlich genau eine Stunde betrug. Hatte der Taxifahrer versäumt, von der Winterzeit auf die Sommerzeit umzustellen? Allerdings war die Uhr am 30. März eine Stunde vorgestellt worden. Das bedeutete, dass die Zeiger auf eins gestanden haben müssten. Vielleicht war die Uhr auch einfach stehen geblieben oder defekt. Sie würden das überprüfen müssen. »Was hast du danach gemacht?«

»Verdammt, ich hab meinen Vater nicht umgebracht. An dem hätte ich mir nicht die Hände schmutzig gemacht.«

»Du hast meine Frage nicht beantwortet.«

»Ich hab noch ein Brot gegessen. Dann hab ich mich hingelegt und geschlafen. Was denn sonst?«

»Ich weiß mittlerweile, warum euer Verhältnis nicht das beste war. Er hat was mit deiner Freundin angefangen.«

»Oh, Mann. Die Leute können einfach ihr Maul nicht halten. Alles müssen sie weitertratschen. Sie glauben gar nicht, wie mich das ankotzt.«

»Läufst du deshalb wie ein Nazi rum?«

»Wenn sie meine Stiefel hören, kriegen sie Angst. Das stimmt schon. Aber sobald ich ihnen den Rücken zukehre, fängt alles wieder von vorne an. Ich kann tun, was ich will. Mein Alter hat mich unmöglich gemacht. Nächstes Jahr nach dem Abi bin ich weg.«

»Ich brauche den Namen deiner Ex-Freundin.«

»Was wollen Sie denn von der? Die hat doch keine eigene Meinung. Mein Alter hat ihr ein paar Sachen geschenkt. Blumen, Parfüms, Modeschmuck und so. Und das hat schon gereicht, damit sie mit ihm in die Kiste springt. Die können Sie vergessen, die hat ihn garantiert nicht getötet. Außerdem ist sie wohl im Urlaub oder so.«

Der Junge hatte zweifellos ein starkes Motiv, aber je länger Toni ihm zuhörte, desto mehr tat er ihm leid. Ein solcher Vertrauensbruch konnte prägend für das restliche Leben sein. Um dieses Erlebnis zu verarbeiten, würde er andere Maßnahmen ergreifen müssen, als mit Springerstiefeln herumzulaufen.

Toni ließ sich Namen und Adresse der jungen Frau geben und ging raus auf den Hof. Er überlegte, ob er die Mutter aufsuchen und sie mit den Affären ihres Mannes konfrontieren sollte. Das würde ein schwieriges Gespräch werden, dessen Nutzen fraglich war. Vorerst sah er davon ab. Mit dem Buch und dem Foto hatte er genügend Material gesammelt.

17

Olaf Wendisch stand auf der Bungee-Jumping-Plattform und wurde von einem Kran in die Höhe gezogen. Das Herz schlug ihm bis zum Hals, die Knie wurden ihm weich. Er hätte sich auf diesen Wahnsinn nicht einlassen dürfen. Das war etwas für junge Kerle, und nichts für einen einundvierzigjährigen Bankkaufmann. Unten, auf dem Baumblütenfest, beschirmten die Leute ihre Augen und glotzten hoch. Er hörte die dröhnende Rockmusik und blickte über die Regattastrecke auf die Föhsebrücke.

»Hast du alle Taschen leer?«, fragte der Mitarbeiter des Bungee-Jumping-Unternehmens.

»Ja, ja«, erwiderte Wendisch. »Sind die Karabinerhaken auch fest?«

»Keine Sorge«, erwiderte der Mitarbeiter. »Wenn wir gleich oben sind, ist es wichtig, dass du dich einfach nach vorne kippen lässt. Die Arme schön über den Kopf heben wie bei einem Hechtsprung. Und bevor du ins Wasser eintauchst, die Augen zumachen – auch wie beim Hechtsprung.«

»Wieso eintauchen? Die Wasseroberfläche ist viel zu hart. Ich will mir doch nicht den Schädel einschlagen. Ist das ein blöder Scherz, oder was?«

»So«, sagte der Mitarbeiter. »Jetzt komm mal nach vorne, hier in die Mitte. Noch weiter. Richtig in die Mitte stellen. Einen Moment. Jetzt hak ich dich aus. Gleich lässt du dich auf mein Kommando nach vorne kippen. Arme über den Kopf und Hände schön zusammen.«

Wendisch schaute über die Fluss- und Seenlandschaft bis zum Horizont, wo einige weiße Wolken ins Blau trieben. Er hatte nie viel für diese Postkartenidylle übrig gehabt. War sie das Letzte, was er zu sehen bekam?

Er schaute nach unten und erkannte seine Kumpane. Sie ruderten mit den Armen, hüpften auf der Stelle und grölten etwas.

Sie waren schon gesprungen und hatten ihren Mut bewiesen. Wenn er wieder runterfahren würde, wäre das die Blamage seines Lebens. Nein, er musste das jetzt durchziehen, und wenn es das Letzte war, was er tat.

»So«, sagte der Mitarbeiter. »Auf mein Kommando geht's los. Ich zähl runter. Drei ... zwei ... eins ... und ... los!«

Wendisch hatte schlottrige Beine. Ansonsten fühlte sich sein Leib vollkommen taub an. Unendlich langsam kippte er nach vorne, dann verlor er den Kontakt zur Plattform und schrie aus voller Kehle ...

Wenige Minuten später trocknete er sich das Gesicht mit einem Handtuch ab. Unterdessen befreite ihn ein anderer Mitarbeiter von dem Trageschirr. Er hatte den Sprung überstanden, und das Adrenalin jagte durch seine Adern. Er fühlte sich so lebendig wie seit Jahren nicht mehr.

Er trat hinter die Absperrung, und seine Kumpane umringten ihn wie ein Rudel junger Wölfe. Vor einigen Monaten hatte er sie in einer Diskothek kennengelernt. Sie hießen Kevin, Finn und Marcel und waren neunzehn, neunzehn und zwanzig Jahre alt. Sie trugen ihr Haar, wie es in den vierziger Jahren des letzten Jahrhunderts modern gewesen war: an den Seiten und am Hinterkopf kurz geschoren und oben gescheitelt. Die Ärmel ihrer kurzärmeligen Hemden hatten sie bis unter die Achseln hochgekrempelt, sodass man ihre Muskeln und Tattoos sehen konnte.

»Mann, war das geil«, schrie Kevin und haute ihm auf die Schulter.

»Hier, sauf erst mal einen Schluck«, sagte Finn und drückte ihm den Bierbecher in die Hand.

»Wir sollten sofort los und eine Braut klarmachen«, brüllte Marcel.

Wendisch fühlte sich mit den drei Jungs selber wie neunzehn. Ihm war es egal, was die Leute über seinen Umgang dachten. Kevin, Finn und Marcel erinnerten ihn daran, wie er und seine Freunde früher gewesen waren. Klaus war der Draufgänger, er selbst war der Lenker im Hintergrund, und Reiner war der Unberechenbare. Es war die beste Zeit ihres Lebens gewesen, bis der eine ein Sexaholic und der andere ein Psycho geworden war. Nur er war normal geblieben. Und noch war er nicht zu alt, um einen draufzumachen. In der Gesellschaft der Jungs kam er auf jede Party. Und dafür hatten sie sich eine Gegenleistung verdient.

Er trank das Bier in einem Zug aus, warf den Becher weg und legte Finn und Marcel die Arme um den Hals, um sie in den Schwitzkasten zu nehmen. Die beiden Jungs schlugen um sich. Kevin sprang ihnen von hinten in den Rücken, sodass alle das Gleichgewicht verloren und auf das Pflaster knallten. Laut lachend richteten sie sich wieder auf.

»Also gut«, sagte Wendisch keuchend und sah kurz auf seine Armbanduhr. »Ich hab noch eine Überraschung für euch. Sie hätte eigentlich schon da sein müssen.«

Und tatsächlich.

Als hätte Sara nur auf ihr Stichwort gewartet, tauchte sie aus der Menschenmenge auf und sagte: »Hallo, Olaf.«

Sie sah zum Anbeißen aus. Ihr dunkelbraunes Wuschelhaar stand vom Kopf ab und umrahmte ihr gebräuntes Gesicht mit den großen, traurigen Augen. Sie trug ein enges weißes Top, das ihre süßen, kleinen Titten betonte, außerdem einen Minirock, der ihre strammen Schenkel zur Hälfte entblößte. Wie alle schönen und reichen Mädchen vom Gymnasium strahlte sie etwas aus, das auf junge Kerle aus einfachen Verhältnissen einschüchternd wirkte. Kevin, Finn und Marcel senkten die Köpfe, aber dafür hatten sie ja ihn.

»Wir wollen eine kleine Party feiern«, sagte Wendisch. »Zur Erfrischung hab ich auch ein bisschen Ice zu Hause. Hast du Lust, mitzukommen?«

Für einen Augenblick blitzte die Gier in Saras Augen auf. Erwartungsgemäß war sie von dem Vorschlag begeistert. Sie war ein nettes, wohlerzogenes Mädchen und fing auf dem Weg zur Wohnung sofort ein Gespräch mit Marcel und Finn an. Wahrscheinlich erkundigte sie sich, was sie beruflich so machten. Oder auf welche Musik sie standen. Oder wo sie abends abhingen. Sie war wirklich ein artiges Mädchen.

»Mann, Alter«, flüsterte Kevin. »Wo hast du die denn aufgegabelt? Weißt du eigentlich, wer das ist? Das ist die Tochter von dem Obstspediteur Mangold. Ist die deine Freundin, oder was?«

»Klar«, erwiderte Wendisch grinsend. »Und die Freundin von dir, Marcel und Finn ist sie auch …«

18

Auf dem Rückweg fuhr Toni den Wachtelberg hoch. An den Hängen wurde der nördlichste Qualitätswein der Welt angebaut. Ganz oben befand sich die Straußwirtschaft »Weintiene«. Der Name spielte auf ein eimerartiges Eichenholzgefäß an, in dem früher Früchte auf Kähnen von Werder nach Berlin gebracht worden waren. Die Bottiche hatten ungefähr vier Komma fünf Kilogramm Obst gefasst. Im Jahr 1883 waren beispielsweise dreihunderttausend Tienen Kirschen in die Spreemetropole transportiert worden.

Toni parkte möglichst nah am Lokal, ging auf die Terrasse und setzte sich an den Tisch ganz hinten. So hatte er die übrigen Gäste im Rücken und einen freien Blick über den Weinhang. Zwischen den Reben, die hangabwärts in mehreren Reihen standen, wuchsen Tausende Pusteblumen. Ein Bussard unternahm einige Flügelschläge, gewann an Höhe und segelte vor dem milchigen Himmel dahin.

Toni war öfters zur Federweißerzeit hier gewesen und wusste, dass der Winzer schmackhafte Weine produzierte. Er bestellte einen trockenen Regent, außerdem eine Schinken- und Käseplatte mit Brot. Während er seine Mahlzeit verzehrte, dachte er an Jan Hartwig. Der Junge mochte ihm leidtun, aber als Täter ausschließen konnte er ihn nicht. Toni rechnete nach, dass eine Person, die mit Sofies Verschwinden zu tun hatte, heute mindestens Mitte dreißig sein musste. Das traf auf den Sohn nicht zu, aber auf seine Mutter und seinen Vater. Gab es ein dunkles Familiengeheimnis? Wie hingen die Fälle zusammen? Warum hatte Klaus Hartwig Sofies Foto in seiner Sakkotasche? Toni sah die Verbindung noch nicht, aber irgendwo musste sie sein. Er musste einfach weitermachen, dann würde er auch die richtigen Antworten erhalten.

Er ließ sich eine Flasche von dem trockenen Regent zum Mitnehmen bringen, bezahlte die Rechnung und begab sich zum Wagen, als ihm ein runder, rotgesichtiger Mann inmitten einer Gruppe entgegenkam und sagte: »Hallo, Toni! Das ist ja eine Überraschung. Lange nicht mehr gesehen. Wie geht's dir? Ich hab gehört, dass du zur Kripo gegangen bist. Ich hätte eher gedacht, dass du einen existenzialistischen Roman schreibst oder so. Hahaha!«

Toni erstarrte. Das war die Art von Begegnung, die er am meisten fürchtete. Vor ihm stand Dirk Holtmann, mit dem er zur Schule gegangen war. Sie waren die einzigen Jungs im Französisch-Leistungskurs gewesen und hatten angesichts der weiblichen Dominanz ein stilles Bündnis geschlossen. Sie waren keine richtigen Freunde gewesen, aber sie hatten sich nahegestanden.

»Ich hab gerade viel zu tun«, sagte Toni. »Wir sehen uns ein anderes Mal, ja?«

»Nu warte doch. Was ist eigentlich aus Sofie geworden? Ist sie wieder aufgetaucht?«

Dirk gehörte zu den Leuten, die sich damals an allen Suchaktionen beteiligt hatten. Er war die Havelufer entlanggewandert und hatte Waldstücke durchkämmt. Er hatte sich tagelang in Einkaufsstraßen gestellt und Zettel verteilt. Damit hatte er mehr geholfen als die meisten.

»Nein«, erwiderte Toni.

»Ach? Das tut mir echt leid, aber das ist ja schon eine Ewigkeit her. Bestimmt bist du drüber hinweg.«

Toni musste sich zusammenreißen, um nicht die Fassung zu verlieren. Die Menschen begriffen einfach nicht, dass er nicht weitermachen konnte. Seit dem 2. Mai 1998 fühlte er sich, als hätte jemand auf die Pausetaste gedrückt. Sein Innerstes war eingefroren wie das Standbild eines Fernsehers. Und ihm ging es nicht alleine so. Von seiner Arbeit in der Fahndungskoordinierungsstelle wusste er, dass es zahlreiche Angehörige gab, die es nicht wagten, den Wohnort zu wechseln, aus Angst, dass der geliebte Mensch noch heimkehren könnte. Andere behielten ihr Leben lang dieselbe Telefonnummer bei, weil sich ihr verschollenes Kind die Zahlenreihe vor Jahrzehnten einmal eingeprägt hatte. Fragen wie »Ist sie denn immer noch nicht gefunden worden?« klangen wie ein Vorwurf, so als hätte man nicht genug gesucht. Phrasen wie »Die Zeit heilt alle Wunden« klangen wie der blanke Hohn. Nichts ging weiter, alles hing in der Schwebe, alles stand still. Dieser Zustand war kaum auszuhalten und erstickte jedes lebendige Empfinden. Man wollte den Menschen nicht aufgeben, man wollte auf seine Rückkehr hoffen, aber nur der leiseste Hoffnungsschimmer machte jede Trauerarbeit zunichte, die gleichzeitig lebenswichtig war, um den Verlust zu verarbeiten. Wie man sich auch verhielt – es war falsch.

Während ihm all diese Gedanken durch den Kopf schossen, starrte er seinen alten Schulkameraden an. Der wurde immer unsicherer, bis er sich schnell verabschiedete und zu seinen Freunden begab, die auf der Terrasse einen Platz gefunden hatten. Toni wusste, dass er sich nicht fair verhalten hatte, aber er wusste auch, dass jede Unterredung dieser Art nur zu Unverständnis und Verzweiflung führte. Wütend packte er den Flaschenhals und stapfte los.

Auf der anderen Seite des Parkplatzes stand ein flaches Gebäude, das wohl als Garage, Lager und Abstellraum genutzt wurde. Neben einem kleinen grünen Trecker parkte ein roter Mazda MX-5, der mit weißen Sportstreifen und verchromten Felgen ausgestattet war. Toni blieb abrupt stehen. Dann ging er hinüber. Nach einem Blick auf das Nummernschild war klar, dass es sich um Klaus Hartwigs Fahrzeug handelte.

Toni begab sich sofort zurück zur Straußwirtschaft, sprach die Bedienung an und wies sich aus. Die ungefähr zwanzigjährige Frau hatte die kurzen Haare lila gefärbt und mit Festiger hochgestylt. Sie trug eine kurzärmelige weiße Bluse und eine enge schwarze Hose, die etwas unvorteilhaft war.

»Wie lange steht der rote Mazda schon da?«, fragte Toni.

»Hat Klaus was ausgefressen?«, erwiderte die Kellnerin. »Am Freitag hat er so viel Dornfelder getrunken, dass er den Wagen hierlassen musste. Ich hab ihm ein Taxi bestellt, das ihn so gegen halb acht abgeholt hat.«

»Mich wundert, dass Sie sich so genau erinnern.«
»Er war auch kein gewöhnlicher Gast. Meine Kollegin und ich mussten immer höllisch aufpassen, was wir zu ihm sagten. Er nutzte jede Freundlichkeit sofort aus, um schlüpfrig zu werden.«
»Können Sie mir die Telefonnummer von dem Taxifahrer geben?«
»Na klar, wir bestellen immer denselben.«

Klaus Hartwig hatte sich also in der Straußwirtschaft befunden und von hier aus Sina Scheid angerufen. Toni wählte die Nummer des Taxifahrers und erfuhr, dass der Obstbauer um neunzehn Uhr dreißig abgeholt und zu einem italienischen Restaurant in Potsdam gefahren worden war. Zufälligerweise war es derselbe Chauffeur gewesen, der später Jessica und Jan Hartwig vom Baumblütenfest nach Hause gefahren hatte. Toni erkundigte sich nach der Uhr mit dem weißen Zifferblatt und brachte in Erfahrung, dass sie tatsächlich defekt war und die Zeiger um drei Uhr stehen geblieben waren. Das erklärte die falsche Angabe von Mutter und Sohn, änderte aber nichts an dem fehlenden Alibi zur Tatzeit.

In der Potsdamer Trattoria war der Obstbauer um kurz nach zwanzig Uhr eingetroffen. Toni rief dort an und brachte in Erfahrung, dass Hartwig Meeresfrüchte gegessen und mehrere Red Bull getrunken hatte. Er hatte sich noch mit einem Kellner über die anstehende Fußballweltmeisterschaft in Brasilien unterhalten und war um kurz vor einundzwanzig Uhr gegangen, um sich zur Wohnung von Sina Scheid zu begeben, wo sie Sex hatten, bis sie zur Cocktailbar aufgebrochen waren.

Toni machte einige Eintragungen in der Zeitleiste und stellte fest, dass sie für das Opfer keine erkennbaren Lücken aufwies. Er rief beim LKA an und forderte einen Kriminaltechniker an, der den roten Mazda inspizieren sollte. Danach fuhr er ins Kommissariat und löschte die Fahndung. Er informierte Phong über die neuen Erkenntnisse und übergab ihm den sichergestellten Roman.

Auf dem Weg durch die Flure nach draußen erhielt er einen Anruf von Gesa, die fröhlich klang und ihre Nichte heranrief.

Das kichernde Mädchen lud ihn zum Grillen ein und gab das Handy zurück an die Tante. Toni war gerührt. Für einen Moment hatte er das Gefühl, ein ganz normaler Mann mit einem ganz normalen Leben zu sein. Er bedankte sich und lehnte mit ehrlichem Bedauern ab. Er hatte nicht die Ruhe für einen solchen Zeitvertreib. In der Innentasche seiner Jacke steckte das Hochzeitsfoto von Klaus Hartwig. Das junge, bärtige Gesicht hatte ihn an etwas erinnert, und er machte sich auf eine lange Nacht im Archiv gefasst.

19

Er war ihnen gefolgt und hatte sich an eine Straßenecke gestellt, von der er den Eingang des Mietshauses und die Fenster der Dachgeschosswohnung beobachten konnte. Nach und nach wurden alle Vorhänge zugezogen. Aus den umliegenden Gebäuden konnte niemand hineinsehen, und er fragte sich, welchen Sinn die Verdunkelung hatte. Sollte mit Scheinwerfern gefilmt werden?

Er hatte ein schlechtes Gefühl, aber er konnte nichts unternehmen. Sara Mangold war freiwillig mitgegangen; es hatte sogar den Anschein gehabt, als hätte sie es am eiligsten gehabt. Wusste sie, auf was sie sich eingelassen hatte? Hatte sie eine Ahnung, was sie erwartete? Oder wollte sie es sogar selbst?

Er kannte die Antworten nicht, vielleicht geschah alles einvernehmlich. Vielleicht war sie gar nicht so unschuldig, wie er glaubte. Trotzdem malte seine Phantasie von dem, was sich gerade in den Räumlichkeiten zutrug, düstere Bilder.

Eigentlich hatte er keine Zeit für eine lange Observation, aber er war davon überzeugt, dass er seinen Entschluss, den Bankkaufmann unschädlich zu machen, noch zementieren könnte. Dazu musste er die ganze Wahrheit in Erfahrung bringen. Um nicht aufzufallen, wechselte er von Zeit zu Zeit den Standort. Kamen ihm Passanten entgegen, wandte er den Kopf ab, sodass man sein Gesicht nicht sehen konnte.

Es dauerte lange, bis Wendisch in Begleitung seiner drei Kumpane wieder aus dem Mietshaus trat. Alle vier hielten die Augen unnatürlich weit aufgerissen. Sie johlten, rempelten sich gegenseitig an und sprangen umher, als hätten sie aufputschende Substanzen zu sich genommen. Als sie Richtung Marktplatz liefen, widerstand er dem Drang, ihnen zu folgen.

Weitere zehn Minuten vergingen, bis Sara Mangold das Mietshaus verließ und auf den Bürgersteig trat. Die Spediteurstochter hatte einen ähnlich starren Gesichtsausdruck. Ihr Augen-

Make-up war verlaufen und hatte schwarze Spuren hinterlassen. Ihr Lippenstift war über den ganzen Mund-, Wangen- und Kinnbereich verschmiert. Auf wackligen Beinen hangelte sie sich an der Hauswand entlang und blieb immer wieder stehen, um sich den Unterleib zu halten. Sie litt offenbar unter Schmerzen, die nur ein Vorgeschmack sein dürften. Das ganze Ausmaß des Missbrauchs würde ihr erst bewusst werden, wenn die Wirkung der Droge nachließ.

Wenn er jetzt die Polizei oder einen Krankenwagen rief, würde nicht nur sein Anruf registriert, sondern auch seine Stimme aufgezeichnet werden. Das durfte er nicht riskieren. Er konnte Sara nicht einmal an die Hand nehmen und nach Hause führen, aber er konnte etwas anderes tun. Er konnte ihren Peiniger zur Rechenschaft ziehen.

20

Auf dem Hausboot stellte Toni einige Einkäufe ab, die er in einer gut sortierten Tankstelle getätigt hatte. Er holte eine Flasche Calvados aus dem Kombüsenschrank und schenkte sich ein Wasserglas ein. Mit drei großen Schlucken stürzte er die goldene Flüssigkeit hinunter, und eine sanfte Welle flutete seine Adern. Er lehnte sich an die Kante der Anrichte und wollte sich ein weiteres Glas einschenken, als er bemerkte, dass Aroon und sein Freund am Tisch saßen und ihn beobachteten. Kenan hatte schwarze Haare, die bläulich schimmerten, und dunkle Augen, die etwas ernst dreinblickten. An seinem Handgelenk wirkte die japanische Digitalarmbanduhr beinahe zierlich. Zwischen den beiden Studenten standen zwei Becher mit Kakao und ein Teller mit Keksen, außerdem waren mehrere Papiere ausgebreitet.

»Harter Tag«, sagte Toni, wandte sich schnell ab und stellte die Flasche zurück. Während er die Einkäufe in die Fächer räumte, spürte er, dass die Jungs ihn weiter beobachteten.

»Kenn ich«, erwiderte Kenan. »Bei mir hilft eine Blu-Ray und eine Pizza mit viel Käse.«

»Lass uns weitermachen«, sagte Aroon und griff nach einem Kugelschreiber.

Die beiden Studenten begannen, die einzelnen Paragrafen eines Vertragsentwurfs zu diskutieren.

Toni stopfte die leeren Tüten in eine Schublade und sagte: »Ich bin vorne im Archiv, falls ihr mich sucht.«

Im Archiv nahm er einen Schluck aus der Flasche und spürte der Wirkung mit geschlossenen Augen nach. Dann kämpfte er sich verbissen durch die Akten. Er hatte die meisten Personen, die sich am Abend des 2. Mai 1998 gegen zweiundzwanzig Uhr zwanzig an dem Getränkestand aufgehalten hatten, gezeichnet. Es war ein Wunder, wie viele Bilder das Gehirn speichern konnte, ohne dass man es ahnte. Man musste sie nur abrufen. Er blätterte durch die Antlitze von sechzehn Männern. Einer von ihnen hatte einen Vollbart, und drei waren unrasiert gewesen. Keiner von ihnen hatte auch nur entfernte Ähnlichkeit mit dem zweiundzwanzigjährigen Klaus Hartwig von dem Hochzeitsfoto. Der ältere Herr mit den weichen weißen Haaren, mit der schwarzen Hornbrille und dem Schnurrbart, der ihm damals aufgefallen war, hatte sich als ehrenamtlicher Seelsorger entpuppt. Er hatte gespürt, dass Sofies Ausgelassenheit nicht echt war, und hatte mit ihr sprechen wollen. Seine Darstellung hatte überzeugend geklungen. An die drei jungen Männer, die auf der Bank gesessen hatten, hatte Toni sich nicht erinnern können. Von ihnen hatte er keine Zeichnung angefertigt. Vielleicht war einer von ihnen Klaus Hartwig gewesen, und sein Unterbewusstsein hatte ihn wiedererkannt. Vielleicht aber auch nicht.

Aus einem Regal zog er einen Karton, in dem sich seine Vermisstenkartei befand. In den vergangenen sechzehn Jahren waren in Berlin und Brandenburg mehrere hundert weibliche Personen verschwunden, bei denen es Parallelen zu Sofie gegeben hatte. Toni hatte sich Kopien von allen Akten besorgt. Vier der Frauen stammten aus Werder und Umgebung, drei von ihnen waren nach einem Bad in der Havel nicht mehr aufgetaucht, zwölf von ihnen waren rothaarig gewesen, über achtzig waren jung und hübsch gewesen.

Das Schicksal fast aller Vermissten war innerhalb eines Jahres aufgeklärt worden. Die Gründe für ihr Verschwinden waren vielfältig: unglückliche Liebe, Geldschwierigkeiten, Zukunftsängste, Probleme in der Familie und Abenteuerlust. Einige Frauen waren auch Opfer eines Verbrechens oder Unfalls geworden. Toni hatte nach und nach fast alle Akten mit einem roten Gummiband geschlossen. Nur drei Fälle hatten sich nicht aufgeklärt.

Die dünnste Akte behandelte den Fall einer jungen Hotelkauffrau, die in Werder gewohnt hatte und vor zwei Jahren verschwunden war. In ihrer Jugend hatte sie ein Suchtproblem gehabt und möglicherweise einen Rückfall erlitten. Eine Woche nach ihrem Verschwinden hatte sie ihrem Chef eine Kurzmitteilung aus Amsterdam geschickt, dass sie nicht mehr zurückkehren würde. Wahrscheinlich hatte sich ihr Schicksal im holländischen Drogensumpf erfüllt, aber weil sie nie mehr aufgetaucht war und Toni die letzte Sicherheit gefehlt hatte, hatte er ihren Fall noch nicht abgelegt.

Weitaus dicker war die Akte über eine rothaarige Arzthelferin aus Berlin-Zehlendorf, die sich mit ihrem Freund an die Autobahnauffahrt Spanische Allee gestellt hatte, um per Anhalter nach Frankreich zu fahren. An der nahe gelegenen Imbissbude »Spinner-Brücke« befand sich ein beliebter Motorradtreff, wo an sonnigen Tagen fünfhundert und mehr Biker zusammenkamen. Fünf der Männer hatten angegeben, dass das junge Paar in einen hellen VW-Bus gestiegen war, der weiß, beige oder silbern gewesen sein könnte. Danach hatte sich ihre Spur verloren. Alle Nachforschungen der Polizei waren ergebnislos geblieben. Die beiden Tramper waren nie mehr aufgetaucht.

Am dicksten war die Akte über ein Ehepaar aus Premnitz, das vor elf Jahren mit dem Motorboot auf die Havel gefahren war. Es hatte Beziehungsprobleme gegeben, und die Tour sollte der Besprechung der bevorstehenden Scheidung dienen. Es war ein sehr heißer Tag gewesen, und nach Aussage des Mannes sei die Frau baden gegangen, um sich abzukühlen. Unterdessen habe er sich unter Deck begeben, um Kaffee zu kochen und den Tisch zu decken. Als er wieder nach oben gekommen sei, sei seine Frau verschwunden gewesen. Der Mann war für seine Eifersucht bekannt. Zweimal hatte es einen Eintrag wegen Verdachts auf häusliche Gewalt gegeben. Die Polizei war von einem Verbrechen ausgegangen, aber so sehr man auch gesucht hatte, man hatte weder den Leichnam noch Indizien für eine Gewalttat entdecken können. Der Mann war nach wie vor auf freiem Fuß und hatte eine neue Familie gegründet.

Toni las sich alle Akten durch, besah sich die Fotos und suchte vergeblich nach irgendeiner Verbindung. Danach nahm er sich den Karton mit den Fotos vom 3. Mai 1998 vor. Auch darauf konnte er den zweiundzwanzigjährigen Klaus Hartwig mit Bart nicht entdecken. Schließlich griff er zu den Presseordnern, in denen er Artikel zu vermissten Personen sammelte, und begann mit der Berichterstattung zu Sofie. Zuerst las er einen Artikel, der in der PNN erschienen war.

Er blätterte um und erstarrte beim Anblick eines grobkörnigen Fotos, das ihm aus dem Regionalteil der Märkischen Allgemeinen entgegensprang. Unter der Überschrift »Vermisste Frau überschattet Baumblütenfest« war das Rettungsboot der Freiwilligen Feuerwehr Werder abgebildet. Zwei Feuerwehrleute kuppelten gerade den Trailer an das Zugfahrzeug. Ein schlanker Mann stand daneben und beobachtete das Geschehen. Er hatte den Mund leicht geöffnet und gab wohl einen Kommentar ab. Von seiner Uniform trug er nur die Schirmmütze. Dazu einen Schlabberpullover, eine helle Hose mit Trägern und Gummistiefel. Obwohl die Augenpartie im Schatten lag, hatte Toni keinen Zweifel, dass es sich um Klaus Hartwig handelte. Er war damals bei der Freiwilligen Feuerwehr und an der Suchaktion beteiligt gewesen. Hatte er zur Bootsbesatzung gehört? Jetzt erinnerte sich Toni auch, dass das Wasserfahrzeug noch weit über die Akutphase hinaus im Einsatz gewesen war. Was hatte der Obstbauer so lange draußen auf der Havel gemacht? Hatte er Sofie entdeckt? In welchem Zustand war sie gewesen? Was hatte er mit ihr angestellt?

Toni griff nach der Flasche, setzte sich mit dem Rücken gegen die Stahlwand und nahm einen Schluck. Er war gefasst, vollkommen ruhig. Die jahrelange Archivarbeit hatte sich ausgezahlt. Es gab tatsächlich eine Verbindung zwischen Klaus Hartwig und Sofie. Er schaute auf seine Armbanduhr. Jetzt würde er nichts mehr erreichen können, aber gleich morgen früh würde er loslegen. Endlich hatte er einen vielversprechenden Ermittlungsansatz gefunden.

21

Er machte sich schwere Vorwürfe. Ihm ging einfach nicht aus dem Kopf, wie kaputt Sara Mangold ausgesehen hatte. Er war sich sicher, dass die heutigen Geschehnisse sie verfolgen und vielleicht sogar zerstören würden. Hätte er einschreiten müssen? Hatte er erneut versagt? Trug er jetzt auch noch die Schuld am Schicksal dieser Schülerin?

Während er sich mit Selbstvorwürfen quälte, machte er Olaf Wendisch und seine drei Kumpane ausfindig, die wie junge Hunde über das Festgelände streunten. An den Ständen schütteten sie Bier, Cocktails und Obstweine in sich hinein und stießen grölend an. Überall quatschten sie Frauen an, aber sie waren schon so betrunken, dass sie keinen Erfolg mehr hatten. Frustriert tanzten sie vor einer Bühne, rempelten blasse Studenten an und provozierten ein Handgemenge. Als an den Ausschänken die Läden hochgeklappt wurden, verabschiedeten sie sich mit vielen Umarmungen, gegenseitigem Geschubse und lautem Lallen. Jeder torkelte seines Weges.

Endlich war der Zeitpunkt da. Er streifte die Handschuhe über und heftete sich an Wendischs Fersen. Der Bankkaufmann war wieder so betrunken, dass er kaum geradeaus gehen konnte. Trotzdem fand er den Weg zu seiner Wohnung. Es war stockdunkel, weit und breit war keine Menschenseele zu sehen. Die Gelegenheit war günstig, und dieses Mal würde er ihn nicht davonkommen lassen.

Er zog sein Messer und verkürzte die Distanz mit langen Schritten. Wendisch war ein Schwein, und es würde gut sein, wenn er das Leben junger Frauen nicht mehr zerstören konnte. Entschlossen legte er dem Bankkaufmann den linken Arm um den Hals und stach zu. Er spürte, wie sich die Klinge in das Fleisch bohrte, wie der Leib an Spannung verlor und zu Boden sackte. Er legte ihn auf dem Bürgersteig ab, kniete sich über ihn und hielt seinen Kopf fest, sodass er ihm ins Gesicht sehen musste.

»Erkennst du mich?«, flüsterte er.

Dann sprach er ihren Namen so inbrünstig wie ein Gebet. Er umfasste den Messergriff mit beiden Händen und stach mit voller Wucht zu. Der Körper des Bankkaufmanns bäumte sich auf, aus seinem Mund entwich ein pfeifender Laut, schließlich war er tot.

Nachdem er sich einen letzten prüfenden Blick erlaubt hatte, um ganz sicherzugehen, kam er auf die Füße, griff dem Leichnam unter die Achseln und schleifte ihn über den Bürgersteig. Er hob ihn über die Gartenmauer und hörte, wie der Leib auf der anderen Seite dumpf aufschlug.

Ohne sich noch einmal umzusehen, ging er zügig davon. Mit jedem Schritt spürte er, wie die Last etwas geringer wurde. Er hatte das zweite Urteil vollstreckt und Wiedergutmachung geleistet.

Jetzt kam das Finale.

22

Am nächsten Morgen wurde Toni durch einen Anruf geweckt. In der Inselstadt Werder war ein Toter gefunden worden. Ein Zusammenhang mit dem Mord an Klaus Hartwig war festgestellt worden, aber der Kollege am Telefon wusste nichts Genaues. Toni sagte sein Kommen zu und sprang schnell unter die kalte Dusche.

Nachdem er Gesa abgeholt hatte, fuhr er zügig stadtauswärts. Die Kriminaloberkommissarin berichtete vom Geburtstag ihrer Nichte. Auf Radio Eins lief der »Schöne Morgen«. Es folgte ein Bericht über den selbst ernannten Bürgermeister von Slawiansk, der OSZE-Beobachter als Geiseln festhielt.

»Ich hoffe, dass ich nichts übersehen habe«, sagte Toni.

»Mach dir keine Vorwürfe«, erwiderte Gesa. »Bei unserem jetzigen Ermittlungsstand konnten wir den zweiten Mord nicht verhindern.«

Was *euren* Ermittlungsstand angeht, ist das richtig, dachte Toni und fragte sich, ob er besser Sofies Identität preisgegeben hätte, aber er kannte den Behördenweg viel zu gut. Ihm wäre der Fall entzogen worden. Die Kollegen hätten zuerst die Unterlagen aus der Vermisstenstelle Berlin angefordert, um sich einen objektiven Überblick zu verschaffen. Die Einarbeitung und die Suche nach neuen Ansätzen hätten mehrere Tage, wenn nicht gar Wochen gedauert. Erst danach hätten sie sich – wenn überhaupt – mit seinem Archiv beschäftigt. Nein, er hatte schnell eine Verbindung zur freiwilligen Feuerwehr hergestellt. Es war richtig gewesen, dass er geschwiegen hatte.

Als er das Ortsschild Werder passierte, hatte sich die Sonne gegen einige Wolkenfelder durchgesetzt. Die Straßensperrungen waren geräumt worden. Die Brücke zur Inselstadt war befahrbar. Von ihr sah man über die Föhse, den ruhigen Nebenarm der Havel, auf das Riesenrad, von dem man einen herrlichen Blick hatte. Auf dem Marktplatz waren die Buden geschlossen. Nichts erinnerte mehr daran, dass hier Menschenmassen gefeiert hatten und bald wieder durchströmen würden. Alles war aufgeräumt und sauber. Vereinzelt standen noch Mülltonnen für Gewerbeabfälle und orange Event-Tonnen herum.

Toni bog in eine Kopfsteinpflastergasse ab. Die Häuser waren mit viel Liebe, Sorgfalt und Geschmack renoviert worden. Vor den Eingängen hatte man Terrakottakübel mit Blumen und Palmen aufgestellt, die ein mediterranes Flair verbreiteten. Nach einer Kurve stoppte er abrupt vor einem Dienstfahrzeug. Dahinter machten sich einige Kriminalbeamte in dunklen Uniformen an einer Toreinfahrt zu schaffen.

Toni stieg aus und erblickte Kriminalrat Schmitz, der etwas abseits in der Nähe eines blühenden Fliederbusches stand und sich gestikulierend mit einem Polizisten und dem Sohn des ersten Opfers unterhielt. Jan Hartwig nickte mehrmals, machte auf dem Absatz kehrt und marschierte davon.

»Was tun Sie denn hier?«, fragte Toni.

»Ach, Sanftleben«, erwiderte sein Vorgesetzter. »Da sind Sie ja endlich. Das ist Polizeihauptmeister Bernd Lohse vom Revier Werder. Er ist für die Inselstadt zuständig und war als Erster am Tatort.«

Toni musterte den Revierpolizisten. Er hatte gelbe Flecken um die Augen und eine ungesunde Gesichtsfarbe. Sein kleiner Kopf war auf dem langen, sehnigen Hals ständig in Bewegung. Offenbar wusste er nicht, wo er hinschauen sollte. Warum war er so gehetzt? Stand er unter Drogen, oder war er angesichts des Mordes nur schockiert?

»Herr Kriminalrat«, sagte Toni. »Sie haben meine Frage nicht beantwortet.«

»Ist das ein Verhör? Na, ich wohne hier um die Ecke. Nur eine Straße weiter. Bernd hat mich verständigt. Wenn in meiner Stadt ein Mord geschieht, will ich es natürlich als Erster erfahren.«

»Aha.« Dann war es wahrscheinlich sein Vorgesetzter gewesen, der den Zusammenhang mit dem ersten Fall festgestellt hatte. Toni wandte sich an den Polizeihauptmeister. »Einen Lagebericht, bitte.«

»Frank?«, versicherte sich Lohse bei Schmitz.

»Du kannst frei sprechen«, erwiderte der Kriminalrat. »Ich habe Hauptkommissar Sanftleben beauftragt. Er bearbeitet den Fall.«

Toni nahm zur Kenntnis, wie vertraut die Männer miteinander umgingen. Möglicherweise kannten sie sich aus der Zeit, als Schmitz seine Laufbahn in Werder begonnen hatte.

»Das Opfer hieß Olaf Wendisch. Er war einundvierzig Jahre alt, geschieden und Bankkaufmann in Potsdam. Er wohnte in der Nähe. Gestern Nacht ist er bei dem Blumenkübel dort drüben erstochen worden. Hinterher hat der Täter den Leichnam über die Grundstücksmauer geworfen. Heute Morgen wurde Wendisch entdeckt.«

»Warum stand Jan Hartwig bei Ihnen?«

»Was wollen Sie denn von dem Jungen?«

»Das müssen Sie schon mir überlassen. Also?«

»Frank?«, versicherte sich der Polizeihauptmeister erneut bei dem Kriminalrat.

Schmitz machte eine unwirsche, schwer zu deutende Handbewegung und zückte sein Smartphone.

»Also?«

»Jan Hartwig hat eine kleine Wohnung im Mietshaus von Olaf Wendisch. Der Junge läuft zwar wie ein Nazi rum, aber er ist in Ordnung. Er hat es in letzter Zeit nicht leicht gehabt. Außerdem hat er gerade erst seinen Vater verloren.«

»Eben. Worüber haben Sie geredet?«

»Er ist zufällig vorbeigekommen. Wir wollten wissen, wann er Wendisch zuletzt gesehen hat und ob ihm irgendetwas aufgefallen ist.«

»Und?«

»Na, nichts.«

»Sind bei den Sachen des Toten die Wohnungsschlüssel sichergestellt worden?«

»Ich habe keine Ahnung. Ich —«

»Dann kommen Sie mal mit«, sagte Toni und packte den Polizeihauptmeister am Arm. »Falls wir fündig werden, führen

Sie meine Kollegin, Oberkommissarin Müsebeck, zum Haus des Toten. Gesa, ich möchte, dass du dich umsiehst. Meld dich, wenn dir irgendetwas komisch erscheint.«

»Ja, mach ich.«

»Müsebeck?«, sagte der Polizeihauptmeister. »Sind Sie vielleicht mit dem Friseur verwandt?«

»Sie meinen wohl meinen werten Herrn Bruder«, erwiderte Gesa, hakte sich bei dem Kollegen ein und plauderte munter drauflos. Wenn es etwas Wichtiges zu erfahren gab, würde sie es herausfinden.

Sie waren an der lindgrünen Grundstücksmauer angelangt, die ungefähr drei Meter lang war. An dem weißen Briefkasten und auf dem Sims befanden sich Blutantragungen, die durch Kreide gekennzeichnet waren. Eine lackierte weiße Holztür stand offen und gewährte einen Blick auf den gepflasterten Innenhof. Toni zog die Plastiküberzieher und Handschuhe an und trat ein.

Links von ihm kniete der Kriminaltechniker Christoph Roth neben dem Leichnam. Mit einem Fiberglaspinsel stäubte er einige Knöpfe mit Rußpulver ein und machte so die Oberflächenveränderungen sichtbar. Sein Spurensicherungskoffer war aufgeklappt, und wichtige Utensilien wie Pipettenfläschchen, Bandmaße, Bakterietten, sterile Tüten und Plastikbehälter mit Deckel wurden sichtbar.

Toni erkannte das Gesicht des Toten sofort wieder. Die schmale Himmelfahrtsnase hatte etwas Charakteristisches. Außerdem hatte er sich in den vergangenen sechzehn Jahren kaum verändert. Auf der Fotografie, die in der Märkischen Allgemeinen erschienen war, waren drei Männer abgebildet gewesen. Olaf Wendisch hatte zusammen mit einem weiteren Feuerwehrmann das Boot angekuppelt. Er war also ebenfalls an der Rettungsaktion beteiligt gewesen.

Toni hob den Deckel der Plastikbox ab und entdeckte sofort den Schlüsselbund, den er Gesa brachte. Der Kriminaltechniker Christoph Roth hatte alles beobachtet, kam auf die Beine und fragte: »Was tust du da? Das sind Beweismittel.«

»Nimm erst mal den Mundschutz ab, bevor du mit mir redest.

Ich trage den Schlüsselbund ordnungsgemäß aus. Und in ein paar Minuten hast du ihn wieder. Irgendwelche Einwände?«

»Du machst ja sowieso, was du willst«, sagte der Kriminaltechniker wütend und kniete sich wieder hin. Während er seine Arbeit fortsetzte, murmelte er einige Beleidigungen. Gerade laut genug, damit sie zu verstehen waren.

Toni musste sich sehr zusammennehmen, um den Kollegen auszublenden. Er widmete sich dem Inhalt der Box. Nach einigem Kramen hielt er erschrocken inne. Mehrmals bewegte sich sein Adamsapfel auf und ab. Er hatte entdeckt, warum sein Vorgesetzter eine Verbindung zum Mord an Klaus Hartwig festgestellt hatte.

In einer transparenten Plastiktüte steckte ein zweites Foto von Sofie, das ebenfalls aus kurzer Distanz aufgenommen worden war. Dieses Mal trug sie kein T-Shirt, sondern eine Bluse. Einige Haarsträhnen verdeckten ihre rechte Gesichtshälfte. Sie wirkte genauso aufgelöst und verzweifelt wie auf dem ersten Bild.

Christoph Roth war erneut aufgestanden, beobachtete ihn mit einem lauernden Gesichtsausdruck und fragte: »Ist irgendwas?«

»Kümmere dich um deinen eigenen Scheiß«, platzte Toni heraus und stapfte vom Hof.

Draußen hielt er nach einem Ort Ausschau, wo er nachdenken konnte. Überall waren Beamte, die Absperrbänder bewachten, Fragen beantworteten, Fotografien anfertigten oder den Verkehr umleiteten. Einige Anwohner beobachteten teils bestürzt, teils unbewegt das Geschehen. Schließlich setzte sich Toni in seinen Wagen und massierte sich die Schläfe.

Es war unwahrscheinlich, dass beide Opfer das Foto zufällig bei sich gehabt hatten. Das bedeutete, dass der Täter es ihnen zugesteckt hatte. Der Mörder hatte also etwas getan, das über die reine Tötungshandlung hinausgegangen war. War es für ihn eine rein persönliche Angelegenheit gewesen? Oder hatte er gewollt, dass die Polizei die Fotografien fand? Hatte er eine Botschaft geschickt? Entscheidend war wohl, welche Bedeutung er den Bildern beimaß.

Toni wusste, dass er sich wieder auf das weite Feld der Spekulationen begab, aber Mutmaßungen über ein mögliches Motiv anzustellen, war etwas völlig anderes, als sich die schrecklichen Dinge auszumalen, die Sofie zugestoßen sein könnten. Wieso also könnte jemand Klaus Hartwig und Olaf Wendisch die Fotos zugesteckt haben?

Spontan fiel ihm nur ein Erklärungsansatz ein. Jemand wollte durch seine Taten an Sofie erinnern. Jemand tötete die Männer, die ihr etwas angetan hatten. Jemand rächte sie und sorgte für Gerechtigkeit.

Nur – wer hatte ihr so nahegestanden, dass er sechzehn Jahre nach ihrem Verschwinden noch zwei schwere Verbrechen beging? Sie war ein Einzelkind gewesen. Ihre Eltern waren mittlerweile Anfang siebzig. Ihr Vater hatte starkes Rheuma und verfügte nicht über die Kraft, um Klaus Hartwig in einen Bauschuttcontainer zu schleifen oder Olaf Wendisch über eine Grundstücksmauer zu hieven. Aroon war natürlich kräftiger, aber dass er etwas mit den Mordfällen zu tun hatte, war schier unvorstellbar. Nein. Es war niemand aus ihrem Familien- oder Freundeskreis. Das schloss Toni aus.

Wusste jemand Drittes etwas? Eine heimliche Liebe vielleicht, oder eine Affäre? Hatte dieser Jemand mitbekommen, was damals passiert war? Oder war er sogar beteiligt gewesen und hatte all die Jahre unter einem schlechten Gewissen gelitten? Hatte er Wiedergutmachung leisten wollen?

Erst jetzt wurde Toni die Konsequenz seiner Überlegungen bewusst. Wenn tatsächlich jemand Sofie rächte, musste sie tot sein. Seltsamerweise erschütterte ihn diese Schlussfolgerung nicht. In den vergangenen Jahren hatte er so häufig alles Mögliche durchdacht, für wahrscheinlich erachtet und wieder verworfen, dass er innerlich abgestumpft war. Trauern würde er erst können, wenn er Gewissheit hatte.

Toni wollte gerade nach seinem Telefon greifen, als ihm eine Unstimmigkeit auffiel. Auf dem ersten Foto waren Spermaspuren entdeckt worden. Bis jetzt hatte er vermutet, dass sie von Klaus Hartwig stammten. Wenn jemand ihm das Foto zugesteckt hatte, stimmte die DNA mit der des Obstbauern höchstwahrscheinlich nicht überein. Wessen Samen war also auf dem Bild und warum?

Toni rief Phong an, informierte ihn über das Geschehen und ließ sich die Adresse der Freiwilligen Feuerwehr Werder geben. Das ging schneller als mit dem Smartphone, bei dem der Datentransfer manchmal minutenlang dauerte.

Auf dem Foto von der Rettungsaktion, das in der Märkischen Allgemeinen erschienen war, waren drei teiluniformierte Personen abgebildet gewesen. Zwei der Männer waren bereits tot. Es war gut möglich, dass der dritte Feuerwehrmann der Mörder oder das nächste Opfer war.

23

Die Wache lag in der Kemnitzer Straße. Es handelte sich um ein zweistöckiges, gelb gestrichenes Flachdachgebäude. Toni parkte vor dem Eingang, stieg aus dem Wagen und marschierte durch die offene Tür. In dem lang gezogenen Flur traf er auf eine Reinigungskraft und erkundigte sich nach einem Ansprechpartner. Die hilfsbereite Frau führte ihn auf den Hinterhof, wo drei müde wirkende Männer um einen lackierten Holztisch saßen. Es stellte sich heraus, dass es sich um die Feuerwehrleute Angelski, Meier und Sonntag handelte. Gestern Nacht hatten sie einen Brand gelöscht und bearbeiteten nun den Einsatz nach. Sie tranken Kaffee. Über ihren Köpfen war der Sonnenschirm einer bekannten Biermarke aufgespannt.

Toni schilderte in wenigen Sätzen den Hintergrund seines Besuchs und fragte schließlich: »Gibt es Einsatzberichte von damals?«

»Wie war das genaue Datum?«, fragte ein Mann, der mit seinen schwarzen Klamotten und den zahlreichen Silberringen an den Fingern wie ein Rockmusiker aussah. Er drückte seine Zigarette aus und erhob sich.

»Der 3. Mai 1998.«

»Ich bin gleich wieder da«, sagte er und verschwand im Gebäude.

Toni wandte sich an die beiden anderen Feuerwehrleute und fragte: »Kannten Sie Klaus Hartwig?«

»Schlimm, was ihm passiert ist«, erwiderte ein ungefähr fünfunddreißigjähriger Mann mit einer rot-weißen Motocrossjacke. »Kurz nachdem ich hier angefangen habe, hat er aufgehört. Trotzdem kann ich mich an ihn erinnern. Bei meiner ersten Weihnachtsfeier hat er die Frau eines Kameraden angemacht. Es gab Krach.«

»Ja, daran erinnere ich mich auch«, sagte der dritte Feuerwehrmann, der eine modische Halbrandbrille trug. »Klaus Hartwig war doch immer mit diesem Bankmenschen zusammen. Olaf hieß er, glaube ich. Die beiden haben nichts anbrennen lassen. Außerdem haben sie einige Male das Gerät für Privatangelegenheiten zweckentfremdet.«

»Dann sind sie wohl rausgeflogen?«, fragte Toni.

»Nee, nee«, sagte der Mann mit der Motocrossjacke. »Wir üben hier ein Ehrenamt aus und leisten gemeinnützige Arbeit. Ohne Lohn und ohne Aufwandsentschädigungen. Wir freuen uns, wenn sich jemand bei uns engagieren möchte. Wie es damals abgelaufen ist, kann ich nicht sagen, aber ich vermute, dass sie sich irgendwann nicht mehr zu den Einsätzen gemeldet haben. Vielleicht wollten die anderen Kameraden auch nicht mehr mit ihnen fahren. Das war sicher ein schleichender Prozess. Schwarze Schafe gibt es überall.«

»Heute Morgen wurde Olaf Wendisch tot aufgefunden«, sagte Toni. »Er wurde ebenfalls erstochen. Haben Sie eine Idee, wer dafür verantwortlich sein könnte?«

»Oh, dann sind beide tot«, sagte der Mann mit der Motocrossjacke.

»Dass so etwas in Werder passiert, hätte ich nie gedacht«, sagte der Brillenträger, »aber eigentlich wundert es mich nicht. Die beiden haben Unfrieden gestiftet, wo sie nur konnten. Vermutlich sind sie einmal an den Falschen geraten. Irgendwie kann ich verstehen, warum sie so geendet sind.«

In diesem Moment kam der »Rockmusiker« aus dem Gebäude und sagte: »Es geht doch nichts über ein gut sortiertes Archiv. Hier ist der Einsatzbericht.« Er legte einige Blätter auf den Holztisch, setzte sich neben Toni und zündete sich eine Zigarette an. »Bitte, bedienen Sie sich.«

Toni wusste nicht, ob ein Griff in die Schachtel oder der Bericht gemeint war. Schließlich nahm er sich den ersten Papierbogen vor. Das Datum und die Uhrzeit stimmten. Als Einsatzart war handschriftlich »Hilfeleistung« eingetragen worden, unter der Rubrik »Stichwort« stand: »Person im Wasser«, unter »Besonderheit«: »Verdacht auf Suizid/Badeunfall«. Als beteiligte Einsatzmittel waren ein wassergebundenes und mehrere bodengebundene

Fahrzeuge mit fünfstelligen Nummern notiert worden. Auf der zweiten Seite stand der eigentliche Bericht: »Vorgefundene Lage: Anwohner haben beobachtet, wie Frau in die Havel gestiegen ist. Seitdem vermisst. Maßnahmen: Boot gewassert. Im Radius von zweihundert Metern abgeleuchtet. Uferlänge von tausend Metern abgeleuchtet. Suche ergebnislos. Polizeitaucher angefordert.«

Die Lektüre ließ in Toni alles wieder lebendig werden. Sein anfänglicher Schock, dann die aufkeimende Hoffnung angesichts der eintreffenden Rettungskräfte und schließlich die totale Desillusionierung. Er verfasste selbst Polizeiberichte und kannte den Tonfall. Trotzdem war er erschüttert, wie nüchtern sein Schicksal besiegelt worden war.

Er schüttelte die Erinnerungen ab und setzte die Lektüre fort. Auf der vierten Seite waren unter der Überschrift »Zusätzliche Angaben zu den Einsatzkräften« die beteiligten Kameraden aufgeführt worden. Insgesamt standen dort sechs Namen, darunter auch Klaus Hartwig und Olaf Wendisch.

»Geht irgendwo aus dem Bericht hervor, wer damals zur Bootsbesatzung gehört hat?«, fragte Toni.

»Nein«, sagte der Mann mit der Motocrossjacke. »Da müssen Sie schon jemanden fragen, der dabei gewesen ist.«

Toni hob den Bogen hoch und deutete mit dem Zeigefinger auf die Namen. »War einer dieser Männer mit den beiden Opfern befreundet?«

»Zeigen Sie mal her«, sagte der Brillenträger und las mit gerunzelter Stirn. »Nee. Frank nicht. Kostja auch nicht. Und Hauke schon mal gar nicht. Reiner Stein kenne ich nicht. Wer soll das sein?«

»Na klar, Reiner«, sagte der »Rockmusiker« und stieß eine Rauchwolke aus. »Das ist doch der Sohn von Walter Stein. Der war in der Partei. Ziemlich hoch sogar. Nicht im Zentralkomitee, aber Kandidat. Reiner hat nicht viel auf die Reihe bekommen. Schule abgebrochen, dann die Gärtnerausbildung geschmissen. Eine Weile hat er rumgejobbt und wohl seelische Probleme gehabt. Ich hab ihn öfters in der Stadt gesehen. Dass er mal in unserem Verein war, ist mir allerdings neu.«

»Der war eher ein stiller Typ«, sagte der Mann mit der Motocrossjacke. »Der ist nur mit Alkohol aufgetaut. Ich hab ihn hier ein paarmal gesehen. Für das Rettungsboot ist eine Besatzung von drei Mann vorgesehen. Es kann gut sein, dass sie zusammen auf dem Wasser waren.«

»Können Sie beschreiben, wie Reiner Stein aussieht?«, fragte Toni.

»Irgendwie hängt alles bei dem«, antwortete der »Rockmusiker«. »Die Augenwinkel, die Lider, die Wangen und die Mundwinkel. Nicht so stark wie bei einem Bernhardiner, aber so ähnlich.«

Die Beschreibung traf auf den dritten Mann auf dem Foto zu. Zusammen mit Olaf Wendisch hatte er den Bootstrailer an das Zugfahrzeug gekuppelt. »Wissen Sie zufällig, wo er wohnt?«

»Hier, in der Stadt. Die Adresse kenne ich nicht, aber er arbeitet auf dem Fischereihof von Peter Herrmann. Wenn Sie Glück haben, treffen Sie ihn dort an.«

24

In seinem Auto zog Toni das leere Magazin aus der Dienstpistole, munitionierte es auf und schob es zurück in den Schacht. Er lud die Waffe durch, sicherte sie und steckte sie in das Halfter. Auf dem Touchscreen wurde ein unbekannter Anrufer angezeigt. Toni sträubte sich gegen die aufkommende Hoffnung. Trotzdem spürte er, wie sein Herz zu flattern begann. Nach den neusten Erkenntnissen musste er annehmen, dass Sofie nicht mehr am Leben war, aber hundertprozentig sicher konnte er sich nicht sein. Vielleicht hatten die Ermittlungen etwas ins Rollen gebracht. Vielleicht wollte jemand einen Deal abschließen, vielleicht war sie es sogar selbst. Er klopfte auf das Lenkrad und hasste sich für dieses Ritual. Dann drückte er auf die grüne Annahmetaste und sagte: »Hallo?«

»Hier ist Jessica Hartwig. Ich habe, was Sie wollen.«

Die Enttäuschung legte sich wie ein warmer Waschlappen über sein Gesicht. Was hatte er auch erwartet? Er war ein unverbesserlicher Narr, der es nie lernen würde. »Sie meinen den Kalender?«

»Was denn sonst?«

»Mich interessieren die Einträge vom 3. Mai 1998 und den folgenden Wochen. Bitte sehen Sie nach.« Er hörte, wie der Hörer krachend auf eine harte Oberfläche schlug. Die Witwe war wohl in keiner guten Verfassung. Im Hintergrund erklang Kramen und Blättern.

Nach einer Minute meldete sich Jessica Hartwig wieder. »An der Nordsee waren wir nicht, das war ein Jahr später, aber die Eintragungen kann ich nicht lesen.«

»Hat Ihr Mann undeutlich geschrieben?«

»Nein, da stehen Zahlen. Viele Zahlen. Sicher irgendein Kinderkram.«

Toni merkte sofort auf. »Ich komme später vorbei und hole den Kalender ab. Sind Sie in den nächsten Stunden …«

Die Witwe legte auf. Einfach so, ohne ein weiteres Wort zu

verlieren. Ungläubig sah Toni auf den Touchscreen, wo angezeigt wurde, dass die Verbindung unterbrochen war. Normalerweise hätte er insistiert, um einen Übergabetermin zu vereinbaren, aber er hatte jetzt andere Dinge im Kopf. Es gab eine Fährte, die Vorrang hatte. Er wählte Phongs Nummer und ließ sich die Adresse vom Fischereihof heraussuchen. Toni gab Straße und Hausnummer ins Navigationsgerät ein, startete den Motor und fuhr los.

»Gib mal ein paar Hintergrundinfos«, sagte er.

»Warte«, erwiderte Phong, mampfte krachend Kartoffelchips und hämmerte so fest auf der Tastatur, dass man es im Inneren des Wagens hören konnte. »Peter Herrmann hat eine eigene Homepage und postet auch in sozialen Netzwerken. Den Fischereihof hat er vor drei Jahren von seinem Onkel übernommen. Der war früher in der Genossenschaft tätig, bevor er das Gelände von der Treuhand gekauft hat. Insgesamt ist es fünf Hektar groß und hat einen Teich für Angler, die in einer Ferienwohnung Urlaub machen können. Für das Weihnachtsgeschäft gibt es eine Karpfenzucht. Was willst du da eigentlich?«

Phong wusste ohnehin über Sofie Bescheid. Deshalb konnte Toni ihm die neuen Erkenntnisse schildern. Auch für den Fall, dass etwas schiefgehen sollte.

»Klingt nach einem Durchbruch«, sagte der Kriminalkommissar. »Brauchst du Verstärkung?«

»Die meisten Kollegen sind gerade beschäftigt. Ich schau mich erst mal um.«

»Gesa hat übrigens angerufen. Ich soll einen Chemiker auftreiben. Sie hat wohl in der Wohnung des zweiten Opfers eine Drogenküche entdeckt.«

»So? Hat sie sonst noch was gesagt?«

»Irgendwelche Videos. Sie will später Kopien mitbringen.«

»Wie weit bist du mit dem Buchcode?«

»Es sieht ganz gut aus. Heute Nachmittag dürfte ich fertig sein.«

»Ich bringe dir später weiteres Material vorbei. Ich muss jetzt aufhören«, sagte Toni und drückte auf die rote Taste.

Er hatte mittlerweile das Stadtgebiet verlassen und bog von der Hauptstraße auf einen einsam gelegenen, zweispurigen Plattenweg ab. Der Mittelstreifen war mit hohem Gras bewachsen. Links und rechts der Fahrbahn ragten Birken empor, hinter denen Wiesen, ein Tümpel mit Seerosen und Wald lagen. Nirgends war ein Wohnhaus oder eine Stallung zu sehen, was den verlassenen Eindruck noch verstärkte.

Nach einem halben Kilometer erreichte er ein lang gezogenes, zweigeschossiges Wohnhaus an einem großen Teich. An den Ufern wiegte sich das Schilf im Wind. Toni parkte den Wagen an einem überdachten Rastplatz. Hier trafen sich vermutlich die Angler und erzählten sich von den Zandern, Barschen und Rotaugen, die sie aus dem Wasser gezogen hatten. Toni löste vorsichtshalber den Druckknopf an seinem Halfter, damit er seine Waffe schneller ziehen konnte, und stieg aus. Bei den Räucheröfen stand ein weißer Lieferwagen mit offener Fahrertür.

»Hallo«, rief er. »Ist hier jemand?«

Eine Antwort blieb aus. Er hörte nur lautes Froschquaken und das leise Rauschen der Autobahn, die nicht weit entfernt sein konnte. Er stapfte zur Haustür und klingelte mehrmals. Niemand öffnete. Er sah sich auf dem Gelände um und ging an einem kleinen Fischladen vorüber. Frische Räucherware lag in der Kühltheke. In einem flachen Steingebäude standen mehrere große Bassins, in denen das Wasser sprudelte. Außerdem lagerten dort Bojen, Fender, Netze und Bottiche in allen Größen. Nur von dem Fischer fehlte jede Spur. Was war hier los? Sollte er doch Verstärkung anfordern?

Toni trat an das Stahlgeländer. Ein stabiler Anlegesteg führte etwa fünfzehn Meter aufs Wasser. Er bot Platz für mehrere Boote, aber nirgends war ein Kahn zu entdecken. Die Sonne schien auf den Großen Zernsee nieder, der mit Havelwasser gespeist wurde. Auf der bewegten Oberfläche sahen die Lichtreflexionen wie Diamanten aus. In einiger Entfernung durchzog ein Wolkenband den strahlend blauen Himmel. An dieser Stelle wäre Sofie vorbeigetrieben, wenn sie ertrunken wäre, dachte Toni. Nur ein paar hundert Meter entfernt, an den massiven Pfeilern der Autobahnbrücke, hatte er mehrmals getaucht, weil sich ihr Leichnam dort verfangen haben könnte.

»Wenn Sie meinen Onkel suchen«, sagte ein Mann mit einer angenehmen Baritonstimme, »der fährt gerade die Aalreusen ab.«

Toni drehte sich um. Vor ihm stand ein zwei Meter großer, sehr dünner Enddreißiger, der ihn aus zusammengekniffenen Augen musterte. Er hatte luftige schwarze Rabenhaare. Obwohl er viel Zeit auf dem Wasser verbringen musste, war sein Teint von einer Blässe, die in diesem Gewerbe sicher selten zu finden war. Er trug eine weite Latzhose und Gummistiefel, die nur die halben Unterschenkel hinaufreichten. »Sind Sie Peter Herrmann?«

Der Mann bestätigte es. Toni wies sich aus und sagte: »Ich suche Reiner Stein. Können Sie mir sagen, wo ich ihn finde?«

»Den suche ich auch. Wir haben einen Stand auf dem Baumblütenfest, und da wird er dringend gebraucht. Ich habe keine Ahnung, wo er steckt. Er hat sich schon seit Tagen nicht mehr blicken lassen. Auf meine Anrufe reagiert er nicht.«

»In welchem Verhältnis stehen Sie zueinander?«

»Er arbeitet für mich. Macht alles, was gerade so anfällt. Hier auf dem Hof, Lieferfahrten zu den Restaurants, einmal im Jahr den Messestand und eben das Baumblütenfest. Er ist so eine Art Mädchen für alles. Eigentlich ist er auch zuverlässig, aber er hat immer wieder Aussetzer. Vor zwei Jahren ist er psychisch erkrankt und war lange in der Klinik. Hat seinen Job in der Tankstelle verloren. Na ja, wie das eben so läuft.«

»Und da haben Sie ihm unter die Arme gegriffen?«

»Ich kenne ihn von früher. Er hat mich nach Arbeit gefragt, und ich konnte jemanden gebrauchen.«

»Wissen Sie, wo er wohnt?«

»Ich hab sogar einen Schlüssel. Für den Notfall. Ich hoffe, dass er sich nichts angetan hat. Wenn Sie wollen, können wir vorbeifahren. Das wollte ich sowieso schon tun. Sorgen macht man sich ja doch. Ich muss nur noch schnell ins Haus. Kommen Sie. Was wollen Sie eigentlich von Reiner?«

»Er kannte Klaus Hartwig und Olaf Wendisch. Die beiden wurden ermordet, und ich habe –«

»Ist nicht wahr! Hier bekommt man nicht alles mit, was in der Stadt passiert. Ermordet, sagen Sie?«

Toni gab einen kurzen Abriss des Geschehens.

»Das ist ja ein Ding. Ich kannte die beiden. Na ja, über Tote soll man nicht schlecht reden. Ich hab Reiner mal gefragt, warum er sich mit denen abgegeben hat. Er hat geantwortet: ›Ich will was erleben!‹ Und es hat auch gestimmt. Die drei haben viel unternommen. Haben gefeiert, sind in Urlaub gefahren und haben Frauen aufgerissen. Letzteres wohl vor allem. Ich glaube, dass es Reiner gefallen hat, dass die beiden immer gemacht haben, was sie wollten. Ohne Rechtfertigungen, ohne Kompromisse und ohne Gewissensbisse. Die haben sich um das Gerede der Leute nicht geschert. Die hatten nur ihren Spaß im Kopf. Das hat ihm wohl imponiert, obwohl er selber anders war.«

»Wie meinen Sie das?«

»Als ich ihm vor anderthalb Jahren einen Stundenlohn von zehn Euro anbot, sagte er, dass acht Euro genügen würden. Er sei schließlich kein gelernter Arbeiter, sondern nur eine Hilfskraft. Verstehen Sie, was ich meine?«

»Ich glaube schon. Verdienen Sie so gut?«

»Es hat schon bessere Zeiten gegeben. Kormorane haben die Havel leer gefischt. Langsam fließende Gewässer kommen den Vögeln entgegen. Außerdem gibt es immer mehr Diebe, die die Aalreusen plündern. Das ist eine Sauerei. Aber einen alten Kumpel kann ich auch nicht hängen lassen.«

»Halten Sie Herrn Stein für fähig, einen Mord zu begehen?«

»Bestimmt nicht«, erwiderte Peter Herrmann. Die Antwort war spontan, ohne jede Verzögerung erfolgt. Jetzt arbeitete es allerdings in seinem Gesicht. »Ich meine – er hat manchmal schon heftige Aussetzer gehabt. Das kam aus heiterem Himmel und hatte keinen ersichtlichen Grund. Das hing wohl mit seiner Erkrankung zusammen, und ich hab sie immer im Hinterkopf behalten. Deshalb konnte ich damit umgehen, aber ganz wohl war mir nicht dabei.«

25

Eine halbe Stunde später parkten sie vor dem zweistöckigen Gebäude, in dem Reiner Stein zur Miete wohnte. Es sah aus wie ein amerikanisches Motel. Alle Wohnungstüren waren zum Parkplatz ausgerichtet. Sie bewältigten die Stufen des Eingangspodests und bogen auf einen langen, gefliesten Flur ab. Auf den Plastikklingelschildern waren die Familiennamen mit Filzstift oder Kugelschreiber geschrieben. Als sie ganz hinten angekommen waren und Peter Herrmann den Schlüssel ins Schloss stecken wollte, nahm Toni ihm den Bund aus der Hand und sagte: »Lassen Sie mich das machen!«

Erstaunt sah ihn der Fischer an, dann veränderte sich sein Gesichtsausdruck, und er trat vorsichtshalber einen Schritt zurück. »Wie Sie meinen. Es ist der Schlüssel mit dem gelben Ring.«

Toni nahm seine Pistole aus dem Halfter und legte den Daumen an den Entsicherungshebel. Er suchte neben dem Eingang Deckung, öffnete mit der linken Hand die Tür und schubste sie auf. In den Angeln quietschte sie laut. Kurz schaute er in den Flur.

»Herr Stein«, rief er. »Hier ist die Polizei. Sind Sie zu Hause? Ich möchte mit Ihnen reden.«

Keine Antwort.

Mit vorgehaltener Waffe drang Toni ein. Links von ihm befand sich eine Küchenzelle, in der sich das dreckige Geschirr türmte. Über fleckige Auslegware bewegte er sich durch den Flur. »Herr Stein. Sind Sie da?« Er betrat den Wohn- und Schlafbereich. Ein großer Kleiderschrank reichte vom Boden bis zur Decke und diente als Raumteiler, die Türen standen offen. Einige Kleidungs- und Wäschestücke lagen auf dem Boden, auf dem zerwühlten Bett, auf dem braunen Sofa und auf einem gepolsterten Stuhl.

Die Pistole im Anschlag zwängte sich Toni um das Bett herum und trat ins Badezimmer. Das rostige Medizinschränkchen war ebenfalls offen, aber er konnte nirgends Hygieneartikel des täglichen Bedarfs entdecken. Die Toilette war seit Wochen nicht mehr geputzt worden. Ein süßlicher Gestank hing in der Luft. Toni nahm den gleichen Weg zurück.

Im Wohnbereich stand ein Röhrenfernseher, der von einer dicken Staubschicht bedeckt war. Die Lüftungsluke über der Balkontür hatte sich vom Tabakqualm dunkelgelb verfärbt. Auf dem Austritt waren mehrere Getränkekisten gestapelt. Die Blumenkästen beherbergten verrottete Pflanzenreste und selbst gedrehte Zigarettenstummel.

Die Einraumwohnung war leer. Der Bewohner hatte offenbar eilig ein paar Sachen gepackt und war verschwunden. Toni steckte die Waffe ins Halfter und fragte: »Wann haben Sie Herrn Stein zuletzt gesehen?«

»Das ist ja ein Dreckstall«, erwiderte der Fischer. »Ich hab ihn ein paarmal abgesetzt, aber ich bin zum ersten Mal hier drin. Wenn man so haust, ist es kein Wunder, dass man keine Freude mehr hat.«

Toni sah ihn weiter fragend an.

»Das muss Donnerstag gewesen sein. Ja, Donnerstag. Wir sind die Stellnetze abgefahren. Ganz guter Fang. Ansonsten war es wie immer. Jedenfalls ist mir nichts aufgefallen.«

Der Mord an Klaus Hartwig geschah in der Nacht von Freitag auf Samstag. War Reiner Stein am Tag zuvor untergetaucht?

»Wissen Sie, wo er sich aufhalten könnte?«

»Soweit ich weiß, waren Klaus und Olaf seine einzigen richtigen Freunde, aber sie kommen ja nicht mehr in Frage. Seine Eltern sind tot. Er hat eine ältere Schwester, die Sabine heißt und in Hamburg was mit Marketing macht. Sie soll erfolgreich sein, aber die beiden haben sich gehasst. Schon seit Jahren hatten sie keinen Kontakt mehr.«

»Den Schlüssel muss ich beschlagnahmen. Ich muss jetzt einige Dinge erledigen. Wenn Sie eine Viertelstunde warten, kann ich Sie hinterher nach Hause fahren.«

»Nein, nein. Etwas Bewegung wird mir guttun. Das macht den Kopf wieder frei.«

»Ich gebe Ihnen noch meine Karte. Bitte rufen Sie mich an, wenn Sie etwas von Herrn Stein hören. Er soll sich bei mir melden. Es ist dringend.«

Toni bedankte sich für die Unterstützung und forderte einen Streifenwagen an. Danach kontaktierte er Phong, der Reiner Stein zur Fahndung ausschreiben, die Schwester ausfindig machen und für drei Uhr nachmittags eine Besprechung im Kommissariat anberaumen sollte. Danach verließ er die Wohnung durch die Eingangstür, lehnte sich an das Geländer und schaute über den Parkplatz. Die Streifenpolizisten würden bald eintreffen. Sie sollten den Zugang zur Wohnung bewachen, bis er einen Durchsuchungsbeschluss erwirkt hätte und die Spurensicherung eingetroffen wäre.

Obwohl die Umstände von Reiner Steins Verschwinden verdächtig erschienen, war noch vieles denkbar. War er wirklich untergetaucht, um die Morde auszuüben? Oder war er geflohen, weil er Angst hatte, das nächste Opfer zu werden? Der Hilfsarbeiter kannte die Antwort. Toni musste jetzt alle Kräfte bündeln, um ihn ausfindig zu machen.

26

Aus dem Haus drang schrilles Geschrei und Türenknallen, das sich nach einem heftigen Streit anhörte. Toni drückte immer wieder auf den Klingelknopf. Endlich erstarben die Stimmen. Jemand polterte die Treppe herunter und marschierte durch den Flur.

Jessica Hartwig riss die Tür auf. Ihre Augen flackerten, das Gesicht war gerötet, am Haaransatz glitzerten Schweißperlen, mehrere Strähnen hatten sich aus dem Pferdeschwanz gelöst und standen vom Kopf ab.

»Das hätte ich mir ja denken können«, sagte sie und griff nach dem bereitstehenden Karton, in dem sich die Kalender befanden. Anstatt ihm das Pappbehältnis in die Hände zu geben, holte sie mit beiden Armen weit aus und warf es auf den Weg, wo es noch ein Stück knirschend über das Pflaster rutschte, bevor es zum Stehen kam. »Werden Sie glücklich damit«, sagte sie und wollte die Tür zuknallen.

Toni griff nach der Klinke und hielt sie eisern fest. »Was ist hier los?«

Mehrmals schnappte die Witwe nach Luft. Toni konnte sehen, wie Jan Hartwig die Treppe herunterkam. Sein Gesicht war tränenüberströmt. Aus der Nase lief ihm der Rotz. Er taumelte durchs Wohnzimmer, riss die Terrassentür auf und stolperte hinaus.

»Sie machen alles kaputt«, schrie Jessica Hartwig. »Sie tauchen plötzlich auf und schlagen alles in Scherben. Vorher war alles in Ordnung. Ich will, dass Sie verschwinden und nie mehr herkommen.«

»Wovon zum Teufel reden Sie?«

»Wie konnten Sie dem Jungen nur so einen Unsinn einreden? Klaus hatte kein Verhältnis mit seiner Freundin. Das ist doch Schwachsinn. So etwas hätte mein Mann nie gemacht. Ich habe ihm alles gegeben, was er brauchte. Auch sexuell. Ihm fehlte es an nichts. Außerdem liebte er seine Familie. Sie war ihm immer das Wichtigste.«

»Ich kann kaum fassen, was Sie für einen Unsinn reden. Zwar verstehe ich, dass Sie eine schwere Zeit haben, aber hören Sie endlich auf, sich was vorzumachen. Schauen Sie der Realität nur einmal ins Auge. Jan ist von seinem Vater in übelster Weise hintergangen worden. Außerdem hat er seine Freundin verloren. Jan braucht jetzt Beistand und ganz bestimmt niemanden, der die Tatsachen verdreht und ihm Vorwürfe macht. Gehen Sie hin zu ihm, nehmen Sie ihn in den Arm und bitten Sie ihn um Verzeihung. Für Ihr hysterisches Theater und für die Schweinereien Ihres Mannes.«

Toni wandte sich grußlos ab, griff sich den Karton und stapfte zum Parkplatz.

27

Um vierzehn Uhr dreißig erreichte Toni das Kommissariat. In der kleinen Küche trank er einen Schluck aus seinem Flachmann und schüttete sich einen Kaffee ein. Mit dem dampfenden Becher begab er sich zu Phong, der wie immer an seinem Schreibtisch saß. Auf einem Stapel Akten stand ein Teller mit einem Stück Salamipizza.

»Bedien dich«, sagte Phong und steckte sich einen Schokoladenkeks in den Mund. »Ich bin schon beim Nachtisch.«

Toni zog sich einen Stuhl heran, verschlang das weiche, labberige Backwerk mit drei Bissen und spülte mit einem Schluck Kaffee nach. »Hast du den Code geknackt?«

»Einen Moment noch«, erwiderte Phong, drückte die Entertaste auf seiner Tastatur und schloss das Programm mit der Mouse. Nachdem er sich Hartwigs Kalender und den Roman »Das Bernsteinzimmer« gegriffen hatte, drehte er sich so, dass sie sich gegenübersaßen.

»Das Opfer hat tatsächlich einen Buchcode genutzt. Ihn zu dechiffrieren, war kompliziert, weil der Obstbauer verschiedene Seiten benutzt hat. Das jeweilige Datum war der erste Schlüssel. So gebrauchte er am 23.4. die Seite 234, am 10.3. die Seite 103, am 1.2. die Seite 12 und so weiter. Die Zahlenpaare, die er dann niedergeschrieben hat, sind die Koordinatenangaben. Sie bestimmen einen Buchstaben. So weit klingt es einfach, aber er hat außerdem einen Cäsar-Algorithmus verwandt. Er hat also die Buchstaben um eine bestimmte Anzahl von Zeichen im Alphabet verschoben. Der zweite Schlüssel war die Quersumme des Datums. Und diese Kombination herauszufinden, war ein hartes Stück Arbeit. Man kann nämlich die Buchstaben in zwei verschiedene Richtungen ...«

»Lass es gut sein. Ich will nur wissen, was in dem Kalender steht.«

»Einfach ausgedrückt handelt es sich um ein Sextagebuch.«

»Etwas präziser, bitte.«

»Hartwig hat in Stichpunkten notiert, wann er mit wem welche Art von Sex hatte. Am häufigsten wird Sina Scheid erwähnt, die du bereits vernommen hast. Sie kann wohl sehr gut ... äh ... Du kannst die Einzelheiten nachlesen, wenn sie dir wichtig erscheinen. Ich habe alle Eintragungen transkribiert. Insgesamt beschreibt er vierunddreißig Kontakte. Natürlich können es auch mehr gewesen sein. Die Eintragungen wurden zwischen dem 5. Januar und Ende April vorgenommen. Neben Sina Scheid werden noch andere Prostituierte aufgeführt. Einige Frauen werden auch mit Vornamen genannt. Die Beschreibungen lassen darauf schließen, dass es Nachbarinnen und eine Verkäuferin aus dem Hofladen waren.«

Toni rieb sich den Nacken, der sich wund anfühlte. »Ich hab mir mehr versprochen. Dass er sexuell aktiv war, wussten wir schon. Das bringt uns nicht weiter. Ist es möglich, die Kontakte zu überprüfen?«

»Du meinst, ob wir herausfinden können, ob eine dieser Frauen verschwunden ist – wie Sofie?«

»Unter anderem. Vielleicht hat er sich auch anderweitig verdächtig gemacht.«

»Die meisten Prostituierten stammen vom Strich zwischen Groß Glienicke und Seeburg. Da stehen ein paar Frauen zwischen Feldern und kleinen Waldstücken an der Landstraße. Einige Stricherinnen sind wohl aus Berlin, rund um den Tiergarten. Ihre Namen erwähnt er nicht, vermutlich hat er sie auch nicht gewusst. Das waren spontane Begegnungen. Die Nachbarinnen und die Verkäuferin dürften zu ermitteln sein. Ja, ich kann es versuchen, aber schnell geht es ganz sicher nicht.«

»Gut, dann erledige das, wenn du Leerlauf hast.«

»Soll das ein Witz sein?«

»Ach, noch was«, sagte Toni und griff in den Obstkarton, den er von Jessica Hartwig erhalten hatte. Er zog den Kalender von 1998 heraus und blätterte bis Dienstag, den 5. Mai, vor, wo die erste chiffrierte Eintragung nach Sofies Verschwinden zu finden war. »Was steht da?«

»Hm, lass mal sehen. Wenn er damals die gleiche Verschlüsselung benutzt hat wie kürzlich, finden wir die Lösung auf Seite 65.« Phong schlug den Roman auf und griff nach einem angespitzten Bleistift. Er legte die Koordinaten neben sich, zählte mehrmals ab und schrieb die Buchstaben in eine Reihe. Er legte eine Alphabetleiste darüber, zählte zwei Zeichen zurück und notierte sich eine weitere Buchstabenreihe. Schließlich sah er auf und sagte: »Der Mensch ist eben ein Gewohnheitstier. Der dechiffrierte Text lautet: ›Mit Olaf und Reiner zum zweiten Mal nach Cheb. Geil, geil, geil‹.«

Toni nahm sofort eine aufrechte Sitzhaltung ein. Jetzt waren sie doch noch auf eine heiße Spur gestoßen. »Also war er am Dienstag, den 5. Mai, nur drei Tage nach Sofies Verschwinden, mit seinen Kumpels in Cheb. Was weißt du über die Stadt?«

»Sie liegt in Tschechien, kurz hinter der deutschen Grenze. Anfang der neunziger Jahre hat sie eine zweifelhafte Berühmtheit erlangt, weil viele Sextouristen rübergefahren sind. Das horizontale Gewerbe hat geboomt. Aus jeder Imbissbude und Tankstelle wurde ein Bordell. Überall standen Frauen an der Straße, die es für ein paar Mark gemacht haben. Noch heute soll die Stadt eine Hochburg für Kinderprostitution und Menschenhandel sein.«

Toni starrte düster vor sich hin.

Phong beobachtete ihn. »Du meinst, dass die Männer Sofie in Cheb verkauft oder zur Prostitution gezwungen haben?«

»Denkbar wäre es.«

»Denkbar ist vieles.«

»Ich bin schon weniger deutlichen Spuren gefolgt«, sagte Toni energisch und stand auf. »Lass uns rübergehen. Gesa und Schmitz warten sicher schon.«

***

Der Besprechungsraum schien leer zu sein, bis Toni einen metallischen Laut vernahm und um den großen Tisch herumging. Gesa kniete neben dem Kühlschrank, den sie ein Stück abgerückt hatte. Ihren Arm, ihre rechte Schulter und den Kopf hatte sie in den schmalen dunklen Spalt zwischen Rückseite und Wand geschoben, wo sie an irgendetwas herumschraubte. Neben ihrem Unterschenkel stand ein Werkzeugkoffer.

»Machst du eine Umschulung?«, fragte Toni.

Gesa gab etwas von sich, das unmöglich zu verstehen war.

Da rauschte Kriminalrat Schmitz herein. »Ich hab nicht viel Zeit«, sagte er und setzte sich ans Kopfende. »Ich treffe mich gleich mit dem Polizeipräsidenten, um ihm über die neuste Entwicklung Bericht zu erstatten.«

Gesa tauchte aus der Versenkung auf und warf die Zange scheppernd in den Werkzeugkasten. »Deine Sprüche kannst du dir sparen, Toni«, sagte sie und wandte sich an Schmitz, der mit dem Rücken zu ihr saß und sein Smartphone bearbeitete. »Auf Sie ist kein Verlass. Ich mach das jetzt selbst – hören Sie?«

Der Kriminalrat drehte den Kopf nach hinten und sah sie erstaunt an. Man konnte sehen, wie es hinter seiner Stirn arbeitete, aber er kam nicht darauf, was seine Mitarbeiterin meinte. Schließlich entschied er sich für eine Erwiderung, die so formuliert war, dass sie unmöglich verkehrt sein konnte. »Gut, sehr gut sogar. Motivation ist der Grundstein allen Erfolgs. Können wir jetzt anfangen?«

Toni schmunzelte kurz, dann gefroren seine Gesichtszüge. Er musste nun alle Kräfte bündeln. Das setzte voraus, dass die Beteiligten informiert waren. Welchen Ablauf sollte seine vermutlich letzte Besprechung nehmen? Wenn sich Schmitz dumm anstellte, könnte es gut sein, dass er bald auf eigene Faust weiterermitteln würde. Deshalb musste er zuerst die neusten Erkenntnisse in Erfahrung bringen.

»Gesa«, sagte er. »Können wir sicher sein, dass es sich um denselben Täter handelt?«

»Du kennst doch Christoph Roth«, erwiderte die Kriminaloberkommissarin, rieb sich die Hände an einem karierten Küchenhandtuch sauber und setzte sich. »Aus dem ist am Tatort so gut wie nichts herauszubekommen. Wenigstens hat er mir gesteckt, dass Olaf Wendisch schwarze Faserspuren an seiner Kleidung hatte, die den Proben ähneln, die Christoph am Sakko von Klaus Hartwig sichergestellt hat. Festlegen will er sich jedoch erst, wenn er sich alles unter dem Mikroskop angeschaut hat. Die Gerichtsmedizinerin war da schon gesprächiger. Olaf Wendisch wurde durch zwei Messerstiche verletzt. Der erste traf die Leber, der zweite das Herz und führte zum Tod.«

»Wieder Leber und Herz. Hat das eine Bedeutung?«

»Wundkanallänge, -breite und -tiefe sind jedenfalls fast identisch mit den Verletzungen, die Klaus Hartwig zugefügt wurden. Deshalb ist davon auszugehen, dass das gleiche Messer benutzt wurde.«

»Okay. Das reicht mir vorerst. Was hat die Durchsuchung der Wohnung ergeben?«

»Olaf Wendisch war Hobbychemiker. Die Spurensicherung war noch nicht durch, aber es sieht so aus, als hätte er zunächst im Keller ein Crystal-Meth-Labor eingerichtet. Das war nicht so clever. Bei der Herstellung kann sich nämlich gesundheitsschädigender Dunst bilden. Aus diesem Grund hat er seine Drogenküche wohl ins Freie, auf den großen Balkon verlegt. In einem Schuhkarton haben wir eine Plastiktüte mit dem kristallinen weißen Pulver entdeckt. Ungefähr fünfzig Gramm.«

»Was weißt du über den Stoff?«

»Da wendest du dich besser an Phong. Ich hab ihm vorhin einige Stichworte zur Recherche durchgegeben.«

»Crystal Meth wird in der Szene auch ›Ice‹ genannt«, sagte der Kriminalkommissar. »Es macht hochgradig süchtig, ist einfach herzustellen und im Vergleich zu Kokain billiger. In Berlin und Brandenburg ist es auf dem Vormarsch. Die Wirkung ist aufputschend und seit Jahrzehnten bekannt. Schon im Zweiten Weltkrieg wurde es unter dem Namen ›Pervitin‹ an Flieger und Panzersoldaten verteilt, um ihre Leistungsfähigkeit zu steigern. Die Langzeitfolgen sind fatal. Unter anderem führt der Konsum zu Hirnschädigungen. Charakteristisch sind die Hautausschläge.«

»Könnte es zwischen dem Drogenlabor und den beiden Mordfällen einen Zusammenhang geben?«, fragte Toni.

»Darüber habe ich noch nicht nachgedacht, aber das war auch noch nicht alles«, erwiderte Gesa. »Olaf Wendisch hatte noch ein zweites Hobby, und das war das Filmen. Am Vorabend seiner Ermordung hat er einen Gangbang aufgenommen. Das ist eine Gruppensexvariante, bei der die Männer in der Überzahl sind und es härter zur Sache geht. Der Film ist fast zwei Stunden lang. In ihm agieren drei Halbstarke, Olaf Wendisch und ein junges Ding, das total zugedröhnt ist. Sie stammelt wirres Zeug. Ich bin mir nicht sicher, ob sie alles mitbekommen hat.«

»Das klingt nach einer Vergewaltigung«, sagte Schmitz. »Vor Gericht würde sie vermutlich nicht nachzuweisen sein, aber dem Täter könnte sie das Motiv liefern. Vielleicht ist die rothaarige Frau auf den Fotos ebenfalls durch die vier Männer missbraucht worden, und jemand rächt sich. Wir müssen die weibliche Person aus dem Video finden. Hat sie sich jemandem anvertraut? Wer wusste, was ihr passiert ist?«

Toni dachte, dass die These des Kriminalrats durchaus nachvollziehbar war. Er konnte nicht wissen, dass Sofie vor sechzehn Jahren verschwunden war und die drei jungen Männer nicht beteiligt gewesen sein konnten, aber ein anderes Gegenargument war noch offensichtlicher. »Nein«, sagte er. »Ich glaube nicht, dass die beiden Morde in irgendeinem Zusammenhang mit dem Gangbang stehen.«

»Und warum nicht?«, fragte Schmitz. »Bitte nichts Kompliziertes. Die einfache kriminalistische Arbeit ist meistens die beste.«

»Natürlich. Da stimme ich Ihnen voll zu. Es ist ein Fakt, dass Klaus Hartwig vor der Produktion des Gangbangvideos ermordet wurde.«

»Das habe ich natürlich bedacht. Aber vielleicht gibt es eine Serie von Missbräuchen, vielleicht gibt es auch mehrere Täter, die es den Vergewaltigern heimzuzahlen.«

»Wir sollten nicht zu viel spekulieren, das könnte uns in eine falsche Richtung führen. Lassen Sie uns lieber bei den Fakten bleiben. Momentan ist das einzige Bindeglied zwischen den Morden die Fotografie der rothaarigen Frau. Gesa, gab es ältere Filme ähnlicher Machart?«

»Nein, bis jetzt nicht, aber die Sichtung ist noch nicht abgeschlossen. Wendisch hat mehrere tausend Filme archiviert.

Darunter sind auch viele Naturaufnahmen. Immer wieder hat er die Kormorankolonie am Trebelsee gefilmt.«

»Sonst noch etwas?«

»Nur so ein Gefühl. Während mich Polizeihauptmeister Lohse zum Mietshaus von Wendisch geführt hat, habe ich mit ihm über die beiden Opfer geredet. Ihm war dabei sichtlich unwohl zumute. In einer Kleinstadt wie Werder kennt man sich natürlich, und ein Mord ist ein schreckliches Ereignis, aber ich hatte den Eindruck, dass mehr dahinterstecken könnte. Vielleicht weiß er etwas und will es vor uns verheimlichen. Und dann ist mir dieser Kerl auch noch auf die Pelle gerückt.«

»Der Mann ist verheiratet und Vater von fünf Kindern«, sagte Schmitz empört. Er bedachte sowohl Toni als auch Gesa mit anklagenden Blicken.

Toni hatte für die Befindlichkeiten seines Vorgesetzten jetzt keinen Nerv. Bei dem Gespräch mit dem Beamten vom Revier Werder hatte er ein ähnliches Gefühl gehabt, aber das reichte nicht aus, um konkrete Ermittlungen anzustellen. »Phong, was hast du herausgefunden?«

»Die Überprüfung von Hartwigs Mazda MX-5 verlief ergebnislos. Keine auswertbaren Gegenstände, keine verdächtigen Spuren, nichts. Ich habe die Witwe bereits informiert, dass sie das Auto abholen kann. Ich hoffe, das war okay? Die Anruflisten vom Festnetzanschluss habe ich mittlerweile eingesehen und auch die Nummern überprüft. Dabei ist mir nichts aufgefallen. Ach ja, die DNA-Analyse ist eingetroffen. Das Ergebnis ist überraschend. Die Spermaspuren auf dem Foto stammen nicht von Klaus Hartwig.«

»Das spricht für mehrere Täter«, sagte Schmitz triumphierend. »Wie bei einem Gangbang.«

Toni bedachte seinen Vorgesetzten mit einem flüchtigen Blick und ignorierte ansonsten seine Bemerkung. »Auf dem zweiten Foto habe ich auf die Schnelle nichts erkennen können, aber das muss nichts bedeuten. Ist das Bild schon kriminaltechnisch untersucht worden?«

»Noch nicht, aber sobald ich die Info habe, gebe ich sie an dich weiter«, erwiderte Phong. »Ich habe auch Sabine Stein ausfindig gemacht und mit ihr telefoniert. Sie hat seit zehn Jahren keinen Kontakt mehr zu ihrem Bruder und konnte auch nicht sagen, wo er sich zurzeit aufhält. Ich glaube, dass sie die Wahrheit gesagt hat. Sie klang sehr überzeugend.«

»Wer ist Sabine Stein?«, fragten Schmitz und Gesa fast gleichzeitig.

Toni begriff, dass sie sich vergaloppiert hatten. Er musste schnell die Initiative ergreifen, um Schaden von Phong abzuwenden. »Sabine Stein ist die Schwester von Reiner Stein, der möglicherweise in die Morde verwickelt ist. Ich habe Phong heute Morgen beauftragt, sie ausfindig zu machen und sie nach dem Verbleib ihres Bruders zu befragen. Er wusste nicht, warum ich ihm diesen Auftrag gegeben habe. Der Hintergrund ist ihm nach wie vor unbekannt. Ist es nicht so?«

»Äh, ja«, sagte Phong, senkte den Kopf und schob seine getönte Brille den Nasenrücken hoch.

»Das klingt beinahe so, als würdest du dich vor einem Untersuchungsausschuss rechtfertigen«, sagte Gesa.

»Sie haben einen Verdächtigen?«, fragte Schmitz. »Und sagen nichts? Was treiben Sie für ein Spiel?«

»Am besten hören Sie mir jetzt einfach zu und lassen mich ausreden«, sagte Toni. Er hatte immer gewusst, dass dieser Zeitpunkt kommen würde. Alleine konnte er die Ermittlungen ohnehin nicht mehr vorantreiben; er brauchte Unterstützung.

»Ich habe die Identität der weinenden Frau auf den Fotos von Anfang an gekannt. Sie heißt Sofie Sanftleben, und ja, sie ist meine Ehefrau. 1998 ist sie nach einem nächtlichen Bad in der Havel verschwunden. Die Vermisstenstelle Berlin hat ergebnislos nach ihr gefahndet, und auch ich habe in jeder freien Minute nach ihr gesucht. In den letzten sechzehn Jahren hat sich keine Spur ergeben, bis bei den Mordopfern ihr Bild gefunden wurde. Durch ein Foto, das ich im Haus des ersten Opfers entdeckt habe, konnte ich in meinem Privatarchiv einen Zusammenhang herstellen. Klaus Hartwig und Olaf Wendisch engagierten sich 1998 bei der Freiwilligen Feuerwehr Werder und waren an der Suchaktion beteiligt. Zum jetzigen Zeitpunkt gehe ich davon aus, dass sie zusammen mit Reiner Stein die Bootsbesatzung bildeten, die mit Scheinwerfern die Havel abgesucht hat. Ich erinnere mich, dass das Rettungsboot über den Ablauf der Akutphase hinaus im Einsatz war und erst am nächsten Morgen aus dem Wasser geslippt wurde. Vielleicht waren die drei Männer motiviert und wollten einen Beitrag zur Bergung leisten, vielleicht haben sie Sofie aber auch irgendwo entdeckt, sie ins Boot gezogen und über die Havel an einen anderen Ort verschleppt. Genügend Zeit hätten sie gehabt. Was damals wirklich passiert ist, kann uns nur einer der Beteiligten berichten. Und das ist wahrscheinlich Reiner Stein. Allerdings ist eine Befragung zurzeit nicht möglich. Seit Donnerstagabend wurde er nicht mehr gesehen. Er ist nicht zur Arbeit erschienen, und in seiner Wohnung sieht es aus, als wäre er verreist. Aus diesen Gründen habe ich ihn durch Phong zur Fahndung ausschreiben lassen. Ein Polizist bewacht den Zugang zu seiner Wohnung. Wir müssen Staatsanwältin Winter kontaktieren und einen Durchsuchungsbeschluss erwirken.«

»Wie können Sie mir das antun?«, fragte Schmitz fassungslos. »Am Montag wird der neue Leiter des Führungsstabes ernannt, und Sie sabotieren meine Ermittlungen. Sie Kameradenschwein, Sie!«

»Nun kriegen Sie sich mal wieder ein«, sagte Toni.

»Und das ist noch nicht alles. Sie hätten ein Motiv gehabt, die mutmaßlichen Entführer Ihrer Frau zu töten. Ja, klar. Außerdem wäre es denkbar, dass Sie für das Verschwinden Ihrer Frau verantwortlich sind. Wie stehe ich denn jetzt da? Was soll ich denn nur machen?«

Toni bedachte seinen Vorgesetzten mit einem kühlen Blick und sagte: »Jeder halbwegs vernünftige Kriminalbeamte würde sich zunächst rückversichern, ob die Darstellung des Vermisstenfalls der Wahrheit entspricht. Ich empfehle Ihnen daher, Kontakt mit der Vermisstenstelle Berlin aufzunehmen und mit der zuständigen Sachbearbeiterin zu sprechen. Ihr Name war Christina Jung. Kriminaloberkommissarin Christina Jung.«

Schmitz sah ihn entgeistert an, griff nach seinem Smartphone und hastete auf den Flur.

»Ich hatte keine Ahnung, was mit deiner Frau passiert ist«, sagte Gesa. »Ich hatte immer angenommen, dass Aroon das Ergebnis einer Affäre wäre und sich die Mutter aus dem Staub gemacht hätte.«

»Tja.«

»Es tut mir wirklich leid, was dir passiert ist, aber das ändert nichts daran, dass du mich schwer enttäuscht hast. Du hast unsere Ermittlungen gefährdet. Du weißt genau, dass uns jeder dahergelaufene Anwalt Voreingenommenheit vorwerfen und die Neutralität der Behörde in Frage stellen könnte. Der ganze Prozess könnte uns um die Ohren fliegen.«

»Es ging nicht anders. Ohne mich wärt ihr noch nicht halb so weit.«

»Und du?«, sagte Gesa an Phong gewandt. »Ich sehe dir doch an, dass du Bescheid gewusst hast. Warum hast du nichts gesagt? Es wäre deine Pflicht gewesen. Außerdem habe ich gedacht, dass wir Kollegen sind.«

Phong wollte zu einer Erwiderung ansetzen, aber Toni gebot ihm mit erhobener Hand Einhalt und sagte energisch: »Ich wiederhole es gerne noch mal. Er wusste von nichts.«

»Ach ja?«

»Das sage ich auch zu deinem Besten.«

Toni und Gesa sahen sich angriffslustig an, bis sie die Blicke abwandten und sich ein finsteres Schweigen über die Runde legte. Phong knibbelte an seinem Daumennagel.

Es dauerte eine Viertelstunde, bis Schmitz hereinpolterte, sich ans Kopfende des Tisches stellte und sagte: »Ich habe eben mit der Vermisstenstelle Berlin telefoniert. Sie können von Glück reden, Sanftleben. Die Kollegin Jung ist mittlerweile Kriminalhauptkommissarin und konnte sich gut an den Fall erinnern. Sie hat Sie von dem Verdacht freigesprochen, für das Verschwinden Ihrer Frau verantwortlich zu sein. Das ändert aber nichts —«

»Wieso hat sie das?«, fragte Gesa. »Ich muss das wissen. Immerhin muss ich mit diesem Mann zusammenarbeiten.«

Schmitz schaute sie einen Moment prüfend an und sagte dann: »Ein älteres Ehepaar hat damals von seiner Terrasse beobachtet, wie Sofie Sanftleben in die Havel gestiegen ist. Es war Nacht, und das Wasser war sehr kalt. Deshalb machten sie sich Sorgen. Als sie eine halbe Stunde später ans Ufer gingen und nach ihr schauen wollten, trafen sie auf einen jungen Mann, der schlafend im Gras lag. Sie weckten ihn, und es stellte sich heraus, dass er der Ehemann war. Er wirkte bestürzt und verhielt sich angemessen. Nachforschungen im Familienkreis ergaben, dass die Beziehung liebevoll war. Verdachtsmomente konnten nicht festgestellt werden. Mit an Sicherheit grenzender Wahrscheinlichkeit wurde ein Badetod oder eine Selbsttötung angenommen, was auch der persönlichen Einschätzung der Sachbearbeiterin entsprach.«

»Ein älteres Ehepaar hat dich also entlastet«, sagte Gesa. »Nicht ganz wasserdicht, es fehlt eine halbe Stunde, aber nachvollziehbar.«

»Genau«, sagte Toni, der dieses Misstrauen kaum ertragen konnte. Das war einer der Gründe, warum er Sofie nie erwähnt hatte. Es war schon schwer genug gewesen, ohne sie auszukommen. »Dann ist das hoffentlich geklärt. Können wir uns jetzt wieder dem Fall zuwenden? Herr Kriminalrat, so kurz vor einer möglichen Beförderung wollen Sie ganz sicher nicht Ihren fähigsten Ermittler abziehen und die schnelle Aufklärung des Falles behindern. Es gibt einen vielversprechenden Ansatz, dem wir sofort nachgehen sollten. Wir müssen nach Reiner Stein fahnden. Dazu sollten wir uns jede Unterstützung holen, die wir —«

»Hören Sie auf mit dem Theater«, sagte Schmitz. »Ich habe mich eben beim Polizeipräsidenten rückversichert. Durch die Unterdrückung fallrelevanter Informationen sind Sie Ihrer Erforschungspflicht nicht nachgekommen. Es muss geprüft werden, inwieweit Ihr Verhalten rechtliche Konsequenzen hat, aber ich glaube nicht, dass Sie mit einer einfachen Disziplinarverfügung davonkommen. Das ist schließlich nicht Ihr einziger Verstoß. Sie haben auch mehrmals unentschuldigt gefehlt. Bei aller Kollegialität kann ich Sie nicht länger decken. Das ist auch die Auffassung des Polizeipräsidenten. Richten Sie sich darauf ein, dass eine Disziplinarklage erhoben wird. Vom Dienst sind Sie bis auf Weiteres suspendiert. Geben Sie mir Ihre Waffe und den Ausweis. Und machen Sie bitte keinen Ärger.«

Toni hatte mit einem derartigen Gesprächsverlauf gerechnet. Alles andere wäre eine Überraschung gewesen. Offiziell mochte er raus sein, aber inoffiziell gab es eine heiße Spur, der er folgen konnte, solange die Fahndung nach Reiner Stein betrieben wurde. Es war ihm wichtig gewesen, die Rolle des Hilfsarbeiters noch einmal zu betonen, um die Weichen für die weiteren Ermittlungen zu stellen. »Meinen Dienstausweis habe ich gerade nicht dabei, aber meine Waffe können Sie haben.«

»Danke«, sagte Schmitz erleichtert. »Den Ausweis liefern Sie im Laufe des Tages beim Wachhabenden ab. Ich verlasse mich auf Sie.«

»Natürlich«, sagte Toni, ohne eine Miene zu verziehen.

»Gut, dann können Sie jetzt nach Hause gehen. In den nächsten Tagen rufe ich Sie an, um alles Weitere zu besprechen. Kommen Sie, Frau Müsebeck. Es gibt viel zu tun.«

Ohne ihn eines weiteren Blickes zu würdigen, verließen die beiden den Besprechungsraum.

»Scheiße«, sagte Phong. »Was willst du jetzt anfangen?«

»Hör zu«, erwiderte Toni und sah seinen Kollegen eindringlich an. »Es ist wichtig, dass du mich auf dem Laufenden hältst. Ich weiß alles über Sofies Verschwinden. Ich kann weitere Mosaiksteine in das Gesamtbild einfügen und euch wichtige Dienste leisten. Schmitz und Gesa wollen das momentan nicht sehen, aber du musst mir das glauben. Kann ich auf dich zählen?«

»Was glaubst du denn? In Zukunft rufst du mich besser auf meinem Privathandy an. Die Nummer hast du ja.«

»Danke«, sagte Toni, klopfte Phong auf die Schulter und verließ den Besprechungsraum. Während er durch die Gänge lief, dachte er an Caren Winter. Die Staatsanwältin hatte mehrere Fälle von Menschenhandel zur Anklage gebracht und diverse Artikel zu diesem Thema veröffentlicht. Sie beriet eine Arbeitsgruppe des Deutschen Bundestags als Expertin und kannte sich in den osteuropäischen Netzwerken aus. Toni musste sie treffen, um die zweite Spur verfolgen zu können.

Cheb.

28

Toni erreichte die Staatsanwältin auf dem Handy. Sie war wohl gerade unterwegs. Er hörte ihre schnellen Schritte auf dem Pflaster und ihren schnaufenden Atem. Glücklicherweise hatte sie noch nicht mit seinem Vorgesetzten geredet, wodurch das Gespräch unkompliziert verlief. Sie willigte erfreut in eine Verabredung ein. Am Abend würden sie sich in einer Kneipe treffen.

Nach dem Telefonat überlegte Toni, ob jetzt der rechte Zeitpunkt gekommen war, um seinen Sohn zu informieren. Die Ermittlungen waren weit fortgeschritten, und Aroon sollte die neusten Entwicklungen nicht aus der Zeitung, sondern von ihm erfahren. Er hoffte nur, dass der Junge alles gut aufnehmen würde. Er rief ihn an und fragte: »Hast du gerade Zeit?«

»Ich hab noch einen Termin bei meinem Mentor, aber in einer halben Stunde bin ich fertig. Dann kannst du mich abholen.«

»Ich warte im Auto.«

Das Institut für Mathematik lag am Neuen Palais, das von Friedrich dem Großen zwischen 1763 und 1769 erbaut worden war. Das Schloss war ursprünglich zur Unterbringung von Gästen gedacht gewesen und grenzte an den Park Sanssouci, in dem sich die Studenten gerne die Füße vertraten, um über wissenschaftliche Probleme zu diskutieren.

Toni fand einen Parkplatz mit Blick auf das Fakultätsgebäude. Nachdem er den Sendersuchlauf gedrückt hatte, hörte er mit halbem Ohr den neusten Nachrichten aus der Ukraine zu. Eigentlich überlegte er, ob sein Vorgesetzter den Fall noch versauen konnte. Glücklicherweise waren Gesa und Phong an der Ermittlung beteiligt. Die beiden würden die kriminalistische Arbeit in den Vordergrund stellen.

Die Beifahrertür wurde geöffnet. Aroon stieg ein, und mit ihm strömte ein leicht säuerlicher Geruch ins Wageninnere. Sein Sohn bewältigte alle Wege mit dem Rennrad. Duschen war hinterher nicht immer möglich.

»Schmeiß den Rucksack auf die Rückbank«, sagte Toni und parkte aus. »Wollen wir nach Kladow fahren? Wir könnten am Hafen was essen.«

»Super. Dann schaue ich später bei Oma und Opa vorbei. Sie würden sich übrigens freuen, dich auch mal wieder zu sehen.«

Toni hatte nicht immer die Kraft, um Sofies Eltern zu begegnen. Im Zusammensein mit ihnen wurden zu viele Erinnerungen wach, die ihm vor Augen führten, was er verloren hatte. »Heute lieber nicht.«

»Ist was?«

»Es tut mir sehr leid, aber mit unserem Bretagne-Urlaub wird es nichts.«

Aroon erwiderte nichts.

»Wir holen die Reise nach. Das verspreche ich dir. Ich habe eine Spur von deiner Mutter gefunden.«

»Ach so. Daher weht der Wind.«

»Dieses Mal ist es anders.«

»Es war immer anders, Papa. Bestimmt schon tausendmal. Du musst lernen, loszulassen. So wie Oma und Opa. Die haben von vorne angefangen, als sie in eine neue Wohnung gezogen sind. Das heißt nicht, dass sie ihre Tochter nicht mehr lieben, aber sie haben sich damit abgefunden, dass sie nicht mehr zurückkehrt. Das solltest du auch.«

»Hör mir bitte zu«, sagte Toni und erzählte alles, was in den vergangenen Tagen passiert war. Angefangen bei dem Foto, das er bei Klaus Hartwig entdeckt hatte, über die Suche in seinem Archiv, den zweiten Mord und die Fahndung nach Reiner Stein bis zu der Spur, die ins tschechische Cheb führte. Aroon war immer stiller geworden. Er stellte keine Fragen, gab keine Kommentare ab und starrte aus dem Seitenfenster.

»Wie konnte sie nur ins Wasser gehen?«, sagte er schließlich. »Bei solchen Temperaturen, mitten in der Nacht und auch noch betrunken?«

Toni zuckte die Achseln. Er hatte in all den Jahren auch keine befriedigende Antwort gefunden.

»Ich glaube, dass sie genau gewusst hat, was sie tat. Immerhin hat sie alles abgelegt, sogar den Ehering. Du hast selbst gesagt, dass sie ihn sonst nie abgestreift hat. Das lässt nur einen Schluss zu. Sie wollte sich umbringen. Das war ihre freie Entscheidung. Ich sage nur: Reisende soll man nicht aufhalten.«

Toni griff nach der Hand seines Sohnes und drückte sie. »Deine Mutter hat dich sehr geliebt. Sie hat ...«

»Papa, hör auf! Hast du dir jemals klargemacht, dass sie nicht nur mich verlassen hat, sondern auch dich? Sie kann nicht sehr glücklich gewesen sein in eurer Beziehung. Sie ging lieber ins Wasser, als mit uns eine Familie zu haben.«

»Das kannst du nicht wissen. Vielleicht war sie krank und nicht bei Verstand. Vielleicht hat sie es sich im Wasser anders überlegt und war nur zu entkräftet, um es zurück ans Ufer zu schaffen. Vielleicht hatte sie einen Unfall. Es ist auch möglich, dass sie noch am Leben ist. Wenn sie ertrunken wäre, hätte ich sie finden müssen.«

»Und warum hat sie sich dann nicht gemeldet? Weil sie uns immer noch so liebt, oder was? So oder so, ob sie tot oder lebendig ist – das macht keinen Unterschied. Für uns ist sie verloren. Du hast schon lange keinen Bezug mehr zur Realität. Du machst dir etwas vor.«

»Vielleicht stimmt das, aber ich weiß ganz genau, dass ich nie wieder einer Frau wie deiner Mutter begegnet bin. Und ich bin mir ganz sicher, dass es ihr genauso gegangen ist. Wir waren füreinander bestimmt. Wenn man so etwas noch nicht erlebt hat, kann man unmöglich wissen, wie sich das anfühlt. So etwas geht nicht vorbei, so etwas bleibt für immer.«

»Du bist ein hoffnungsloser Fall«, sagte Aroon und schaute wieder aus dem Seitenfenster.

Toni war durch den Wald über Sacrow gefahren und erreichte Kladow. Die Siedlung lag im äußersten Südwesten des alten Westberlins, nur wenige Kilometer von Potsdam entfernt, und hatte mit knapp fünfzehntausend Einwohnern die Ausmaße einer Kleinstadt. Sie lag idyllisch am Ufer der Havel, war umgeben von zwei Seen und Wald und wurde liebevoll »Spandauer Riviera« genannt.

Hinter dem Rewe-Supermarkt hielt Toni sich rechts. Vorbei an der alten Dorfkirche ging es auf dem holprigen Kopfsteinpflaster steil bergab. Er bog erneut nach rechts auf die Imchenallee ab und sah sogleich die schaukelnden Masten der Segelyachten. Einige Möwen flogen umher. Viele Flaneure schlenderten die Hafenpromenade hinunter, fütterten die Enten oder schleckten ein Eis. Auf Höhe des griechischen Restaurants fand Toni einen Parkplatz. Die Personenfähre der BVG legte gerade an. Einige Passagiere mit Aktentaschen, die vom Hafen Wannsee übergesetzt hatten, liefen über den Steg.

Während Aroon im Biergarten einen Platz suchte, besorgte Toni Getränke, zwei Portionen Leberkäse mit Kartoffelsalat und Laugenbrezeln. Sein Sohn verschlang die üppige Mahlzeit mit wenigen Gabelbissen und hatte noch Hunger. Erst nach zwei Bratwürstchen mit Brötchen zeigte er Anzeichen der Sättigung. Es war ein Wunder, wo er das alles ließ.

»Was willst du jetzt anfangen?«, fragte Aroon und wischte sich den Mund ab.

»Du weißt, dass ich jeder Spur gefolgt bin, auch wenn sie noch so klein war. Jetzt kann ich unmöglich damit aufhören. Deshalb fahre ich morgen Richtung Cheb und bringe in Erfahrung, was die Männer dort gemacht haben. Kann ich dich ein paar Tage allein lassen?«

Aroon nickte und nahm einen Schluck von seiner Cola. »Bist du eigentlich gerne Polizist?«

»Wenn deine Mutter nicht verschwunden wäre, hätte ich an der Freien Uni Anglistik und Romanistik studiert. Auf Magister. Jetzt frag bloß nicht, was ich damit angefangen hätte. Ich hab keine Ahnung.«

»Vielleicht lad ich mir Kenan ein. Wir haben sowieso noch was zu feiern und wollten eine Marvel-Filmnacht machen.« Aroon öffnete den Reißverschluss seines Rucksacks und reichte ihm eine Mappe, in der einige Papiere steckten. »Dein Ratschlag war gut. Wir haben es so umgesetzt, wie du gesagt hast. Kannst du das bitte unterschreiben?«

Toni blätterte durch die Seiten. »Was ist das?«

»Das ist ein Vertrag. Vertragspartner sind Kenan und ich und die Bank. Wir erteilen ihr darin eine Lizenz zur Nutzung unserer Software.«

»Das ist ja nicht möglich. Wie habt ihr das so schnell hinbekommen?«

Aroon grinste schief. »Kenan meinte, dass wir die Chance nutzen sollten, bevor die Bank es sich anders überlegt. Die Größenordnung war von vornherein klar, weil es in der Rechtsprechung einen vergleichbaren Fall gab.«

Toni war mal wieder baff über die ungeheure Geschwindigkeit, mit der sein Sohn durchs Leben lief. »Habt ihr euch abgesichert?«

»Einer unserer Professoren hat uns einen Kollegen aus der juristischen Fakultät empfohlen, der sich heute früh den Vertrag angeschaut hat. Er ist ganz in unserem Sinne aufgesetzt und lässt uns den größtmöglichen Spielraum. Wir haben das Papier aus dem Büro rübergefaxt, im Anschreiben einfließen lassen, dass es noch andere Interessenten gibt, und dann ging alles blitzschnell. Eigentlich ist es ein Wunder, dass sich die Bank sofort darauf eingelassen hat, aber sie will unsere Software unbedingt weiter nutzen. Schau mal auf die nächste Seite.«

»Was? Ihr bekommt achthundertfünfundachtzigtausend Euro? Und das sagst du erst jetzt?«

»Es ist noch mehr drin, wenn es gut läuft. Nicht schlecht für drei Monate Arbeit, was?«

Toni beglückwünschte seinen Sohn, stellte einige Fragen, las den Vertrag gründlich durch und unterschrieb. Sein Junge steckte die Papiere ein, erhob sich von seinem Stuhl und schulterte den Rucksack. »Ich geh jetzt zu Oma und Opa.«

»Sie werden stolz auf dich sein. Genau wie ich. Grüß sie von mir.«

Aroon sah auf ihn hinab, und sein Gesicht nahm plötzlich einen ernsten Ausdruck an. »Pass bloß auf dich auf, Papa. Menschenhändler sind ein anderes Kaliber als die Totschläger, mit denen du es normalerweise in den Sozialsiedlungen zu tun bekommst.«

29

Am Abend wartete Toni in einer schummrigen Kneipe, die für einen Montag gut besucht war. Er hatte sich so gesetzt, dass er den Eingang im Auge behalten konnte. Auf dem Holztisch standen eine Schale mit Erdnüssen und eine flackernde Kerze. Aus den Boxen erklang eine rauchige Frauenstimme.

Als Caren hereinkam, fiel ihm sofort der Unterschied auf. Heute trug sie ein Outfit, das zu jeder Dienstbesprechung gepasst hätte und in seiner schlichten Eleganz neutral wirkte. Bei der Begrüßung beugte sie sich hinab, sodass ihm ihr dezentes Parfüm um die Nase wehte.

»Schmitz hat mich heute Nachmittag angerufen«, sagte sie und sah ihn aus großen, schimmernden Augen an. »Es tut mir so leid. Wie konntest du das all die Jahre für dich behalten? Wie musst du dich gefühlt haben, als du ihr Foto in den Händen gehalten hast?«

Ihr weicher, tröstlicher Tonfall brachte ihn völlig aus dem Konzept. Er war keine Anteilnahme gewohnt. Auch vermied er es, sein Innerstes zu erforschen. Er räusperte sich mehrmals, bis er den Kloß in seinem Hals vertrieben hatte.

»Mir wäre es lieb, wenn wir die Zeit nutzen würden«, sagte er und berichtete ihr von dem Eintrag in Klaus Hartwigs Kalender. »Glaubst du, dass Sofie in Cheb zwangsprostituiert oder verkauft worden sein könnte?«

Die Bedienung trat an den Tisch. Caren bestellte einen trockenen Rotwein, Toni einen Cuba Libre.

Die Staatsanwältin schaute ihn unentschlossen an.

»Es ist alles okay«, versicherte er. »Sprich mit mir so, als wäre ich nicht persönlich beteiligt. Ansonsten könnte ich einen falschen Eindruck erhalten.«

»Also gut. Möglich ist in diesem Milieu alles. Dass eine deutsche Frau ins osteuropäische Ausland verschleppt wird, ist allerdings eher die Ausnahme. Normalerweise kommen die Mädchen, die an der Grenze anschaffen, aus der Tschechischen Republik, der Slowakei, aus Weißrussland, Moldawien, Rumänien oder Ungarn. Die schönsten von ihnen haben vorher in einem westeuropäischen Bordell gearbeitet. Wenn sie von den Drogen kaputt sind oder seelisch schlappmachen, werden sie zurückgeschleust. Wäre Sofie tatsächlich nach Cheb gebracht worden, wäre sie vermutlich nicht lange geblieben. Der nächste größere Umschlagplatz wäre Prag gewesen. Von dort hätte sie nach Nürnberg, nach Wien oder auch über den Brenner nach Italien geschleust werden können. Die Fotos, die bei den Ermordeten gefunden wurden, sind nicht sehr aussagekräftig. Hast du noch ein anderes von ihr dabei?«

Toni holte sein Portemonnaie aus der Tasche und zog ein zusammengefaltetes Bild heraus, das Sofie und ihn am Strand von Goa zeigte. »Bitte!«

Caren Winter nahm es entgegen und betrachtete es lange. »Ihr seht glücklich aus.«

»Wir waren glücklich.«

Die Staatsanwältin reichte ihm das Lichtbild zurück. »Sie war mit ihren langen roten Haaren nicht nur auffällig, sondern hatte auch ein außergewöhnlich schönes Gesicht. Es ist also gut möglich, dass sich jemand an sie erinnert. Trotzdem darfst du dir keine Illusionen machen. Das Menschenhändlermilieu ist ein Sumpf, in dem Frauen spurlos verschwinden und nie wieder auftauchen. Die Bandenmitglieder sind nicht für ihre Kooperationsbereitschaft bekannt. Wenn du es ernst meinst, würden mir zwei Ansätze einfallen.«

»Raus damit.«

»Zum einen könntest du dich an den Verein Karo e.V. wenden. Die Sozialarbeiterin Cathrin Schauer hat bereits 1996 eine Beratungsstelle in Cheb eröffnet. Das Team verteilt Hygieneartikel, betreibt gesundheitliche Vorsorge und hilft bei allen Problemen, die so anfallen. Die Mitarbeiter halten engen Kontakt zur Szene und kennen sich außerdem in den Städten Aš, Chomutov, Teplice und Dubí aus. Wenn Sofie in der Region angeschafft hat, kann sich Frau Schauer möglicherweise an sie erinnern. Vielleicht weiß sie auch jemanden, den du fragen könntest.«

»Und der zweite Ansatz?«

»Der ist heikel, aber möglicherweise vielversprechend. Es gibt einen Mann, der in den neunziger Jahren an der Spitze eines Verbrechersyndikats stand. Was weißt du über die Organisation von Menschenhändlerringen?«

»Auf dem neusten Stand bin ich nicht.«

»Die meisten Organisationen zählen zwischen dreißig und fünfzig Mitgliedern. Sie sind streng gegliedert und setzen sich aus der Kommandoebene, den Logistikern und den Fußsoldaten zusammen. Viele Gruppen haben eigene Märkte, die sie mit allen Mitteln verteidigen. Der Mann, von dem ich spreche, hat drei große Banden unter sich vereint. Er hat das Schleusersystem perfektioniert und im großen Stil Speditionen, Transportunternehmen und Reisebüros gegründet. In fast allen westeuropäischen Ländern hat er Bordelle eröffnet.«

»Die Banden werden doch nicht freiwillig ihre Unabhängigkeit aufgegeben haben?«

»Von Freiwilligkeit kann auch nicht die Rede sein. Miroslav Kucka war früher in der tschechischen Staatssicherheit. Da hat er gelernt, wie man überzeugende Argumente vorbringt und starrköpfige Gegner beseitigt. Er war ein sehr zielstrebiger Mann und hatte fachkundige Unterstützung. Nach der Samtenen Revolution hat er Geheimdienstleute rekrutiert, die gerade auf Arbeitssuche waren. Er hat ein gut funktionierendes Netzwerk aufgebaut, mit dem er ein Vermögen verdient hat. Allerdings ist ihm ein Fehler unterlaufen.«

»Und der wäre?«

»Ein mutiger tschechischer Staatsanwalt hat ihm mehrere Bestechungen von Amtspersonen nachgewiesen. Er wurde zu zwei Jahren Gefängnis verurteilt. Dank seiner Beziehungen ist er nach wenigen Wochen wieder rausgekommen, aber in dieser Zeit hat sich sein Stellvertreter an die Spitze des Syndikats gesetzt. Es gab einen Machtkampf mit vielen Toten. Miroslav Kucka kann von Glück reden, dass er mit dem Leben davongekommen ist.«

»Was ist aus dem Staatsanwalt geworden?«

»Man hat ihn eines Morgens am Straßenrand gefunden. Er

war so schwer misshandelt worden, dass man einen Gentest durchführen musste, um ihn zu identifizieren.«

»Ein Exempel!«

»Genau. Kucka ist ein gefährlicher Mann.«

»Was macht er heute?«

»Er lebt unter einem falschen Namen in Dresden. Auch Kucka ist nicht sein richtiger Name. Er ist immer noch reich, sehr reich sogar, und betreibt eine Kette von Neunundneunzig-Cent-Läden, die in der ganzen Eurozone angesiedelt sind. Er spendet über seine Firma große Summen für wohltätige Zwecke und verhält sich ansonsten unauffällig. Ein Foto wirst du nicht von ihm finden.«

»Wie können wir an ihn herankommen?«

»Kucka hat mehrmals mit der deutschen Staatsanwaltschaft kooperiert. Ein Dresdner Kollege hat wertvolle Tipps von ihm erhalten. Den kenne ich sehr gut und könnte ihn morgen früh mit der Bitte anrufen, einen Kontakt herzustellen. Vielleicht klappt es. Wenn Sofie von Cheb nach Prag gebracht wurde, dann weiß Kucka es möglicherweise, oder er kennt jemanden, der den Transport organisiert hat. Du bist vorläufig suspendiert, das Gespräch müsste also inoffiziell erfolgen. Sollten weitere Spuren in die Tschechische Republik führen, müssten wir um internationale Amtshilfe ersuchen.«

»Gut, dann fahre ich zunächst nach Dresden, danach kontaktiere ich die Sozialarbeiterin von dem Hilfsverein.«

»Wenn es mit Kucka klappt.«

»Das Treffen bekommst du schon hin.«

Toni bedankte sich für ihre Hilfe. Alles Nötige war besprochen worden, und er überlegte, ob er sich verabschieden sollte. Auch Caren verhielt sich abwartend. Erst als die Bedienung an den Tisch trat und er spontan eine zweite Runde bestellte, war die Entscheidung gefallen. Caren lächelte.

Zunächst unterhielten sie sich über den Fall. Toni wollte wissen, ob in der Wohnung von Reiner Stein etwas Relevantes sichergestellt worden war. Die Staatsanwältin war überrascht und sagte, dass Schmitz keinen Durchsuchungsbeschluss erwirkt hätte.

Bei dem Telefonat habe er ihr lediglich von einem Gangbangvideo berichtet und die weitere Vorgehensweise abgestimmt. Toni atmete tief durch und erklärte die Zusammenhänge. Er betonte, dass die Fahndung nach Reiner Stein oberste Priorität haben müsse. Außerdem müsse das Umfeld des Hilfsarbeiters durchleuchtet werden. Die Staatsanwältin versprach, auf Schmitz einzuwirken.

Mit steigendem Alkoholkonsum wurde der Umgangston lockerer und die Themen persönlicher. Irgendwann erzählte Caren, dass sie vor fünfzehn Jahren ihren Strafrechtsprofessor geheiratet hatte, weil sie ihn bewundert hatte und schwanger von ihm gewesen war. Vor drei Monaten hatte sie erfahren, dass er eine Beziehung mit einer Studentin eingegangen war. Er hatte die Scheidung eingereicht und wollte nun eine neue Familie gründen. Sie machte einen Witz über den Umgang ihres Noch-Ehemannes mit Potenzpillen. Es schien, als würde sie mit der Trennung klarkommen.

Dann unterhielten sie sich über die Bretagne, wo Caren schon zweimal gewesen war. Die Atlantikstürme konnten in wenigen Minuten in Windstille und Sonnenschein umschlagen. Das Meer war dann glatt wie ein Spiegel. Toni konnte die silbrig flirrende Luft vor sich sehen und bereute, dass er mit Aroon nicht hinfahren konnte. Sie sprachen auch über französische Filme, die nach Auffassung beider entweder sehr schlecht oder sehr gut waren.

Toni hatte schon lange nicht mehr so mit einer Frau zusammengesessen. Er beobachtete sie beim Trinken, beim Erzählen und beim Lachen. Sie hatte ebenmäßige Zähne und schöne, geschwungene Lippen. War es falsch, dass er die Begegnung genoss? Sofie war vor sechzehn Jahren verschwunden und würde wahrscheinlich nicht zurückkehren. Wie würde sie die Situation beurteilen?

Es war schon zwei Uhr morgens, als sie auf das Trottoir traten.

»Ich melde mich morgen früh«, sagte Caren und blickte ihm zum Abschied tief in die Augen.

Toni sah ihr nach, bis sie um die Ecke gebogen war, dann

schlug er den Jackenkragen hoch und stapfte in die entgegengesetzte Richtung davon.

***

In der Nacht spürte er, wie sie sich an ihn drängte. Er hatte ihren Geruch sofort erkannt. Er war so glücklich, dass sie zu ihm zurückgekehrt war.

Zitternd ließ er seine Hände über ihren Leib streichen und erkundete ihre Brüste, die voller geworden waren. Er strich über ihren Bauch, der sich warm und weich anfühlte, und er tastete nach ihrem Schoß, der schon feucht war. Sie reckte sich ihm entgegen, und er war sehr erregt. Er musste sie jetzt haben. In dem Moment, als er in sie eindrang, war er seinem Gefühl ganz hingegeben. Er war eins mit ihr und küsste ihren Nacken, ihren Hals und ihre Wange. Sie drehte den Kopf zur Seite und bot ihm ihre schönen Lippen dar.

Da erkannte er seinen Irrtum. Es war nicht Sofie, es war Caren. »Bitte, bitte hör nicht auf«, sagte sie und fasste nach seinen Hinterbacken, um ihn enger an sich zu ziehen.

Er wollte sich befreien, er wollte fort von dieser Frau, aber seine Erregung war zu stark. Er spürte schon die erste Welle, die ihn überspülte und mitriss. Es gab kein Halten mehr. Heftig zuckend ergoss er sich in ihren Schoß. Er warf den Kopf in den Nacken, sperrte den Mund auf und gab einen kehligen Laut von sich, von dem er schließlich erwachte.

Keuchend setzte er sich auf die Bettkante, knipste die Leselampe an und sah, dass es vier Uhr morgens war. Er blickte sich um, sah das zerwühlte Laken, die feuchten Stellen und begriff erst jetzt, dass er ganz alleine in der Eignerkabine war. Er stützte den Kopf in den Händen auf und raufte sich das Haar. Es war nur ein Traum gewesen, aber er hatte Caren begehrt. Stark begehrt. Er sagte sich, dass das alles nicht wirklich geschehen war, dass das alles nur in seinen Hirnwindungen passiert war, aber es half nichts. Er fühlte sich schlecht, er fühlte sich schuldig, er fühlte sich, als hätte er Sofie verraten.

»Das muss aufhören«, sagte er und wusste nicht, was er eigentlich meinte. Er erhob sich, massierte sich den Nacken und streunte barfuß umher. In der Küche griff er nach der erstbesten Flasche Schnaps und schenkte sich ein Glas ein. Er stürzte die klare Flüssigkeit hinunter und merkte, wie die sich ausbreitende Wärme ihn wieder erdete. Er setzte sich an den PC, durchsuchte einige Ordner und wählte einige Fotos von Sofie aus, die er eingescannt hatte und nun ausdruckte. In aller Frühe ging er einkaufen, um Aroon den Kühlschrank zu füllen. Er hinterließ seinem Sohn eine Nachricht und brach auf.

30

Am frühen Morgen saß Reiner Stein auf der Veranda der Waldhütte, fegte Tabakkrümel von seinem fleckigen T-Shirt und zündete eine Zigarette an. Zwischen den Baumstämmen ging die Sonne auf, und die Strahlen splitterten durch das Geäst. In der Landschaft hing der Dunst wie ein zarter Schleier, der vom leisesten Windhauch fortgetragen werden konnte. Es roch nach feuchter Erde, und die Luft war noch empfindlich kühl.

Stein sog heftig an der Selbstgedrehten, sodass es leise knisterte. Früher hatte er nie einen Blick für die Natur gehabt. Früher war er hergekommen, um Spaß zu haben. Mein Gott, was hatten sie für Partys gefeiert! Er war immer eher still und zurückhaltend gewesen. Ohne Klaus und Olaf wäre er wahrscheinlich heute noch Jungfrau, aber hier war er ein anderer Mensch gewesen. Hier hatte er seine Hemmungen abgelegt.

Die Hütte war perfekt geeignet gewesen. Sie war nur ein paar Kilometer von Potsdam und Werder entfernt und war mit dem Auto schnell zu erreichen. Trotzdem war sie so abgelegen, dass sich keine Menschenseele hierher verirrte. Schon vor zwanzig Jahren hatten sie sich geschworen, niemals jemandem von diesem Ort zu erzählen. Klaus war es eigentlich egal gewesen. Er hatte nicht vorsichtig sein müssen, weil Jessica ihn schon zu Schulzeiten in den Himmel gehoben hatte, aber Olaf war damals noch verheiratet, und seine Frau hatte überhaupt keinen Spaß verstanden. Und ihm wäre es auch nicht recht gewesen, wenn jemand erfahren hätte, dass sie manchmal drei Professionelle gleichzeitig hier gehabt hatten.

Wieder sog Stein heftig an der Kippe. Er hatte natürlich gewusst, dass es nicht immer so weitergehen konnte. Irgendwie hatte er wohl auch geahnt, dass mal etwas passieren würde, aber mit jener Frühlingsnacht und dem, was danach geschehen war, hätte er nicht gerechnet.

31

Auf der Autobahn Richtung Süden war kaum Verkehr unterwegs, sodass Toni Gas geben konnte. Links und rechts blühten die Rapsfelder in einem leuchtenden Gelb. Im Radio wurde berichtet, dass die EU neue Sanktionen gegen prorussische Separatisten in der Ukraine verhängt hatte. Eine Geburtstagsparty, die Altkanzler Schröder mit Wladimir Putin gefeiert hatte, sorgte für Entrüstung. Als auf dem Display Carens Mobilnummer angezeigt wurde, nahm Toni den Anruf entgegen.

»Ich habe meinen Kollegen erreicht«, sagte die Staatsanwältin.

Ihre Stimme erinnerte ihn an den gestrigen Abend und an seinen erotischen Traum. Er räusperte sich und fragte: »Wie ist es gelaufen?«

»Miroslav Kucka hält sich zurzeit in Dresden auf. Du kannst ihn in einer Stunde auf einer Prepaid-Nummer erreichen, die ich dir per SMS sende. Du sollst ihm sagen, dass du von Peter kommst. Kucka hat viele Feinde. Er kann sich nicht erlauben, dass seine Identität auffliegt. Vermutlich wird er Vorsichtsmaßnahmen treffen.«

»Das weiß ich sehr zu schätzen.«

»Um Schmitz und den Durchsuchungsbeschluss für Reiner Steins Wohnung kümmere ich mich gleich.«

»Nochmals danke.«

»Ich hatte schon lange keinen so schönen Abend mehr wie gestern.«

»Ich auch nicht«, erwiderte er und fragte sich sogleich, ob er sich richtig verhielt. Er wollte keine falschen Hoffnungen wecken, aber er wollte sie auch nicht vor den Kopf stoßen. Im weiteren Verlauf redete Caren über Persönliches, und er wählte seine Worte immer bewusster. Dieses Abwägen, dieses Lavieren gefiel ihm gar nicht. Die Unterhaltung wurde zu einer schwierigen Gratwanderung, die für beide ein unbefriedigendes Ende nahm.

Hinterher fühlte Toni sich schuldig. Auf dem Touchscreen wählte er einen Ordner mit Musik aus, die Sofie gefallen hatte. Titel von Ella Fitzgerald, Jamiroquai und Cat Stevens waren darunter. Die Songs waren teils melancholisch, teils tanzbar und spiegelten gut ihre Gefühlsschwankungen wider. Die Musik entführte ihn in eine Zeit, in der er alles gehabt hatte. Hatte er sein Glück damals richtig gefasst? Er wusste noch, dass er selbstsicher und optimistisch gewesen war. Er hätte es niemals für möglich gehalten, dass sein Leben einen so tiefen Einschnitt erfahren könnte. In wenigen Augenblicken war er von der Sonnenseite auf die Schattenseite katapultiert worden. Aus dem lässigen Globetrotter war ein alleinerziehender Vater geworden, der jeden Tag gegen die Verzweiflung und die Härten des Alltags angekämpft hatte.

Er schnaufte, drehte die Musik aus und wählte Phongs private Handynummer. Der drückte ihn zunächst weg, rief ihn aber wenige Minuten später zurück.

»Ich sitze jetzt aufm Klo«, sagte der Kriminalkommissar. »Ich kann mit dir sprechen, bis jemand reinkommt. Also wundere dich nicht, wenn ich plötzlich weg bin.«

»Neuigkeiten?«, fragte Toni.

»Die kriminaltechnische Untersuchung hat ergeben, dass die Faserspuren, die an Hartwigs und Wendischs Kleidung sichergestellt wurden, identisch sind. Wahrscheinlich stammen sie vom Täter. Außerdem habe ich mittlerweile Kostja Hausmann und Frank Keller ausfindig gemacht. Die beiden waren 1998 an dem Feuerwehreinsatz beteiligt und haben bestätigt, dass die dreiköpfige Bootsbesatzung aus den beiden Opfern und dem Flüchtigen bestand.«

»Gute Arbeit. Dann wäre das geklärt. Aber da war doch noch ein sechster Mann auf dem Einsatzplan.«

»Richtig. Ein gewisser Hauke Carmel. Der ist 2007 bei einem Motorradunfall ums Leben gekommen.«

»Was machst du jetzt?«

»Schmitz hat mich beauftragt, eine Tatortanalyse vorzunehmen.«

»Was? Du bist doch kein Fallanalytiker. Dafür können wir Verstärkung beim LKA anfordern.«

»Das habe ich ihm auch gesagt.«

»Hör zu. Staatsanwältin Winter wird noch an diesem Morgen einen Durchsuchungsbeschluss für Reiner Steins Wohnung erwirken. Du musst dringend seine persönliche Habe unter die Lupe nehmen. Wie weit bist du mit den Papieren von Klaus Hartwig und Olaf Wendisch?«

»Ich wäre schon weiter, wenn Schmitz mich nicht ständig stressen würde.«

»Bleib unbedingt am Ball. Wenn die drei Sofie aus dem Wasser gezogen und einige Tage später nach Cheb verschleppt haben, müssen sie sie in der Zwischenzeit irgendwo gefangen gehalten haben. Was ist mit dem Filmarchiv? Ist die Sichtung abgeschlossen? Gab es ältere Gangbangaufnahmen?«

»Das nicht, aber Wendisch hat mehrere Hassvideos produziert. Zuerst sieht man, wie Kormorane friedlich in Baumkronen hocken. Dann werden Zeichentrickvögel gerupft, mit Benzin übergossen und angezündet. Dazu läuft martialische Musik. Immer wieder wird ein blutroter Schriftzug eingeblendet: ›Burn, Kormoran, burn.‹ Das ist echt krank, wenn du mich fragst.«

Toni musste an den Fischer Peter Herrmann denken. Offenbar gab es eine ganze Menge Leute, die nicht besonders gut auf den Vogel zu sprechen waren.

»Ansonsten ist Gesa in Höchstform. Sie läuft sich in Werder die Füße wund. Es kann nicht mehr lange dauern, bis wir das Mädchen von dem Video ausfindig gemacht haben. Schmitz mobilisiert alle Kräfte, so aktiv hab ich ihn noch nie erlebt.«

»Kein Wunder. Nächsten Montag soll der neue Leiter des Führungsstabes bekannt gegeben werden. Schmitz hat sich intern beworben. Es kann sein, dass er vor dem Wochenende punkten will, um sich zu empfehlen.«

»Alles klar.«

»Phong, ich verstehe natürlich, warum ihr nach dem Mädchen suchen müsst, möglicherweise ist sie in Gefahr. Aber treibt die Fahndung nach Reiner Stein unbedingt weiter. Sie muss oberste

Priorität haben. Er saß damals im Boot, er kann die Antworten geben.«

»Ich werde es im Hinterkopf behalten.«

»Mach das und meld dich, wenn es Neuigkeiten gibt. Egal, zu welcher Uhrzeit.«

Toni unterbrach die Verbindung. Die Leitplanken und der schattige Wald flogen vorüber. Die Autobahn stieg leicht an, und es hatte fast den Anschein, als würde er in den strahlend blauen Himmel fahren. Am Horizont zogen vereinzelt Wolkentürme vorüber. Das Thermometer war schon wieder auf zweiundzwanzig Grad geklettert. Immer wieder blickte er auf die Uhr. Als eine Stunde vorüber war, steuerte er die nächste Tankstelle an. Nachdem er vollgetankt und bezahlt hatte, rief er Kuckas Nummer an. Es erklang ein Freizeichen, dann nahm jemand ab, ohne sich zu melden.

»Ich komme von Peter«, sagte Toni.

»Seien Sie um siebzehn Uhr in der Dresdner Innenstadt und rufen Sie diese Nummer an«, sagte ein Mann mit einem starken osteuropäischen Akzent. »Dann erhalten Sie weitere Anweisungen.«

32

Während Reiner Stein den Tabakqualm ausblies, latschte er über eine Wiese. Seine Schnürsenkel waren offen und hatten sich mit Tau vollgesogen. Seine Jeans starrte vor Dreck. Er hatte mehrere Tage nicht geduscht und stank nach Schweiß, aber solche Äußerlichkeiten hatten ihn nie gestört.

Er dachte über seine Familie nach. Sein Vater war ein machthungriger Parteikader gewesen, seine Mutter eine nichts ahnende Glucke und seine Schwester eine egoistische Zicke. Als er endlich kapiert hatte, wie die drei getickt hatten, hatte er ihnen den Stinkefinger gezeigt. Er hatte seine Entscheidung niemals bereut.

Er erreichte den schmalen Waldstreifen und schnippte die brennende Kippe weg. Während er weiterlief, breitete er die Arme aus und berührte mit den Händen die abstehenden Äste, die hinter ihm zurückschnellten. Er erinnerte sich daran, wie er als Junge in einer ähnlichen Haltung durch ein Kornfeld gelaufen war. Das war wohl einer der wenigen glücklichen Tage in seiner Kindheit gewesen.

Als er den Sacrow-Paretzer Kanal erreichte, sah er sofort, dass an seinem Platz ein Angler saß. Der schrumpelige Alte trug einen Schlapphut und eine grüne Weste. Mit roten wässrigen Augen beobachtete er den Schwimmer.

Stein spürte, wie er urplötzlich wütend wurde. Er wollte keine Gesellschaft, er wollte seine Ruhe haben. Was bildete sich dieser verdammte Greis ein?

Mit geballten Fäusten stapfte er hinüber und trat mit voller Wucht gegen den Angelkasten, sodass die Köderdosen, Haken und Schnüre hinausfielen.

»Verpiss dich«, schrie er. »Mach, dass du wegkommst. Sofort. Ich will dich hier nicht mehr sehen.« Mit seinem strähnigen Haar, den fleckigen Zähnen und den nikotingelben Fingern musste er wie ein Wahnsinniger ausschauen.

Der alte Mann riss die Augen auf. Für einen Moment schien es so, als wäre er erstarrt. Dann griff er sich eine Tasche und türmte durchs Dickicht. Niemand hätte wohl gedacht, dass er noch so flink auf seinen mageren Beinen war. Wenig später heulte ein Motor auf, und Autoreifen drehten durch. Eine Staubwolke stob auf und erreichte auch den Hilfsarbeiter.

»Ich warne dich«, schrie er. »Komm bloß nie wieder her.«

Mit zitternden Fingern drehte er sich eine Kippe und steckte sie an. Er inhalierte tief, klopfte sich die Tabakkrümel von den Händen und merkte, wie das Ritual ihn beruhigte. Erschöpft setzte er sich auf den Campingstuhl und sank in die hohe Rückenlehne.

Auf dem Kanal fuhr ein Binnenschiff vorüber, das so voll beladen war, dass das Wasser über die Bordwand schwappte. An Deck waren weder der Kapitän noch ein Matrose zu sehen. Auch links und rechts auf dem Trampelpfad waren keine Wanderer unterwegs. Niemand hatte mitbekommen, was geschehen war. Als ob das noch wichtig wäre, dachte er.

Er schaute auf den rot-weißen Schwimmer, der mit den Wellen auf und nieder ging. Eine Frau hatte mal zu ihm gesagt, dass er vom Sternzeichen her erdverbunden sei. Vielleicht hatte er sich deshalb in der Region nie wohlgefühlt. Hier gab es so viele Seen, Flüsse und Kanäle, dass man keinen Kilometer laufen konnte, ohne sich die Füße nass zu machen. Fast jeder Ort war von einem anderen Ort übers Wasser erreichbar. Und wieder musste er an jene Frühlingsnacht denken, die ihn nie loslassen würde.

★★★

Im Mondlicht stand die Frau am Strand und weigerte sich, in das Boot zu steigen. Klaus packte sie am Arm und zog sie hinter sich her, aber sie schrie und wehrte sich. Als Olaf nach dem anderen Arm griff, trat sie um sich und biss sogar mehrfach zu, bis sie sich aus dem Klammergriff befreit hatte.

Er wusste nicht, was über ihn kam. Es war wohl wieder ein Aussetzer, wie er viele in der Vergangenheit gehabt hatte. Er ballte die Faust, trat vor sie hin und schlug mit voller Wucht zu. Sie taumelte zurück, stolperte über einen Ast und stürzte. Mit dem Hinterkopf prallte sie auf einen Stein und rührte sich nicht mehr.

Als ihm klar wurde, was er getan hatte, betrachtete er ungläubig seine Hand. »Oh Gott«, sagte er. »Ist sie tot? Hab ich sie umgebracht?«

Klaus kniete sich neben sie und tastete nach ihrem Puls. »Sie lebt«, sagte er. »Aber sie blutet.«

»In diesem Zustand können wir sie unmöglich nach Werder bringen«, erwiderte Olaf. »Die denken ja, dass wir sie verprügelt hätten.«

»Stimmt ja auch«, sagte Klaus.

»Oh Gott, oh Gott«, jammerte er. »Was machen wir denn jetzt?«

»Spontan fällt mir da nur eine Lösung ein«, erwiderte Olaf. »Wir bringen sie zur Hütte. Dann überlegen wir, wie es weitergeht.«

33

Toni wusste nicht, wie lange das Treffen mit Kucka dauern würde. Deshalb nahm er sich ein Zimmer im »Motel One«, das nahe der Innenstadt lag und über eine Parkgarage verfügte. In der weiträumigen, modernen Hotelbar trank er einen Calvados und legte sich aufs Ohr, um etwas zu schlafen, aber sein Verstand ließ ihm keine Ruhe.

Unentwegt grübelte er, ob Kucka etwas wissen konnte. Toni hielt es für unwahrscheinlich, dass er einen verwertbaren Tipp erhalten würde, wenn der Menschenhändler etwas mit Sofies Verschwinden zu tun hatte. Der ehemalige Geheimdienstmann würde sich nicht selbst belasten und sich so der Gefahr einer Strafverfolgung aussetzen. Er würde auch keine Namen von ehemaligen Syndikatsmitgliedern nennen, die ihn belasten könnten. Darüber hinaus war er um seine Tarnung besorgt. Ein Echo aus der kriminellen Vergangenheit könnte Wellen schlagen. Das Treffen schien wenig erfolgversprechend zu werden, und trotzdem musste er es versuchen.

Seufzend erhob sich Toni, zog seine Schuhe wieder an und verließ das Hotel. In einer nahe gelegenen Bäckerei kaufte er zwei belegte Brötchen und begab sich in den Zwinger, wo er sich auf eine Treppe setzte. Während er seine Mahlzeit verzehrte, beobachtete er eine Touristengruppe, die zwischen Rasenflächen und dem Springbrunnen umherwanderte und sich den barocken Gebäudekomplex von einem Fremdenführer erklären ließ. Der gefüllte Magen, der Schlafmangel und ein Schluck aus dem Flachmann machten Toni so träge, dass er auf der Treppenstufe einnickte.

Plötzlich fuhr er hoch.

Von der Sonneneinstrahlung brummte ihm der Schädel, er hatte sich den Nacken verspannt, und in seinem Ohr ertönte ein Summen.

Nach einem Blick auf seine Armbanduhr begriff er, dass er die vereinbarte Zeit verpasst hatte. Sofort setzte er sich in Bewegung und rief die Prepaid-Nummer an.

»Sie haben uns warten lassen«, sagte der Mann mit dem osteuropäischen Akzent. Es klang wie eine Drohung.

»Ich bin aufgehalten worden«, erwiderte Toni. »Ich bin gerade am Zwinger und gehe Richtung Elbe. Ich habe einen kleinen Innenstadtplan dabei.«

»Keine Fehler mehr. Sonst findet das Treffen nicht statt. Haben Sie verstanden?«

»Ja.«

»Gehen Sie zum Schlossplatz. Dort befindet sich ein Souvenirstand. Fragen Sie den Verkäufer, was der große Spielzeugtrabbi kostet.«

Der Mann hatte die Verbindung unterbrochen. Toni überquerte die Straßenbahngleise und bog vor der Katholischen Hofkirche in eine schattige Gasse ein, die ihn direkt auf den Schlossplatz führte. Mehrere Pferdekutschen und Doppeldeckerbusse warteten auf Fahrgäste.

Der Souvenirstand war auf dem Fußgängerweg der Augustusstraße aufgebaut und bot Postkarten, Aquarelle von Sehenswürdigkeiten und DDR-Devotionalien an, die offenbar immer noch Abnehmer fanden.

Toni wartete, bis eine Frau eine Schneekugel mit der Frauenkirche bezahlt hatte, und stellte dann dem Verkäufer die vereinbarte Frage.

»Gehen Sie weiter zum Neumarkt«, antwortete der magere Mann. Wenn er sprach, flogen einzelne Barthaare seines dünnen Schnurrbarts auf. »Dort steht ein Rikschataxi in Pink. Fragen Sie den Fahrer, wie viel eine einfache Fahrt zur Dreikönigskirche kostet.«

»Okay.«

»Warten Sie noch. Das soll ich Ihnen geben«, sagte er und überreichte Toni einen Umschlag. Im Inneren befand sich ein Foto. Toni zog es heraus und blieb abrupt stehen. In seinen Händen hielt er ein Bild von Aroon. Der Junge fuhr auf seinem gelben Rennrad durch Potsdam. Im Hintergrund sah man das

Filmmuseum. Am unteren Rand stand in orangeroten Ziffern, dass die Aufnahme heute, am 29. April, um zwei Uhr nachmittags gemacht worden war. Was sollte das?

Als Caren gestern von Kucka erzählt hatte, war ihm klar gewesen, dass er es mit einem kriminellen Schwergewicht zu tun bekommen würde. Dieses Foto sollte ihm die Botschaft übermitteln, dass die Einflusssphäre des ehemaligen Geheimdienstmannes bis nach Brandenburg reichte, dass er sehr schnell handeln konnte und dass er genau wusste, wo Aroon zu finden war. Es war eine Warnung, die sinngemäß lautete: Pass bloß auf! Wenn du mich hintergehst, knöpfe ich mir deinen Jungen vor.

Es war nicht der erste Einschüchterungsversuch, dem Toni ausgesetzt war, und es würde auch nicht der letzte sein. Nach vielen Jahren bei der Kriminalpolizei war er den Umgang mit Abschaum gewohnt, und er wusste, dass selten eine konkrete Gefährdung dahintersteckte. Kucka war allerdings ein anderes Kaliber als die Großmäuler, mit denen er es normalerweise zu tun hatte. Deshalb rief er seinen Sohn an.

»Papa«, sagte Aroon. »Das ist eine Überraschung.«

»Ich wollte nur deine Stimme hören. War heute irgendetwas los?«

»Wieso? Was meinst du? Es ist alles so cool. Gestern hab ich den Vertrag von Opas Fax losgeschickt. Heute Morgen war das Geld mit einer Blitzüberweisung auf meinem Konto. Ich bin reich. Ich war vorhin in der Videothek und habe ein Dutzend Marvel-Blu-Rays ausgeliehen. ›X-Men‹, ›Blade‹, ›Iron Man‹, ›Wolverine‹, ›Thor‹ und ein paar andere. Gleich kommt Kenan vorbei und bringt Chips mit. Das wird eine lange Filmnacht. Ist alles in Ordnung bei dir?«

Toni versicherte es seinem Sohn und wünschte ihm viel Spaß. Nach dem Telefonat beruhigte er sich mit der Überlegung, dass ein Mann wie Kucka keine Warnung schicken würde, wenn er bereits eine Bestrafung angeordnet hätte. Das würde keinen Sinn ergeben. Eine akute Gefährdung konnte er nicht entdecken. Trotzdem würde er sich diese Behandlung nicht gefallen lassen.

Er würde etwas unternehmen müssen, um die Grenzen klar aufzuzeigen.

Auf dem Neumarkt war viel los. Die Bars, Cafés und Restaurants hatten Tische und Stühle nach draußen gestellt. Unter den aufgespannten Sonnenschirmen waren nur noch wenige Plätze frei. Die Menschen genossen den außergewöhnlich warmen Apriltag.

Fünf Fahrradrikschas standen vor dem südwestlichen Ausgang der Frauenkirche. Nur eine davon war pink. Der Fahrer hatte einen strähnigen blonden Pferdeschwanz, er trug eine schwarze Sonnenbrille und war unrasiert. Er sah aus wie ein ewiger Student. Toni stellte die vereinbarte Frage.

»Zwölf Euro fünfzig«, antwortete der Mann und grinste breit. »Nee, nee. Das war nur ein Scherz. Geh mal schnell über die Augustusbrücke auf die andere Seite der Elbe.«

Der Rikschafahrer hielt das offenbar für ein albernes Agentenspielchen. Toni wusste es besser. Kucka hatte ihm den Treffpunkt noch nicht verraten, um nicht preisgeben zu müssen, wo er sich wann aufhalten würde. Jetzt schickte er ihn durch die Innenstadt, um zu überprüfen, ob er alleine war oder ob er – möglicherweise auch ohne sein Wissen – verfolgt wurde. Toni war davon überzeugt, dass die Mitarbeiter des Tschechen Stellung bezogen hatten und die Umgebung beobachteten.

Er ging die Brühlsche Gasse hinunter, durch die mehrere Touristengruppen bugsiert wurden. Wortfetzen in allen möglichen Sprachen brandeten an sein Ohr; ein schwergewichtiger Glatzkopf trat ihm auf den Fuß und entschuldigte sich gestenreich. Toni überprüfte sofort, ob sein Portemonnaie noch in der Tasche steckte.

Endlich erreichte er das Terrassenufer und begab sich zur Augustusbrücke. Als er die Elbe überquerte, sah er am Geländer der gegenüberliegenden Seite zwei Männer mit dunklen Sonnenbrillen stehen. Beobachteten sie ihn? Wurde er verfolgt? Toni drehte sich schnell um, konnte aber niemanden ausmachen. Sein Smartphone vibrierte.

»Gehen Sie die Treppe runter und begeben Sie sich zurück

zur Wasserkante«, sagte der Mann mit dem osteuropäischen Akzent. »Unter dem letzten Brückenbogen werden Sie erwartet.«

Toni folgte der Anweisung und überquerte die Elbwiesen. Sein Mund war ausgetrocknet, und er hatte Durst. Eine junge Frau saß im Gras und las in einem Buch. Ein Punker mit blauen Haaren warf einen Stock, und eine Promenadenmischung hetzte mit heraushängender Zunge hinterher.

Toni erreichte den Kiesstrand und sah unter dem mächtigen Brückenbogen einen Mann mit einem schwarzen Kapuzenpulli stehen, der ihn mit den Worten empfing: »Geben Sie mir Handy, Schlüssel und Wertsachen. Alles, was Sie in den Taschen tragen.«

Toni zögerte.

»Los, los! Ich hab nicht den ganzen Tag Zeit. Wenn das Treffen vorbei ist, bekommen Sie es zurück«, sagte der Mann und hielt ihm eine offene Plastiktüte hin.

Toni warf alles, was er bei sich trug, hinein. »Die Fotos in dem braunen Umschlag brauche ich für die Unterredung mit Ihrem Chef.«

Der Mann sah sie durch, reichte sie zurück und fragte: »Zwischen Schlossplatz und Neumarkt haben Sie telefoniert. Warum?«

»Der Verkäufer an dem Stand hat mir ein Foto meines Sohnes gegeben. Ich hab ihn angerufen und wollte wissen, ob alles in Ordnung ist.«

»Wir werden das überprüfen. Jetzt alles ausziehen. Nun machen Sie schon. Ich will sehen, ob Sie verkabelt sind oder eine Waffe tragen.«

Der Treffpunkt war so gewählt, dass er von den Elbwiesen nicht einzusehen war. Schließlich stand Toni nackt da. Ein Windhauch strich über seinen Bauch. Während er eine Gänsehaut bekam, beobachtete er, wie der Mann seine Kleidungsstücke durchsuchte. Er war ein Profi, er war gründlich, aber er war nicht gründlich genug.

»Wieder anziehen. Gehen Sie über den Strand zur nächsten Brücke, überqueren Sie die Elbe und begeben Sie sich zum

Neumarkt. Wenn es stimmt, was Sie gesagt haben, werden Sie dort erwartet«, sagte der Mann und griff nach einem Fahrrad, das an dem Brückenbogen lehnte.

Toni stapfte über den breiten Strand, der menschenleer war. Der Kies knirschte unter seinen Stiefeln. Zwischen Augustusbrücke und Carolabrücke lagen ungefähr fünfhundert Meter. Die Elbe strömte mit niedrigem Wasserstand vorüber. Es lag ein modriger Geruch in der Luft. Auf der anderen Seite waren Ausflugs- und ein Raddampfer am Kai vertäut.

Toni glaubte nicht, dass eine reale Bedrohung vorlag. Trotzdem stellte er mit seinem polizeilich geschulten Auge fest, dass es hier keine Deckung gab. Nirgends war ein Felsbrocken, ein Baum oder ein Strauch auszumachen, hinter den er sich werfen konnte. Aus allen Himmelsrichtungen konnte ihn ein Scharfschütze ins Fadenkreuz nehmen. Er hoffte, dass er die Situation nicht falsch eingeschätzt hatte.

34

Reiner Stein schreckte aus dem Schlaf hoch und erkannte, dass er noch am Sacrow-Paretzer Kanal saß. Die Schatten der Bäume waren länger geworden, und das Wasser schimmerte dunkel. Auf der anderen Seite hatte sich eine Gruppe von Rehen eingefunden, die neugierig zu ihm herübersahen. Ihre schwarzen Nasen glänzten vor Feuchtigkeit.

Er musste daran denken, wie er vorhin den Angler vertrieben hatte. Der Alte hatte einen Schreck fürs Leben bekommen. Ob er sich je davon erholen würde? Wie gestört musste man sein, um einen Greis dermaßen anzugehen?

Warum war er überhaupt aufgewacht? Warum hatte er nicht weiterschlafen können? Für immer. Dann müsste er sich nicht mehr ertragen. Dann würden ihn auch die Erinnerungen nicht mehr heimsuchen. Sein ganzes Leben und alles, was er bisher getan hatte, wäre ausgelöscht.

Während er den Tabak rausholte und sich eine Zigarette drehte, musste er an Klaus und Olaf denken. Die beiden hatten nie zurückgeblickt. Mit hohem Tempo waren sie durchs Leben gerast und hatten sich überall genommen, was sie wollten. In ihrer Gesellschaft war immer etwas los gewesen, und manchmal hatte er den ganzen Ballast, den er mit sich herumgeschleppt hatte, vergessen können. Leider hatte diese Freiheit nie lange angehalten. Spätestens wenn er wieder alleine gewesen war, hatte er jene Frühlingsnacht und alles, was danach geschehen war, wieder vor sich gesehen.

***

Die Frau lag so leblos wie eine Puppe am Strand. Zu dritt packten sie sie an Armen und Beinen, schleppten sie hinüber zum Boot und setzten sie auf eine Ducht. Alleine wäre sie umgekippt. Deshalb hockte Klaus sich neben sie und legte einen Arm um ihre Taille. Olaf griff nach der Pinne, und er kletterte nach vorne in den Bug, wo er auf dem Ankertau Platz nahm.

Der Außenborder entwickelte genügend Schubkraft, um schnell Geschwindigkeit aufzunehmen. Bei kleineren Wellen hüpfte das Boot, sodass er sich am eisernen Relingstab festhielt, um sich nicht den Rücken zu stoßen. Während ihm der Fahrtwind in den Nacken blies, sah er hinüber zum Ufer, wo die Bäume wie dunkle Wächter aufragten. Vor der silbernen Scheibe des Mondes tauchten immer wieder Fledermäuse auf, die so schnell wieder weg waren, dass man ihre schwarzen Leiber mehr erahnte. Der Kopf der Frau hing schlaff nach vorne. Ihr Gesicht war durch die Haare verdeckt, aber ihr übriger Körper zeichnete sich gut ab.

»He«, sagte er plötzlich. »Was soll das? Nimm deine Flossen da weg.«

»Wieso denn?«, fragte Klaus. »Sie merkt es doch nicht. Man darf doch mal anfassen. Was soll denn so schlimm daran sein? Hast du dir die Braut mal angeschaut? Die ist echt scharf.«

»Das geht eindeutig zu weit«, erwiderte er. »Das gehört sich nicht.«

»Das sagt ja der Richtige«, tönte Olaf vom Heck. »Erst schlägst du sie nieder und bringst uns in diese Lage, und dann spielst du den Moralapostel. Jetzt krieg dich mal wieder ein und lass ihm sein kleines Vergnügen.«

Er schnappte vor Empörung nach Luft und spürte gleichzeitig, wie seine Augen in den Höhlen hin und her rollten.

»Nu raste bloß nicht wieder aus«, sagte Klaus schnell. »Mit Frauen, die sich beim Ficken nicht bewegen, kann ich sowieso nichts anfangen.«

Der Schweiß brach ihm aus, aber er bekam sich wieder unter Kontrolle. Zu diesem Zeitpunkt spielte er zum ersten Mal mit dem Gedanken, auszusteigen. Vielleicht hätten die beiden noch nicht einmal etwas gesagt, wenn er irgendwo an Land gegangen wäre. Solange er sie kannte, hatten sie ihn nie zu etwas gezwungen. Wenn die Mädels zu jung oder arglos gewesen waren, hatte er sich manchmal rausgehalten. Er hatte immer eine Wahl gehabt, und alles, was er schließlich getan hatte, hatte er aus freien Stücken gemacht.

Während er auf das Wasser schaute, das wie schwarzes Öl schimmerte, wurde ihm plötzlich klar, dass er auf etwas zusteuerte, das größer als er selbst war und ihn zermalmen könnte. Es war eine dunkle Vorahnung von etwas, dessen unwiderstehlicher Sog ihn bereits erfasste und nicht mehr loslassen würde.

Sie legten seitlich an der Uferböschung an. Nachdem er hinausgesprungen war, hielt er den Bug fest, sodass Klaus und Olaf ihm folgen konnten. Gemeinsam zogen sie das Boot an Land und vertäuten es so, dass es nicht in die Fahrrinne treiben konnte. Sie hoben die Frau über die Reling und schleppten sie die Böschung hinauf.

Irgendein Kauz stieß einen Ruf aus, der gespenstisch klang. Die Baumkronen schlossen sich über ihren Köpfen und hielten das Mondlicht fern, sodass es stockduster wurde. Trotzdem fanden sie den Trampelpfad schnell. Sie waren ihn schon unzählige Male gelaufen und wussten, dass sie ihr Ziel nicht verfehlen würden.

»Was sollen wir tun, wenn wir an der Hütte angekommen sind?«, fragte er schnaufend.

Klaus erwiderte keuchend: »Ich schlage vor, dass wir zuerst ein bisschen Spaß haben. Hinterher bringen wir sie nach Cheb und verhökern sie meistbietend.«

Er riss die Augen auf. »Soll das dein Ernst sein?«

»Was glaubst du denn?«, sagte Olaf schwer atmend.

35

Auf dem Neumarkt kam ihm ein Geschäftsmann mit Anzug und Aktentasche entgegen.

»Frauenkirche. Eingang D«, raunte er.

Das war wohl die nächste Anweisung. Toni ging um den Sakralbau herum und erkannte, dass über den verschiedenen Portalen schmiedeeiserne Buchstaben angebracht waren. Vor dem Eingang D informierte ein Plakatständer über Konzerte, die in nächster Zeit stattfinden würden. Inmitten einer Touristengruppe trat er durch die offene Holztür und spürte plötzlich, wie sich eine Hand um seinen linken Oberarm schloss. Ein Fleischberg mit Glatze zog ihn hinter sich her und drückte ihn nach links, ins Seitenschiff, wo er sich in die dritte Reihe setzen sollte. Die harte Holzbank knarrte unter seinem Gewicht. Der Platz lag hinter einer großen Säule und konnte vom Eingang nicht eingesehen werden. Der Fleischkoloss trat an die rückwärtige Wand und versperrte so den Durchgang.

Neben Toni saß ein zierlicher Mann mit grau melierten Haaren, einer randlosen Brille und einem anthrazitfarbenen Anzug, der dezent changierte. Es war vermutlich Kucka. In dieser Aufmachung hätte er an jeder Vorstandssitzung teilnehmen können.

»Sie suchen jemanden?«, fragte der Tscheche mit einer hohen Kopfstimme. In seinen Augen lag ein Ausdruck, der zu einem religiösen Fanatiker gepasst hätte.

»Hier«, erwiderte Toni. »Das sind Fotos meiner Frau. Sie ist im Mai 1998 verschwunden und wurde möglicherweise nach Cheb verschleppt. Ihr Mitarbeiter hat den Umschlag bereits überprüft.«

»Mai 1998. Das war eine ereignisreiche Zeit«, sagte Kucka und studierte die Fotos mit einer klinischen Sorgfalt. Sie zeigten Sofie mit unterschiedlichen Frisuren, bei unterschiedlichen Betätigungen und mit unterschiedlicher Kleidung. »Für anspruchsvolle Kunden haben wir damals exklusive Mädchen gesucht. Sie sollten nicht nur schön, sondern auch gebildet sein und über gute Umgangsformen verfügen. Für solche Mädchen konnten wir hohe Preise erzielen. Mit der hellen Haut und den roten Haaren wäre diese junge Dame für den arabischen Markt interessant gewesen. Nein, tut mir leid. Ich kenne sie nicht.«

»Schauen Sie noch mal hin. Gab es Frauen, die damals von Deutschland nach Osteuropa verschleppt wurden? Wissen Sie, wer sich ihrer angenommen haben könnte? Können Sie mir eine Anlaufstelle nennen?«

»Eine Frau wie diese wäre vermutlich an mich weitervermittelt worden. Ich hatte nicht nur die besten Kontakte ins Ausland, sondern habe auch die besten Provisionen gezahlt. Ich kann Ihnen nicht helfen.«

»Das war's?«, fragte Toni. Dafür hatte er die Reise nach Dresden angetreten, dafür hatte er sich durch die halbe Stadt jagen lassen, und dafür hatte er seine Familie bedrohen lassen?

»Was haben Sie denn erwartet?«, erwiderte Kucka und drehte ihm den schmalen Kopf zu. Plötzlich stand sein Körper unter Hochspannung.

»Bleiben Sie ganz ruhig«, flüsterte Toni. Er hatte sich längst vergewissert, dass der Bodyguard zu weit entfernt stand und nur über ein eingeschränktes Sichtfeld verfügte. »Und schauen Sie auf den Altar. Es war vollkommen unnötig, dass Sie meine Familie bedroht haben. Genauso unnötig ist es, dass ich Sie jetzt bedrohe. An Ihrem Brustkorb, zwischen zwei Rippenbögen, liegt die Spitze eines Stiletts an, das Sie noch vor Ihrem nächsten Atemzug töten könnte. Sie sollen nur wissen, dass ich kein Anfänger bin und dass es in jedem geschlossenen System eine Lücke gibt. Ich werde mich an die Vereinbarung halten und Ihre Identität schützen. Sie sollten sich ebenfalls an die Vereinbarung halten und mich und meinen Sohn vergessen.«

»Unsere Wege trennen sich hier«, sagte Toni und ließ das Stilett genauso schnell in seinem Stiefel verschwinden, wie er es herausgezogen hatte. »Wir werden uns nicht wiedersehen. Haben Sie mich verstanden?«

Kucka starrte mit fanatischem Ausdruck auf den Altar.

36

Reiner Stein saß wieder auf der Veranda der Waldhütte und drückte eine Kippe in dem überquellenden Aschenbecher aus. Die Sonne stand unterhalb der Wipfel, und die Bäume warfen lange Schatten. Das Licht hatte eine andere Qualität als am Morgen. Es war nicht so gleißend, sondern rötlicher und irgendwie tröstlich. Ein Tag wie ein Leben, dachte er und fragte sich, wo er diesen Vergleich aufgeschnappt hatte.

Er schaltete sein Handy ein, und pünktlich, zur vereinbarten Uhrzeit, vibrierte es. Er nahm den Anruf entgegen und hörte die Stimme des einzigen Menschen, dem er jemals erzählt hatte, was in der Frühlingsnacht und danach geschehen war. Die Worte des Vertrauten umspielten ihn wie eine verführerische Melodie. Dann nickte er mehrmals und sagte: »Ja, du hast recht. Letztendlich muss ich selber wissen, was das Beste ist, aber du hast wirklich alles versucht. Selbst wenn ich mich so entscheide, trifft dich keine Schuld. Bitte vergiss das nicht. Es hat mir immer sehr gutgetan, mit dir zu reden. Danke für alles, was du für mich getan hast. Das werde ich dir niemals vergessen.«

Nachdem er sich verabschiedet hatte, legte er das Handy weg. Obwohl es natürlich Quatsch war, hatte er das Gefühl, die Erlaubnis erhalten zu haben. Er war erleichtert und ängstlich zugleich. Sein Blick heftete sich wieder auf die Sonne. Und jetzt begriff er, dass sie eine Gemeinsamkeit hatten. Sie würden beide untergehen.

Während er sich mit zitternden Händen eine Zigarette drehte, dachte er darüber nach, ob er noch etwas erledigen musste. Sollte er aufschreiben, was damals geschehen war? Sollte er den Leuten die ganze Wahrheit berichten?

37

Toni schaute sich nicht um, als er die Frauenkirche verließ. Draußen drückte ihm ein Fremder eine Tüte mit seinen Sachen in die Hand. Danach steuerte er auf direktem Weg das Augustiner-Brauhaus an. Die bayrische Atmosphäre empfing ihn wie eine Zufluchtsstätte. Sofort rief er Aroon an und erfuhr, dass die beiden Studenten zuerst »Hulk« gesehen hatten und nun zwei XXL-Pizzas verzehrten. Es war gut, dass sein Sohn nicht alleine war.

Toni steckte das Smartphone ein. Nach wie vor glaubte er nicht, dass sie in Gefahr waren. An einem Kriminalbeamten und seiner Familie würde sich auch ein ehemaliger Geheimdienstmann nicht vergreifen. Außerdem musste Kucka befürchten, dass der Dresdner Staatsanwalt oder Caren Winter seine Tarnung auffliegen lassen würden. Ja, vielleicht hatte er überreagiert, vielleicht war es aber auch richtig gewesen, dem Mann die Stirn zu bieten. Wenn jemand seine Familie bedrohte, sah Toni rot. Dagegen war er machtlos.

Bei der Bedienung im Dirndl gab er eine Bestellung auf und stürzte noch vor dem Kalbsschnitzel einen doppelten Schnaps und ein Helles herunter. Er hasste Menschen wie Kucka. Sie hatten kein Gewissen und kannten keine moralischen Grenzen. Sie verfolgten rein egoistische Motive. Und dabei war es ihnen gleichgültig, ob jemand zu Schaden kam.

Toni phantasierte herum, dass er den Menschenhändler zur Rechenschaft ziehen würde, wenn er Potsdam auch nur zu nahe käme. Und nach dem fünften Schnaps glaubte er tatsächlich, dass er dazu imstande wäre.

Sein Handy vibrierte und informierte ihn über eine neue Textnachricht. Sie stammte von Caren und lautete: »Benötigst du Unterstützung? Ich fahre sofort los, wenn du mich brauchst.« Ihre Worte berührten ihn. Sie schien es ernst zu meinen, aber vielleicht musste er deutlicher werden. Es war nicht seine Art, jemanden im Ungewissen zu lassen. Er unternahm mehrere Versuche, den richtigen Ton zu treffen, und löschte den Text wieder. Schließlich schrieb er nur »Nein!« und drückte auf Absenden.

Er ließ sich eine Flasche Bier zum Mitnehmen bringen, ging nach draußen und setzte sich auf eine Steinbank an der Frauenkirche. Über den Dächern schwebte ein gelber Heißluftballon. Es war noch warm. Er rief Phong an und fragte: »Wie weit seid ihr?«

»Gesa hat das Mädchen von dem Video ausfindig gemacht und mit ihm gesprochen. Es war in einem schlechten Zustand, aber es hat uns die Vornamen der drei jungen Männer genannt, die an dem Gangbang teilgenommen haben. Ihre Identifizierung war dann keine große Sache mehr. Ich bin gerade auf dem Weg zu einem von ihnen und soll ihn verhören.«

»Du bist im Außendienst?« Toni schrie beinahe. Sein Vorgesetzter war dabei, ein eingespieltes Team mit klar zugeordneten Rollen zu demontieren.

»Ich bin auch nicht begeistert, das kannst du mir glauben.«

»Wie schlägt Schmitz sich sonst so?«

»Ehrliche Antwort?«

»Natürlich.«

»Er hat Gesa die Leitung entzogen und koordiniert alles selbst. Er läuft hektisch herum, gibt konfuse Anweisungen und telefoniert ständig mit wichtigen Leuten, um sie auf dem Laufenden zu halten. Die Identifizierung der Gangbangteilnehmer hält er für einen großen Ermittlungserfolg. Ich glaube, dass er völlig den Überblick verloren hat.«

»Wo bist du gerade?«

»Im Auto, kurz vor Geltow. Warum?«

»Und wo ist Schmitz?«

»In Werder.«

»Ist die Durchsuchung in Steins Wohnung abgeschlossen?«

»Ja, einige Papiere habe ich schon im Kommissariat. Eine Kopie seiner Festplatte müsste auch jeden Moment eintreffen.«

»Gut, wenn das Mädchen aus dem Video jemals in Gefahr war, dürfte es jetzt in Sicherheit sein. Halt an und dreh um.«

»Echt?«

»Ich glaube nach wie vor, dass die beiden Morde nichts mit dem Gangbang zu tun haben. Reiner Stein hat damals im Boot gesessen. Vielleicht ist er der Täter, vielleicht fürchtet er auch um sein Leben und ist deshalb verschwunden. Das wissen wir nicht, aber in jedem Fall kann er uns wichtige Antworten geben.«

»Das glaub ich auch. Was soll ich Schmitz sagen?«

»Schick ihm eine SMS. Schreib, dass es dir dreckig geht. Wenn er dich anrufen sollte, nimm nicht ab. Ich will, dass du das machst, was du am besten kannst. Arbeite dich in die Unterlagen und Dateien ein und suche nach Schnittmengen. Eine Überweisung, die alle drei getätigt haben. Eine Datsche, in der sie sich getroffen haben. Ein gemeinsamer Urlaub, der thematisiert wird. Ich habe mich gerade mit einem Insider getroffen, der es für unwahrscheinlich hält, dass Sofie nach Cheb gebracht wurde. Wenn er recht hat, muss sie noch irgendwo in Werder oder Umgebung sein. Finde sie, Phong.«

»Das sind große Kartons mit Papieren und Akten. Das ist jede Menge Arbeit.«

»Dann ruf Gesa an. Sie ist vernünftig. Sie wird sich mittlerweile eine eigene Meinung über Schmitz' Vorgehensweise gebildet haben. Argumentiere sachlich und hol sie an Bord. Am besten erwähnst du mich gar nicht, sie muss nichts von unserem Kontakt wissen. Das würde sie nur in einen Gewissenskonflikt stürzen. Ich verlass mich auf dich. Und ruf mich an, wenn du irgendetwas findest.«

Nach Beendigung des Telefonats nahm er einen Schluck Bier und dachte, dass Kucka natürlich auch die Unwahrheit gesagt haben könnte. In jedem Fall würde er dem Verein Karo e.V. noch einen Besuch abstatten. Erst wenn die Befragung der Sozialarbeiterin keine Ergebnisse bringen würde, würde er die Spur nach Cheb aufgeben.

Am Martin-Luther-Denkmal sangen eine Sopranistin und ein Bassbariton populäre Stücke wie »Ave Maria«, »Don't cry for me, Argentina« und »Time to say goodbye«. Ihr Gesang war schön, fast ein bisschen unwirklich, und schwebte über dem

Neumarkt. Die Musik gab dem Frühlingsabend eine besondere Stimmung, und immer mehr Zuhörer fanden sich ein.

Die getragenen Melodien ergriffen Toni. Sein Leben war nicht so verlaufen, wie er es sich vorgestellt hatte. Alles, wovon er einmal geträumt hatte, war in unerreichbare Ferne gerückt. Während die Menschen um ihn herum zu Reisen aufbrachen, während sie neue Horizonte entdeckten und sich ausprobierten, stagnierte er seit sechzehn Jahren. Er hatte sich nicht von der Stelle bewegt, bei ihm floss nichts, er war nur härter geworden. Warum konnte man das Glück nicht festhalten, wenn es einem begegnete? Warum rann es einem durch die Finger?

Während Toni dasaß und vor sich hin starrte, schlug der Glockenturm. Die Schatten der Häuser waren so lang, dass sie miteinander verschmolzen. Die klassischen Sänger ernteten stürmischen Applaus für ihre Darbietung.

Plötzlich war Toni ganz ruhig und dachte, dass er nur einer von vielen war. Überall auf der Welt gab es Menschen, die ihr Schicksal meistern mussten. Jetzt, in diesem Moment, fühlte er sich mit ihnen verbunden. Er war nicht alleine, niemand war alleine. Ihm war eine Rolle zugewiesen worden. Er hatte ein Ziel und eine Richtung. Er wurde von etwas angetrieben, das ihn über sich selbst hinauswachsen ließ. Ging es nicht letztlich darum, seinen Platz mit Würde auszufüllen?

Ein Fahrradfahrer, der wohl auf dem Elberadweg unterwegs war, stoppte vor der Steinbank. Er war Mitte zwanzig, hatte dunkle Haare, die sich bereits lichteten, und einen gestutzten Vollbart. Er war korpulent mit Bauchansatz und stämmigen Beinen. Aus seiner prall gefüllten Packtasche holte er einen Sechserpack Bier und bot Toni eine Flasche an.

»Ich bin Willi«, sagte er.

Toni griff zu und fragte: »Wohin geht die Reise?«

»Das weiß ich erst, wenn ich angekommen bin.«

38

In der Waldhütte steckte Reiner Stein eine Kerze an und setzte sich an den Tisch. Er legte sich ein weißes Blatt Papier zurecht und griff nach dem Kugelschreiber. Während er heftig an seiner Zigarette sog und die Asche auf den Fußboden klopfte, fragte er sich, was er schreiben sollte.

Sollte er bei seinem Leben anfangen, dessen Höhepunkte Sexpartys mit drittklassigen Prostituierten gewesen waren? Sollte er seiner hochnäsigen Schwester schreiben, dass sie nicht zur Beerdigung zu kommen brauchte? Oder sollte er einfach nur von der jungen Frau berichten?

Ihr Schicksal war untrennbar mit seinem verbunden. Das, was damals geschehen war, war kaum in Worte zu kleiden. Nicht nur er, sie alle waren fasziniert gewesen. Es war auch eine harte Nervenprobe gewesen, die sie nur mit Alkohol, schlechten Scherzen und lautem Gelächter ausgehalten hatten. Sie hatten an einem Abgrund gestanden, sie hatten in den Schlund geschaut und waren von einer gespenstischen Dynamik ergriffen worden, die er noch immer fühlte, die ihn nicht losließ und die ihn mit sich reißen würde.

Mit zitternden Händen zündete er sich eine neue Zigarette an und kritzelte schließlich ein paar Sätze hin, die ihm spontan einfielen. Hinterher legte er den Stift beiseite und wischte mit dem Handrücken einige Tabakkrümel von seinen spröden Lippen. Er überlegte, ob er noch etwas Besonderes tun sollte wie die Abendluft einatmen oder so einen Quatsch, aber er wollte es jetzt lieber hinter sich bringen.

Er warf das Seil über den Zwischengeschossbalken, knotete es fest und stieg auf den Hocker. Nachdem er sich die Schlinge um den Hals gelegt hatte, dachte er, Scheiß drauf!, und sprang.

39

Als Toni am nächsten Morgen im »Motel One« erwachte, war ihm gar nicht wohl. Er fragte sich, ob sein Zustand mit dem Alkohol zusammenhing, den er in sich hineingeschüttet hatte. Er hatte schon diverse Kater gehabt, aber irgendwie fühlte er sich heute anders. Es war wohl ratsam, sich zu schonen und den Tag etwas ruhiger anzugehen.

Nachdem er gefrühstückt hatte, checkte er aus und suchte sich einen Parkplatz in der Nähe des Kunstmuseums, wo einige Gemälde von Caspar David Friedrich ausgestellt waren, der zu seinen Lieblingsmalern zählte. Die klar strukturierten und symbolhaften Kompositionen strahlten eine solche Ruhe aus, dass sie tatsächlich eine heilsame Wirkung entfalteten.

Toni ging es besser, und nach einer weiteren Mahlzeit setzte er sich ins Auto. Durch einen Anruf brachte er in Erfahrung, dass die Sozialarbeiterin zurzeit nicht erreichbar war. Am Nachmittag würde sie jedoch im deutschen Büro des Hilfsvereins anzutreffen sein. Also gab er Plauen als Zielort in das Navigationsgerät ein und machte sich auf den Weg.

Während er sich den Nacken rieb, musste er an den gestrigen Abend denken. Zusammen mit Willi, dem Radfahrer, war er in eine Kneipe gegangen, wo ein Fußballspiel zwischen Real Madrid und Bayern München übertragen worden war. Obwohl Toni gespürt hatte, dass der Jurastudent mit etwas Elementarem beschäftigt gewesen war, hatten sie das Match genauso gebannt verfolgt wie jeder andere Gast. Die geselligen Stunden kamen ihm jetzt wie eine Oase vor.

Während er einen Gang runterschaltete, um besser überholen zu können, wurde auf dem Display die Mobilnummer von Gesa angezeigt. Er drückte auf die grüne Taste und sagte: »Das ist mal eine Überraschung. Mit dir habe ich nicht gerechnet. Was gibt es?«

»Du musst kommen«, erwiderte die Kriminaloberkommissarin.

»Bitte noch mal von vorne. Ich bin suspendiert. Warum soll ich kommen?«

»Ich hab gestern Nacht zusammen mit Phong alle Unterlagen gewälzt, die wir bei Hartwig, Wendisch und Stein sichergestellt haben. Natürlich auch die Computer. Es war auffällig, dass alle drei Aufnahmen mit Handys und Digitalkameras gemacht haben, die sich stark ähnelten. An dem Steg vom Angelverein, sitzend in einem Boot und einen Fisch präsentierend. Mehrmals ist ein Kanal drauf. Und ein paarmal eine Waldhütte mit einem Räucherofen. Phong hatte irgendwann die Idee, die Fotografien als Wegbeschreibung zu nutzen. Mit dem Angelverein als Startpunkt und der Waldhütte als Endpunkt. Zur Identifizierung der topografischen Besonderheiten hat er Satellitenfotos herangezogen. Angekommen ist er auf der Insel Töplitz. Ich bin heute Morgen mit einem Team hingefahren.«

»Und?«

»Wir haben Reiner Stein gefunden.«

»Das ist doch gut. Hat er sich erklärt?«

»Das kann er nicht mehr. Er hat sich erhängt.«

»Oh nein.« Toni spürte einen Anflug von Panik. Wenn der Hilfsarbeiter tot war, konnte er nicht mehr aussagen, was mit seiner Frau geschehen war. Vielleicht würde er jetzt nie mehr erfahren, was sich am 3. Mai 1998 zugetragen hatte.

»Wir haben nicht nur Reiner Stein entdeckt«, sagte Gesa.

»Was denn noch?«

»Toni, du musst herkommen. Wir haben Sofie gefunden.«

40

Obwohl er sich später an kein Detail der Strecke erinnern konnte, setzte er jede Anweisung des Navigationsgerätes richtig um, sodass er sich dem Fundort kontinuierlich näherte. Früher hatte er sich manchmal gefragt, ob es ein besonderer Tag sein würde, an dem er das Schicksal seiner Frau aufklären würde. Jetzt kannte er die Antwort.

An diesem Mittwoch, dem 30. April, erhob sich ein leuchtend blauer Himmel über Brandenburg, und die Temperaturen lagen bei sommerlichen vierundzwanzig Grad. Es war ein traumhafter Frühlingstag, die Natur stand in vollem Saft, und überall grünte und blühte es. Sofie hätte sich bei diesem Wetter ihren bunten Sari angezogen und wäre mit dem Fahrrad zum nächsten See gefahren.

Um achtzehn Uhr erreichte er die Insel Töplitz, die zur Stadt Werder gehörte und durch die Havel, die Wublitz und den Sacrow-Paretzer Kanal von Wasser umgeben war. Der Ort Töplitz war geprägt durch Einfamilienhäuser. Auf einem Plakat wurde auf den jährlich stattfindenden Insellauf hingewiesen. In der Nähe des Edeka-Marktes hatten sich junge Männer mit ihren getunten Autos versammelt. Auf dem Sportplatz absolvierten Kinder ein Zirkeltraining.

Je länger Toni der Straße folgte, desto ländlicher wurde es. Ein Vierseitenhof tauchte auf. Ein Mann in einer hellen Reithose führte mehrere Pferde an einer Longe. Eine alte Frau mit Lockenwicklern im Haar lehnte im Fenster und beobachtete die Straße. Vielleicht hatte sie schon mitbekommen, dass heute etwas vor sich ging.

In Neu-Töplitz stand ein Polizist mit einem Motorrad an einer Straßenabzweigung. Er war dazu abgestellt worden, die Einsatzkräfte einzuweisen, und schickte Toni auf einen zweispurigen Plattenweg. Die letzten Häuser ließ er hinter sich. Zwischen den Stämmen der Alleebäume tauchten Felder, Waldstücke und

Hochsitze auf. Es schien, als würde der Weg ins Nichts führen. Das Unkraut des Mittelstreifens stand so hoch, dass es ein schabendes Geräusch am Unterboden verursachte. Mehrmals fuhr er in ein Schlagloch und setzte hart auf. Wo hatten sie Sofie nur hingebracht?

An einer Abzweigung wies ihm ein weiterer Motorradpolizist die Richtung. Die Baumkronen schlossen sich über dem Wagendach und ließen kaum noch Licht durch. Es wurde schattig und dunkel. Toni fuhr nun auf einem ungepflasterten Weg. Mehrere knorrige Wurzeln schlängelten sich von links nach rechts und ließen den Peugeot hin und her schaukeln. Endlich erreichte er einige Einsatzfahrzeuge, die zwischen den Stämmen so abgestellt waren, dass sie sich bei der Ausfahrt gegenseitig behindern würden. Toni stieg aus und wurde von Gesa in Empfang genommen.

Die Kriminaloberkommissarin griff nach seinem Arm, so als wollte sie ihn stützen. »Wie geht es dir?«, fragte sie. »Fühlst du dich dazu in der Lage?«

»Ich brauche keinen Psychologen, falls du das meinst. Ich will nur sehen, was ihr gefunden habt.«

»Es ist deine Entscheidung. Komm!«

Zwischen einem rußgeschwärzten Räucherofen und einem selbst gemauerten Grill stand Kriminalrat Schmitz, der in ein Gespräch mit dem Polizeipräsidenten vertieft war. Er wurde auf Toni aufmerksam, entschuldigte sich bei dem obersten Dienstherrn und sagte: »Sanftleben, was machen Sie hier? Sie sind suspendiert.«

»Ich habe den Hauptkommissar hergebeten«, sagte Gesa. »Seine Anwesenheit ist erforderlich. Als Angehöriger ist er ein wichtiger Zeuge.«

»Das ist mir auch klar«, erwiderte Schmitz schnell. »Aber hinterher verschwinden Sie gleich wieder. Und machen Sie sich bloß keine falschen Hoffnungen.«

»Da können Sie ganz beruhigt sein«, erwiderte Toni.

Während Schmitz zurück zum Polizeipräsidenten ging, schritten sie auf die Waldhütte zu. Das rote Schieferdach war mit Moos bewachsen und an einigen Stellen eingesunken. Die Blockbohlen waren schon lange nicht mehr behandelt worden und schwarz angelaufen. Am Eingang stand die Fliegengittertür offen, und man konnte sehen, wie im Inneren ein Kriminaltechniker in einem weißen Schutzanzug Proben nahm. Toni wollte die Stufen zur Veranda hochsteigen, als Gesa ihm in den Arm griff und sagte: »Hier lang.«

Vorbei an einer Regentonne bogen sie um die Hausecke. Das Gelände fiel leicht ab, und sie liefen auf einen niedrigen Schuppen zu. Das Wellblechdach war ebenfalls bemoost. Toni hatte ein flaues Gefühl in der Magengegend, und seine Beine fühlten sich wacklig an. Er hoffte nur, dass er durchhielt. Im Beisein von Kriminalrat Schmitz und den anderen Kollegen wollte er nicht umkippen.

Allerlei Gerümpel lagerte an den Seitenwänden des Schuppens. Alte Autofelgen, eine Schubkarre mit plattem Reifen, eine Stahlwanne, ein Holzfass und eine Polyethylenwanne. Außerdem mehrere Kanister, die sorgfältig gestapelt waren. Toni trat näher und entzifferte neben den Abkürzungen auch die handelsüblichen Bezeichnungen wie Flusssäure, Salzsäure und Natronlauge auf den Etiketten. Plötzlich verstand er und blickte Gesa mit großen Augen an.

»Ja«, sagte die Kriminaloberkommissarin. »Ihr Leichnam wurde in Chemikalien aufgelöst. Dort drüben, am Fuß des Baumes, wo die Kriminaltechniker Bodenproben entnehmen, wurden die organischen Reste ausgeschüttet. Die DNA ist wahrscheinlich zerstört, aber wir konnten in dem Erdloch daneben rote Haare sicherstellen, mit denen ein Abgleich möglich sein wird. Wir vermuten folgenden Ablauf: Hartwig, Wendisch und Stein haben Sofie zunächst vergraben. Wildschweine haben ihre sterblichen Überreste einmal oder mehrmals freigelegt. Schließlich ist Olaf Wendisch auf die Idee gekommen, den Leichnam in Säure und Lauge aufzulösen. Genügend chemisches Wissen hatte er vermutlich.«

Toni spürte, wie sein linkes Auge zuckte. »Das sind Indizien. Bis auf ein paar rote Haare gibt es nichts, was ich identifizieren könnte. Warum sollte ich herkommen? Ich sehe nur ein Erdloch, Bodenproben und einen Haufen Chemikalien.«

Gesas Gesichtsausdruck veränderte sich; ihr Blick wurde tiefer. »Hier sind ein paar Sachen, die du dir anschauen solltest«, sagte sie leise, hob den Deckel von einer Plastikkiste ab und reichte ihm eine durchsichtige Tüte. »Das dürfte das T-Shirt sein, das sie auf dem Foto getragen hat, das wir bei Klaus Hartwig gefunden haben. Und das hier ist die Bluse, die sie auf Olaf Wendischs Aufnahme anhatte. Wir haben auch einige Gegenstände sichergestellt, die wir noch nicht zuordnen konnten, und da brauchen wir deine Hilfe. Hier ist ein Beutel. Hast du ihn schon einmal gesehen?«

»Ja«, sagte Toni und nahm die Samttasche entgegen. Mit den Fingerspitzen fuhr er über die bunten Elefanten und matt angelaufenen Pailletten, aber er spürte nur leichte Erhebungen und das glatte Plastik der Tüte. »Er gehörte ihr.«

Gesa reichte ihm weitere Fundstücke.

»Ja, der Föhn gehörte ihr auch. Vor Urzeiten hab ich ihn mal repariert. Seitdem hat er nur noch auf der höchsten Stufe funktioniert.«

Toni identifizierte weiterhin einen Spitzenslip und einen BH. Auch einen Kulturbeutel mit Hygieneartikeln. Das waren alles Sachen, die in ihrem Nachlass gefehlt hatten und die er in eine Liste eingetragen hatte.

Plötzlich hielt er inne. Hoffnung flammte auf, und er sagte beinahe triumphierend: »Das passt nicht. Hier muss was faul sein. Sofie war nackt, als sie in die Havel gestiegen ist. Wenn die drei Männer sie ins Boot gezogen haben – wie kommen dann ihre Sachen hierher?«

Gesa nickte verständnisvoll und bedachte ihn mit einem mitfühlenden Blick. »Das war eine Theorie, Toni. Nicht mehr und nicht weniger. Zugegebenermaßen hat sie gut gepasst, aber angesichts der Beweislage müssen wir umdenken. In ihrer Tasche befand sich alles, was man für eine Reise braucht. Außerdem eine nicht unerhebliche Menge Bargeld. Hast du schon mal darüber nachgedacht, dass sie ihren Tod nur inszeniert hat?«

»Um was zu tun? Um sich in dieser schäbigen Hütte zu verkriechen? Um sich mit diesen drei widerlichen Kerlen einzulassen?«

»Das ist möglich. Ich neige jedoch eher zu der Annahme, dass Sofie an jenem Abend irgendwo ans Ufer geklettert ist, wo sie ihre Tasche gelagert hatte. Dort wurde sie von den drei Männern entdeckt. Vielleicht hat sie sich gewehrt, vielleicht wollte sie nicht zurück nach Werder gebracht werden, vielleicht haben die Feuerwehrleute auch spontan ihre Situation ausgenutzt und sind auf den Geschmack gekommen. Sofie ist nicht das einzige Opfer. Wir haben die Haare und Besitztümer einer weiteren Frau gefunden, die wir bereits identifizieren konnten. Sie stammt aus Werder und wurde ebenfalls vermisst.«

»Sprechen wir von einer Serie?«

»Vielleicht wäre es eine geworden, wenn Reiner Stein nicht sein Gewissen entdeckt und seine Komplizen getötet hätte. Bislang wissen wir nur von zwei Fällen.«

»Wie sicher seid ihr, dass es Sofie ist?«

»Wir haben ihre Haare, wir haben ihre Besitztümer und einen geständigen Täter. Reiner Stein hat einen Abschiedsbrief verfasst, in dem er die Verantwortung übernimmt. Wir sind so sicher, dass Schmitz bereits mit dem Polizeipräsidenten eine Pressekonferenz für Freitagnachmittag abspricht. Zur Sicherheit werden wir alles noch einmal überprüfen, aber ehrlich gesagt hat hier niemand den geringsten Zweifel.«

Die Beweislast war erdrückend. Jeder Richter hätte aufgrund dieser Umstände ihren Tod amtlich festgestellt. Er schaute auf das Erdloch, in dem sie gelegen hatte, er sah auf die Polyethylenwanne, in der ihre sterblichen Überreste aufgelöst worden waren, aber er konnte keine Verbindung herstellen. Er fühlte nichts. Gar nichts.

»Danke, Gesa«, sagte er schließlich und berührte sie flüchtig am Arm. »Richte bitte auch Phong meinen Dank aus. Ich wusste, dass ihr sie finden würdet.«

Er wandte sich ab und ging zu seinem Auto. Die Suche, die ihn sechzehn Jahre lang Tag und Nacht beschäftigt hatte, war beendet. Er war in ganz Deutschland und in den Nachbarländern Hinweisen gefolgt. Er hatte sogar ein Hilfeersuchen an die indischen Behörden geschickt, weil Sofie in Goa Freunde gehabt hatte. In Wahrheit war sie nur bis nach Töplitz gekommen, nur wenige Kilometer von der Inselstadt Werder entfernt.

Caren Winter, die Staatsanwältin, tauchte an seiner Seite auf. »Wie geht es dir?«, fragte sie sanft und schaute ihn forschend an. »Gib mir mal die Autoschlüssel. Die bekommt Kriminaloberkommissarin Müsebeck. Sie wird sich um die Überführung deines Pkws kümmern. Ich bin gleich wieder da und bringe dich nach Hause. Steig schon mal in meinen Wagen. Er steht dort drüben.«

Toni war froh, dass jemand die Führung übernahm. Auf der Rückfahrt über den Plattenweg wurde er kräftig durchgeschüttelt, aber er merkte es kaum. Auch von dem Weg über die Wublitzbrücke und Golm bekam er nichts mit. Alles fühlte sich so unwirklich an, als wäre die Welt, wie er sie gekannt hatte, in Auflösung begriffen.

Die ersten Phantasien stellten sich ein. Grauenvolle Phantasien. Sofie war ein so wertvoller und wunderbarer Mensch gewesen und war diesen widerlichen Kerlen ausgeliefert. Was war ihr in der Waldhütte passiert? Was war mit ihr geschehen? Hatte sie an ihn gedacht, als es zu Ende gegangen war? Hatte sie wenigstens einen schnellen Tod gehabt, oder hatte sie leiden müssen?

»Diese Schweine«, murmelte er und ballte die Fäuste, sodass seine Knöchel weiß hervortraten. Er wünschte sich, dass sie nicht tot wären, dann hätte er sie zur Rechenschaft ziehen können. »Diese verdammten Schweine!«

Caren berührte ihn an der Schulter.

»Warum hab ich nicht gemerkt, als sie ins Wasser gegangen ist? Warum bin ich nicht aufgewacht? Wenn ich sie zurückgehalten hätte, wäre das alles nicht passiert. Dann wäre sie noch am Leben. Ich bin schuld.«

»Mach dir keine Vorwürfe. Du hast sie nicht getötet. Schuld sind allein ihre Mörder.«

Er hörte ihre Worte, aber er begriff ihre Bedeutung nicht. Er konnte nicht klar denken. Er konnte Aroon so nicht unter die Augen treten. In diesem Zustand war er zu nichts fähig.

»Halt an«, rief er und schnappte mehrmals nach Luft. »Da drüben ist eine Tankstelle. Halt bitte an.«

Der Verkaufsraum wurde von Neonlicht erhellt, das ihm in den Augen brannte. Es gab eine größere Auswahl an Spirituosen. Toni griff nach irgendeinem Rum, bezahlte ihn und drehte noch auf dem Rückweg zum Auto den Verschluss auf. Die scharfe Flüssigkeit rann seine Kehle hinunter und brachte die Erlösung.

41

Als Toni am nächsten Morgen auf dem Hausboot erwachte, saß Aroon an seinem Bett.

»Die Staatsanwältin hat dich hergefahren«, sagte sein Sohn. »Du warst so betrunken, dass du nicht laufen konntest. Wir haben dich halb gestützt, halb getragen.«

Toni hatte keine Erinnerungen an die Geschehnisse, und es war wohl auch besser so. »Es tut mir leid, dass du mich in diesem Zustand erleben musstest.«

»Caren hat mir alles erzählt. Sie ist eine sehr nette Frau, sie ist dir nicht von der Seite gewichen. Ruh dich jetzt aus. Du siehst ziemlich fertig aus.«

»Du weißt alles?«

»Ja, aber für mich ist es nicht so schlimm, weil ich keine Erinnerungen an Mama habe. Mach dir also keine Gedanken um mich. Kümmere dich lieber um dich selbst.«

»Was meinst du damit?«

»Endlich hast du Gewissheit. Darauf hast du all die Jahre gewartet. Jetzt kannst du dich von ihr verabschieden. Wir könnten einen Ort schaffen, an dem du trauern kannst. Das wird dir helfen, um mit ihrem Tod fertig zu werden. Ich muss jetzt leider los.«

»Warte noch«, sagte Toni und griff nach der Hand seines Sohnes. »Irgendetwas ist mit dir. Machst du dir Sorgen? Ist etwas anderes passiert?«

»Das hat Zeit, Papa. Vielleicht ist es noch zu früh, um darüber zu sprechen.«

»Ich möchte es gerne wissen.«

»Es wird dir nicht gefallen.«

»Das ist egal.«

»Wie du willst«, sagte sein Sohn. Er überlegte kurz und sagte dann: »Solange ich denken kann, warst du für mich da. Du hast immer ein offenes Ohr gehabt und warst nie ungerecht.

Du hast mir das Fahrradfahren und Gitarrespielen beigebracht. Du bist ein guter Vater, aber in der Vergangenheit hast du sehr viel Alkohol getrunken. Manchmal bist du nicht nach Hause gekommen, und manchmal warst du völlig weggetreten. Oma und Opa haben mir dein Verhalten erklärt. Deshalb habe ich es verstanden. Die Flaschen, die du überall auf dem Boot versteckt hast, haben mich auch nicht gestört.«

»Du wusstest davon?«

»Natürlich, ich bin ja nicht blöd. Aber das muss jetzt aufhören. Du hast Mama gefunden, du hast Gewissheit über ihr Schicksal und musst dich nicht mehr betäuben. Ich möchte einen Vater haben, zu dem ich aufsehen kann, und keinen Trinker, der mir nur noch leidtut.«

Sie redeten noch eine Weile, und Toni war erschüttert, wie viel sein Sohn in der Vergangenheit mitbekommen hatte. Er hatte nicht beabsichtigt, ihn in seinen Sumpf mit hineinzuziehen. Es tat ihm leid, und das sagte er auch.

Nachdem der Junge aufgebrochen war, stolperte Toni in den Wohnbereich. Er fasste sich immer wieder an den Hinterkopf, wo sich eine Hautpartie anfühlte, als würden Nadeln hineingebohrt. Auch die Nervenbahnen des rechten Arms waren betroffen und zwickten bis in die Fingerspitzen. In einer Schublade fand er Schmerztabletten. Er drückte drei Stück aus dem Silberpapier und warf sie ein. Dann öffnete er den Schrank und zog eine Flasche Calvados heraus. Als er den Apfelcognac an die Lippen setzte, wurde ihm bewusst, was er gerade tat. Es war ein Automatismus, den er nicht gesteuert hatte. Er stellte die Flasche auf die Anrichte und starrte das Etikett an. Es arbeitete in ihm. Er hatte das Gefühl, eine Entscheidung treffen zu müssen – zwischen dem Alkohol und seinem Sohn.

Die Wahl fiel schnell, und er schüttete die Flüssigkeit in den Ausguss. Die bitteren Tabletten spülte er mit einem Schluck aus dem Wasserhahn hinunter. Es dauerte nicht lange, bis die Wirkung einsetzte und er sich etwas gefestigter fühlte. Danach trottete er auf dem Hausboot herum und sammelte aus diversen Verstecken Flaschen ein, die er ebenfalls leerte. Aroon war der wichtigste Mensch in seinem Leben, und er wollte ihn nicht verlieren.

Nachdem er die Aufräumaktion beendet hatte, setzte er sich an den Kombüsentisch und versuchte, etwas zu essen, aber er hatte keinen rechten Appetit. Er biss einmal von dem Brathering ab, nahm einen Löffel von dem Joghurt und schob schließlich alles von sich. Sein sonst so zuverlässiger Magen rebellierte.

Toni stützte den Kopf in die Hände und musste an den Fundort auf der Insel Töplitz denken. Je mehr Einzelheiten er sich ins Bewusstsein rief, desto mehr Fragen stellten sich ihm. Wahrscheinlich würde er Sofies Tod erst akzeptieren können, wenn er alle Details kannte und sie in ein Gesamtbild einfügen konnte.

Toni schickte Phong eine Textnachricht, und eine halbe Stunde später rief dieser zurück.

»Ich mache gerade Mittagspause in der Innenstadt«, sagte der Kriminalkommissar. »Wir können also frei sprechen. Wie geht es dir?«

»Ich hatte schon bessere Tage. Hat Reiner Stein wirklich Suizid begangen?«

»Zweifelst du etwa daran?«

»Nein, mir fehlen nur die Fakten.«

»Es sieht alles danach aus. Als Gesa in die Waldhütte trat, hing er an einem Strick vom Zwischengeschossbalken. Seitlich unter ihm lag ein umgestürzter Hocker. Vermutlich ist er hinaufgestiegen, hat sich die Schlinge um den Hals gelegt und ist gesprungen. Den Hocker hat er entweder umgetreten, oder er ist beim Auspendeln des Leichnams umgefallen.«

»Was sagt die Gerichtsmedizinerin?«

»Sie hat keinerlei Verletzungen feststellen können, die auf äußere Gewaltanwendung schließen lassen. Sie hat auch keinerlei Einstichstellen gefunden. Natürlich muss noch die Blutuntersuchung abgewartet werden.«

»Verstehe. Gesa sagte etwas von einem Abschiedsbrief.«

»Auf dem Tisch lag ein weißer DIN-A4-Zettel. Im oberen Drittel sind vier Zeilen draufgeschrieben worden. Sie lauten:

›Ich hätte sie beschützen müssen. Ich hätte nicht mitmachen dürfen. Ich hab es nicht anders verdient. Verzeih mir.‹«

Toni wiederholte den Wortlaut: »Ich hätte sie beschützen müssen. Ich hätte nicht mitmachen dürfen. Ich hab es nicht anders verdient. Verzeih mir.«

»Für mich klingt das, als hätte der Mann ein schlechtes Gewissen gehabt und sich aufgehängt. Ich habe bereits einen Schriftvergleich durchgeführt. Der Text stammt von Reiner Stein. Die Hinzuziehung eines Graphologen wird nicht notwendig sein.«

»Wer soll ihm verzeihen?«

»Was? Ach so. Vielleicht meint er seine verstorbene Mutter? Oder seinen Beichtvater? Oder sein Meerschweinchen? Da fallen mir fünftausend Möglichkeiten ein. Wen er tatsächlich gemeint hat, werden wir nie erfahren.«

»Gibt es Beweise für seine Täterschaft?«

»Als wir ihn fanden, hing ein schwarzer Fleecepulli der Marke Jack Wolfskin über einem Stuhl. Christoph Roth wollte sich noch nicht festlegen, du kennst ja den besten Kriminaltechniker der Welt, aber ich gehe davon aus, dass der Pulli die Quelle der sichergestellten Faserspuren ist. Außerdem haben wir ein Messer in einer Schublade entdeckt. Länge und Breite der Klinge passen zu den Wunden der Opfer. Sie wird bereits auf Blutreste und Fingerabdrücke untersucht, und ich nehme an, dass der Befund positiv ausfallen wird.«

»Das sieht nach einer klaren Spurenlage aus. Gesa erwähnte noch eine andere junge Frau, die den drei Männern zum Opfer gefallen ist. Kennst du ihren Namen?«

»Sie heißt Anahita Hosseini. Wir haben ihren Rucksack zusammen mit Sofies Sachen unter einer Holzdiele in der Waldhütte entdeckt. Sie war eine junge Frau mit iranischen Wurzeln, die in Werder eine Ausbildung zur Hotelkauffrau gemacht hat. Vor ungefähr zwei Jahren hat ihr Chef eine Vermisstenanzeige aufgegeben, wodurch sie in INPOL erfasst und bei uns aktenkundig wurde. Sie war in ihrer Jugend wohl drogenabhängig, und man vermutete einen Rückfall. Nachdem sie eine SMS aus Amsterdam geschickt hatte, wurde die Fahndung eingestellt.

Jetzt wissen wir, dass sie Brandenburg nie verlassen hat. Einer der drei Männer muss die Kurzmitteilung aus Holland geschickt und hinterher ihr Handy zerstört haben.«

Toni erinnerte sich an den Fall. Er hatte Parallelen zu Sofies Verschwinden aufgewiesen. Deshalb hatte er ihn archiviert. Die Akte war eine von dreien gewesen, die er noch nicht geschlossen hatte. Eine Entscheidung reifte in ihm, und er sagte: »Ich brauche alles, was du hast. Zu den ersten beiden Morden, zu Reiner Stein, zu der Waldhütte. Alle Fotos, Berichte und Listen. Schick sie mir an meine private E-Mail-Adresse.«

Phong schwieg. Man hörte ihn atmen. »Sie ist tot«, sagte er endlich. »Das musst du akzeptieren. Wir kümmern uns um den Rest. Sieh lieber zu, dass du wieder in Ordnung kommst.«

»Solange ich nicht alle Details kenne, kann ich unmöglich mit der Sache abschließen. Ich muss mir ein vollständiges Bild machen. Bitte.«

Toni musste überzeugend geklungen haben, denn vier Stunden später erhielt er Besuch von einem Fahrradkurier, der ihm einen USB-Stick in einem Umschlag aushändigte. Auf dem beiliegenden Zettel schrieb Phong, dass die Datenmenge zu groß gewesen sei, um sie ihm übers Internet zu schicken. Sollten die Ermittlungen weitere Erkenntnisse ergeben, würde er ihn über einen ausländischen Server per E-Mail auf dem Laufenden halten. Er solle daher regelmäßig seinen Posteingang kontrollieren.

Toni setzte sich einen Magentee auf, holte Anahita Hosseinis Akte aus dem Archiv und steckte den USB-Stick in den PC. Er rollte den ganzen Fall von vorne auf und begann, die Einzelteile zusammenzusetzen.

Gegen zwanzig Uhr kam Aroon nach Hause, der ihn besorgt anschaute. Toni versicherte ihm, dass alles in Ordnung war. Gemeinsam nahmen sie ein Abendessen ein und spielten hinterher eine Partie Schach, was sie schon mehrere Monate nicht mehr getan hatten. Toni schlug sich wacker und konnte den Angriffen lange standhalten. Nachdem er zunächst einen Bauern und wenig später einen Turm opfern musste, kam das Ende schneller, als er gedacht hatte. Hinterher umarmten sie sich und wünschten sich eine gute Nacht.

Aroon begab sich in seine Kajüte, und Toni setzte seine Lektüre fort. Er sehnte sich nach einem Drink, aber er musste nur an seinen Sohn denken, um sich zurückzuhalten. Er warf noch einige Schmerztabletten ein und machte sich hinterher über die Chips- und Nussvorräte her.

Je mehr er las, desto mehr bekam er das Gefühl, dass er irgendetwas übersehen hatte. Immer schneller klickte er zwischen den Berichten hin und her, überflog einzelne Absätze und suchte nach Unstimmigkeiten. Er studierte alle Fotos und verglich die Tatorte. Schließlich blieb sein Blick an einer Aufnahme aus der Waldhütte haften. Dargestellt war der Strick, an dem sich Reiner Stein aufgehängt hatte und der ungefähr fünfzehn Zentimeter von dem Zwischengeschossbalken baumelte.

Toni brach kalter Schweiß aus, als ihm klar wurde, dass er ein wesentliches Detail aus den Augen verloren hatte. Dieses Detail ließ sich nicht in das Gesamtbild einfügen. Mit einem schnellen Blick auf die Uhr stellte er fest, dass es mittlerweile zwei Uhr morgens war. Jetzt konnte er nichts mehr ausrichten, aber gleich morgen früh würde er Caren Winter anrufen und um ein Treffen bitten. Sie musste dafür sorgen, dass die Pressekonferenz verschoben wurde. Bevor sie an die Öffentlichkeit treten konnten, mussten die Unstimmigkeiten ausgeräumt werden.

42

Am nächsten Tag traf Toni sich mit Caren in einem italienischen Restaurant, das in der Lindenstraße, in der Nähe des Justizzentrums, lag. Obwohl es der 1. Mai, also ein Feiertag war, hatte die Staatsanwältin gearbeitet. Auf einer rot-weiß karierten Tischdecke standen ein Korb mit duftendem Brot und eine Schale mit schwarzen Oliven.

»Ich bin dir sehr dankbar, dass du vorgestern Nacht für mich da warst«, sagte Toni und vermied den Blick zum Nebentisch, wo ein älterer Herr einen granatroten Barolo im Glas kreisen ließ und genießerisch an ihm roch. »Wenn du mal meine Hilfe brauchen solltest, kannst du auf mich zählen.«

»Vielleicht komme ich darauf zurück«, erwiderte sie lächelnd.

»Ich habe dich hergebeten, weil ich etwas Wichtiges mit dir besprechen muss.«

»Ist etwas mit Aroon? Ich habe mich lange mit ihm unterhalten. Er macht sich Sorgen.«

»Mit ihm ist alles in Ordnung. Jedenfalls – soweit man das vom Sohn eines Alkoholikers sagen kann. Es geht um Reiner Stein. Ich glaube nicht, dass er der Täter ist.«

Caren verzog keine Miene. Sie nahm nur einen Schluck von ihrer Apfelsaftschorle.

»Es würde nichts bringen, wenn ich mit Schmitz rede«, fuhr Toni fort. »Du musst das tun. Auf dich hört er. Du musst ihn davon überzeugen, die Pressekonferenz zu verschieben. Wir müssen den Fall neu aufrollen.«

»Jetzt mal langsam«, sagte Caren. »Ich habe die Ermittlungsakte von vorne bis hinten gelesen. Die Spurenlage ist eindeutig. Wir haben zahlreiche Indizien, wir haben ein Motiv, und wir haben ein Geständnis.«

»Der Abschiedsbrief ist so kurz, dass er alles Mögliche bedeuten kann. Hier, sieh mal«, sagte Toni und breitete mehrere

Fotos auf dem Tisch aus, die er am Morgen ausgedruckt hatte.
»Fällt dir irgendetwas auf?«

»Ich frag jetzt besser nicht, wo du die Aufnahmen herhast«, sagte Caren und zog ein Lichtbild näher zu sich heran. »Das ist der Strick, an dem sich Reiner Stein aufgehängt hat. Und?«

»Nicht der Strick ist entscheidend, sondern das, was du im Hintergrund siehst.«

»Da ist eine Art Küche. Auf der Anrichte sieht man benutztes Geschirr, leere Flaschen und einen vollen Aschenbecher. Worauf willst du hinaus?«

»Reiner Stein muss mehrere Tage in dieser Hütte gehaust haben. Ich gehe davon aus, dass die Unordnung und der Dreck von ihm stammen. In seiner Einraumwohnung sah es genauso verwahrlost aus.«

»Ja, ich erinnere mich. Ich war dort, um mir einen Eindruck zu verschaffen.«

»Sein psychischer Zustand war laut seinem Arbeitgeber labil. Vor zwei Jahren hat er sich in stationäre Behandlung begeben, um eine seelische Erkrankung behandeln zu lassen.«

»Auch das stimmt. Ich habe kurz nach dem Fund des Leichnams mit seinem behandelnden Arzt telefoniert. Ohne die Einnahme von Psychopharmaka hätte er sich möglicherweise schon früher das Leben genommen.«

»Du weißt, dass ich beim BKA eine Ausbildung zum Fallanalytiker begonnen habe. In Wiesbaden wird uns beigebracht, wie man vom Tatort und der Tatausführung Rückschlüsse auf die Persönlichkeit des Täters ziehen kann. Dabei gehen wir nach strengen Kriterien vor. Ich habe gestern Nacht alle Akten von Anfang an gelesen und bin auf einen entscheidenden Widerspruch gestoßen. Der Zustand der Einraumwohnung und der Waldhütte passen zwar zu Reiner Stein, aber sie lassen sich nicht mit dem disziplinierten Handeln des Täters vereinen.«

Caren blickte ihn überrascht an. »Ja, das stimmt. Aber das beweist gar nichts.«

»Und warum nicht?«

»Wie dir sicherlich bekannt ist, gibt es kurz vor dem Suizid so etwas wie einen Tunnelblick. Die Entscheidung ist gefallen, und alles geht leichter von der Hand. Die künftigen Selbstmörder fühlen sich gelöst und sind viel tatkräftiger als in der Leidenszeit zuvor. Das ist ein Phänomen, das nicht nur in der Fachliteratur beschrieben wird, sondern auch von vielen Angehörigen und Ärzten bestätigt wird.«

»Das ist mir bekannt, aber die von dir beschriebene Tatkraft wird dazu verwandt, die Angehörigen in Sicherheit zu wiegen, letzte Regelungen zu treffen und die Ausführung vorzubereiten. Natürlich gibt es auch noch den erweiterten Selbstmord, aber in unserem Fall ist der Sachverhalt grundverschieden.«

»So?«

»Der Täter hat Klaus Hartwig und Olaf Wendisch verfolgt, bis er einen günstigen Ort und Zeitpunkt abgepasst hatte. Dann hat er sein Opfer durch einen präzisen Stich in die Leber kampfunfähig gemacht. Mit dem zweiten Stich ins Herz hat er ihn getötet. Hinterher hat er den Leichnam so verborgen, dass ihm genügend Zeit zur Flucht blieb. Auch der laute Schrei des ersten Opfers hat ihn nicht irritiert oder von seinem Vorhaben abgebracht. Der Täter hat eine große Kaltblütigkeit, Entschlossenheit und Effektivität bewiesen. Wahrscheinlich hat er sich lange und intensiv vorbereitet. Reiner Stein hat es nicht einmal geschafft, den Müll rauszutragen oder die Toilette zu putzen. Er war Hilfsarbeiter, dem jede noch so kleine Aufgabe von seinem Chef zugewiesen wurde. An Klaus Hartwig und Olaf Wendisch hat er sich rangehängt, um etwas zu erleben. Ihm fehlten die Energie und die Selbstständigkeit, um einen solchen Plan zu ersinnen und umzusetzen. Außerdem muss der Täter laut Gerichtsmedizinerin zwischen einem Meter achtzig und zwei Metern groß gewesen sein. Reiner Stein war gerade mal einen Meter einundsiebzig.«

»Du weißt, wie viel Beweiskraft solche Spekulationen zur Körpergröße haben. Vor Gericht würden die neun Zentimeter keine Rolle spielen.«

»Es gibt noch einen weiteren Punkt, der mir keine Ruhe lässt. Weder an den Tatorten noch an der Kleidung der Opfer haben wir Fingerabdrücke entdeckt. Wenn Reiner Stein tatsächlich geplant hat, zuerst seine Freunde und dann sich selbst umzubringen – warum hat er dann Handschuhe getragen? Handschuhe sollen vor einer Überführung durch die Polizei schützen, aber durch den Abschiedsbrief hätte er sich am Ende selbst überführt. Er hätte keine Angst vor Bestrafung zu haben brauchen, er hätte sich ohnehin selbst bestraft.«

»Vielleicht wollte er einfach nur Zeit schinden, um seinen Plan umzusetzen.«

»Das glaube ich nicht. Warum trägt der Täter einerseits Handschuhe und hinterlässt andererseits überall Faserspuren seines Fleecepullis? Fast kommt es mir so vor, als hätte er bewusst entschieden, welche Spuren er zur Analyse hinterlässt und welche nicht. Da fällt mir ein – habt ihr schon das Sperma auf dem Foto mit Reiner Steins DNA verglichen?«

»Nein, aber das Ergebnis ist auch nicht entscheidend. Das Foto könnte irgendwo rumgelegen haben. Das Sperma könnte zufällig daraufgelangt sein. Es gibt keine Anhaltspunkte, dass es mit Absicht hinterlassen wurde. Wenn es eine Bedeutung gehabt hätte, hätten wir auf der zweiten Aufnahme auch Ejakulat sicherstellen müssen.«

»Das ist keineswegs so klar, wie du das darstellst. Was ist mit der weißen Wand im Hintergrund? Die Waldhütte besteht nur aus Holz.«

»Das stimmt, aber ganz in der Nähe befindet sich ein Häuschen der Wasserwerke, das eine helle Außenputzwand hat, die in der Struktur große Ähnlichkeit aufweist. Außerdem kannst du nicht sicher sein, dass die Aufnahmen nach der Entführung gemacht worden sind. Vielleicht hatte Sofie sie schon vorher in ihrer Tasche.«

»Ihr müsst die DNA-Analyse vornehmen lassen. Versprich mir das.«

»Gut, mal angenommen, Reiner Stein ist unschuldig ...«

»Moment, von ›unschuldig‹ hab ich nie gesprochen. Seine psychischen Probleme haben nach dem Verschwinden von Anahita Hosseini eingesetzt. Deshalb gehe ich davon aus, dass er mit der Sache zu tun hat. Darauf lässt auch der Abschiedsbrief schließen. Ich glaube nur, dass er die Morde nicht begangen hat. Vielleicht hat er jemanden beauftragt, der sie ausgeführt hat. Die entschlossene Vorgehensweise würde zu einem Profikiller passen.«

»Ich habe mir seinen Kontostand angesehen. Er war nahezu mittellos, er lebte jahrelang am Existenzminimum. Mit welchem Geld sollte er einen Auftragsmörder bezahlt haben?«

»Okay, das ist ein berechtigter Einwand. Dann wollte eben jemand anderes uns glauben machen, dass Reiner Stein die Morde begangen hat, um von sich selbst abzulenken.«

»Das würde auf den großen Unbekannten hinauslaufen.«

»Es macht mich einfach stutzig, dass wir nur klitzekleine organische Reste und Haare der Frauen gefunden haben. Kann es nicht sein, dass irgendjemand sie noch in seiner Gewalt hat und nur vortäuschen will, dass sie tot sind? Vielleicht waren es ursprünglich vier Freunde. Klaus Hartwig, Olaf Wendisch, Reiner Stein und noch jemand. Vielleicht wurde dieser vierte Freund von den anderen erpresst. Vielleicht mussten sie deshalb sterben.«

»Du stellst also auch in Frage, dass es Selbstmord war?«

»Ich weiß, dass alles so aussieht, als wären Sofie und Anahita Hosseini drei Lustmördern zum Opfer gefallen, aber ein erster Eindruck kann auch täuschen. Wie oft haben wir das erlebt? Ich meine nur, dass wir mehr über Anahita Hosseini herausfinden sollten. Wie waren die Umstände ihres Verschwindens? Kannte sie die drei Männer? Wann und wo ist sie ihnen begegnet? Bei der Lektüre ihrer Akte ist mir aufgefallen, dass sie aktive Naturschützerin war. Olaf Wendisch hat Hassvideos gegen Kormorane produziert und sie auf diversen Portalen online gestellt. Das dürfte genügend Konfliktpotenzial geborgen haben. Ich finde, dass wir dieser Spur nachgehen sollten.«

»Hassvideos gegen Kormorane?«, fragte Caren und blickte auf ihren Teller, den der Kellner vor einer Viertelstunde gebracht hatte und der seitdem unangerührt vor ihr gestanden hatte. Sie griff nach einer Gabel, spießte einige Bandnudeln auf und wälzte sie in der Spinat-Gorgonzola-Sauce. »Ich habe gestern die Beschwerde gelesen, die Schmitz gegen dich eingereicht hat. Er wirft dir vor, dass du fallrelevante Informationen zurückgehalten hast. Bei der Beurteilung dürfte entscheidend sein, inwieweit dein Fehlverhalten die Aufklärung behindert hat. Glücklicherweise sieht es so aus, als hättest du durch deine Eigenmächtigkeit den Ermittlungsverlauf günstig beeinflusst, sodass ich mir ziemlich sicher bin, dass dieser Anklagepunkt fallen gelassen wird. Anders sieht es mit deinen Fehlzeiten aus.«

»Du hältst das alles für Quatsch, was ich dir erzählt habe, oder?«

»Ich glaube nur, dass du viel durchgemacht hast und dass dein Urteilsvermögen getrübt ist. Nach allem, was mir Aroon vorgestern Nacht erzählt hat, habe ich auch mit einer psychiatrischen Gutachterin gesprochen. Sie hat mir erklärt, dass du an einer Anpassungsstörung leiden könntest, die einen chronischen Verlauf genommen haben könnte.«

»Ich bin nicht verrückt. Ich bin nur davon überzeugt, dass die Taten und der Täter nicht zusammenpassen. Dabei stütze ich mich auf Beobachtungen, die für jedermann nachvollziehbar sind.«

»Im Verhältnis zu den Indizien, zu dem Motiv und dem Abschiedsbrief spielen sie nur eine untergeordnete Rolle. Ich habe selten einen Fall mit einer so eindeutigen Beweislage erlebt. Ich meine auch nur, dass du der Ärztin mal einen Besuch abstatten solltest. Hier ist ihre Karte. Sie hat jeden Nachmittag von Montag bis Donnerstag Sprechstunde. Solltest du wirklich an einer chronischen Anpassungsstörung leiden, würde sich ihr Gutachten günstig auf das Urteil des Disziplinargerichts auswirken.«

»Das ist mir völlig egal. Ich will nur wissen, was mit Sofie geschehen ist.«

»Das sollte es nicht«, erwiderte Caren sanft und griff nach seiner Hand.

Toni entzog sie sofort. »Du musst mit Schmitz reden. Du musst ihm meine Bedenken schildern. Du kannst sie ja als deine eigenen ausgeben. Auf dich wird er hören.«

»Tut mir leid«, sagte Caren, tupfte sich ihre Lippen mit der

Serviette ab und stand auf. Die Spannkraft war aus ihrem Gesicht gewichen, und zum ersten Mal sah man ihr an, dass sie auf die vierzig zuging. »Ruf die Ärztin an. Und melde dich, wenn du mich privat treffen möchtest. Meine Telefonnummer hast du ja«, sagte sie, versuchte sich an einem aufmunternden Lächeln und verließ das Lokal.

Toni sah ihr nach. Er schaute noch auf die Tür, als Caren längst verschwunden war. Es fühlte sich an, als hätte er etwas verloren. Dabei hatte er genau gewusst, dass es so enden würde. Es hatte immer so geendet.

In den letzten sechzehn Jahren hatte er niemanden an sich herangelassen. Mit einer anderen Vorgeschichte hätte aus ihnen etwas werden können, aber in diesem Leben musste er sie gehen lassen. In diesem Leben würde die Erinnerung an Sofie seine einzige Begleiterin sein.

Toni zwang sich, das Vitello tonnato aufzuessen, spülte mit seiner Apfelschorle einige Schmerztabletten hinunter und bezahlte die Rechnung. Er hatte sich mit einem Naturschützer verabredet, der für Anahita Hosseini ein Mentor gewesen war. Konfrontiert mit dem gewaltsamen Tod der jungen Frau könnte er ihr Verschwinden möglicherweise neu beurteilen.

43

Eine halbe Stunde später erreichte Toni das Golmer Luch. Als letztes Moorgebiet im Berliner Umland war es 1927 zum Naturschutzgebiet erklärt worden. Nachdem es im Dritten Reich und zu DDR-Zeiten als Mülldeponie genutzt worden war, war es mittlerweile wieder zum Landschaftsschutzgebiet bestimmt worden und gewann durch die erneute Vernässung an vogelkundlicher Bedeutung zurück. Viele Arten hatten sich wieder angesiedelt.

Über den Schotterweg fuhr Toni langsam bis zur Fußgängerbrücke vor, die über die Wublitz zur Insel Töplitz führte. Er stellte den Wagen ab und bewältigte die letzten Meter gehend. Mehrere Fahrräder mit Seitentaschen lehnten an dem Brückengeländer. Auf dem höchsten Punkt saßen einige Vogelbeobachter mit Ferngläsern und nahmen Eintragungen in ihrem Notizbuch vor.

Toni hatte durch eine Internetrecherche in Erfahrung gebracht, dass Ragnar Hein neunundsiebzig Jahre alt war und früher als Tierarzt gearbeitet hatte. Von 1970 an war er als Naturschutzbeauftragter des Kreises Nauen tätig gewesen. Außerdem hatte er sich bei der Zentrale der Wasservogelforschung engagiert. Im Naturschutzbund war er von Anfang an dabei gewesen und hatte sich jahrelang als Beisitzer eingebracht. Aufgrund seines schlohweißen Haares, der ungesunden rotblauen Gesichtsfarbe und der zahlreichen Altersflecken an den Händen identifizierte Toni ihn sofort. »Haben Sie schon eine interessante Beobachtung gemacht?«, fragte er.

Ragnar Hein ließ seinen Blick über die idyllische Flusslandschaft mit der leicht gewellten Wasseroberfläche, mit den alten Weidenbäumen und dem sandfarbenen Schilfgras schweifen. »Einen Schwarzmilan und einen Seeadler«, sagte er heiser. »Vorhin auf der Feuchtwiese auch einen Waldwasserläufer, aber Sie sind nicht gekommen, um mit mir über Vögel zu plaudern.

Lassen Sie uns ein Stückchen gehen, dann stören wir die Kollegen nicht.«

Sie verließen die Brücke und spazierten sehr langsam am Ufer entlang, wo einige Angler in Campingstühlen saßen und den Feiertag genossen. Toni beschrieb kurz, was sie über Anahitas Schicksal herausgefunden hatten. »Ihre Akte ist wenig aussagekräftig. Können Sie mir etwas über ihren familiären Hintergrund erzählen?«

»Ich hab immer gewusst, dass etwas Schlimmes passiert ist«, sagte Ragnar Hein. »Sie wäre niemals fortgegangen, ohne sich zu verabschieden. Wir hatten ein inniges Verhältnis. Meine Frau war wie eine Mutter für sie.«

Nachdem sich der Naturschützer wieder gefangen hatte, erzählte er: »Anahitas Vater war im Iran ein Intellektueller, der sich für die Trennung von Religion und Staat eingesetzt hat. Er hat kritische Bücher zu ethischen Fragen verfasst und wurde jahrelang verfolgt. Bei seinem dritten Gefängnisaufenthalt ist er gestorben. Obwohl seine Frau und Kinder infolge von Sippenhaft und Folter schwere Traumata erlitten hatten, gelang ihnen die Flucht nach Deutschland. Anahita kann damals nicht älter als ein oder zwei Jahre gewesen sein. Trotzdem hat sie mir erzählt, dass sie in geschlossenen Räumen immer noch Panikattacken bekam.«

»Warum waren Sie so skeptisch, als Sie hörten, dass sie einen Drogenrückfall hatte?«

»Es stimmt schon. Sie hatte eine harte Kindheit. Ihr Vater wurde totgeprügelt, ihre Mutter starb Jahre später an den Folgen der Folterungen, und soweit ich weiß, ist sie in einer Pflegefamilie missbraucht worden, aber ich fand es bewundernswert, wie sie um ihr Leben gekämpft hat. Mit geringen Mitteln hat sie sich eine Existenz aufgebaut, auf die sie stolz war. Im Naturschutzbund engagierte sie sich leidenschaftlich. Ihr lag etwas an den Tieren. Bei ihrer Vergangenheit ist es nachvollziehbar, dass sie irgendwann zu Drogen gegriffen hat, aber später, als ich sie kennengelernt habe, ist sie nicht mehr vor ihren Problemen davongelaufen. Ihre Therapie war erfolgreich. Sie war fest entschlossen, ihre Chance zu nutzen. Die Ausbildung und der Naturschutzbund gaben ihr ein Gefühl von Zugehörigkeit. Sie trat selbstbewusst auf und wurde allseits geschätzt. Da können Sie jeden fragen, der mit ihr zu tun hatte.«

»Was geschah vor zwei Jahren? Bitte erinnern Sie sich an die Zeit zurück, als sie verschwand.«

Während Ragnar Hein geredet hatte, hatte sich sein Gesicht dunkelviolett verfärbt. Er hielt sich an Tonis Schulter fest, beugte den Oberkörper vor und sog gierig Luft ein. »Geht gleich wieder«, sagte er hechelnd. »Früher hab ich einfach zu gerne geraucht. Jetzt bekomme ich die Quittung.«

Irgendwann fühlte sich der Naturschützer kräftig genug, um den Weg fortzusetzen, und sagte heiser: »Ich muss da an ein Ereignis denken, das uns schlaflose Nächte bereitet hat. Anwohner hatten nachts am Trebelsee Schüsse gehört. Am nächsten Morgen wollten wir uns selbst ein Bild machen und sind mit dem Boot hingefahren. Tatsächlich waren unzählige Tiere getötet worden. In der Presse war später vom ›Kormoranmassaker‹ die Rede. Und dann auch noch mit Bleischrot, das für Seeadler und andere fleischfressende Tiere das reinste Gift ist.«

»Wie ist die rechtliche Situation?«

»Nach der Kormoranverordnung darf jeder Jäger mit Jagdschein die Vögel schießen. Trotzdem gibt es Einschränkungen. Am Brutgeschäft beteiligte Tiere sind tabu. Zwischen Sonnenuntergang und Sonnenaufgang dürfen sie nicht getötet werden. Und über die erlegten Kormorane muss beim Landesumweltamt Bericht erstattet werden. Die Schützen haben sich um die Vorschriften nicht geschert. Und ich kann mir auch denken, warum. Den Männern ging es nicht um eine gezielte Bestandsminderung, denen ging es nicht um Fischschutz, denen ging es einzig und allein um Zerstörung.«

»Kennen Sie die Namen?«

»Nein, aber Anahita verdächtigte einige Mitglieder von den ›Angelfreunden Werder‹, mit denen sie eine unschöne Begegnung hatte. Sie müssen wissen, dass wir in Fußgängerpassagen und bei Volksfesten regelmäßig über die Arbeit unseres Vereins informieren. Auch über den Kormoran, der übrigens ein erstaunliches Tier ist.«

»Ich weiß nur, dass er groß und schwarz ist.«

»Das ist doch schon mal was. ›Kormoran‹ kommt aus dem Lateinischen und bedeutet so viel wie Meeresrabe. Er hat eine außergewöhnliche Sehkraft, die es ihm ermöglicht, sowohl in der Luft als auch unter Wasser alles scharf zu erkennen. Seine Füße benutzt er wie Flossen, und er taucht bis in Tiefen von vierzig Metern. Zwei Minuten kommt er ohne Sauerstoffzufuhr aus. Er ist ein hochgradig spezialisierter Fischjäger. In den siebziger Jahren war er fast ausgestorben und wurde unter Schutz gestellt. Mittlerweile hat sich die Zahl der Brutpaare längst erholt. Die Schätzungen gehen auseinander, aber teilweise ist von über zwei Millionen Tieren in Europa die Rede, die jeweils bis zu einem halben Kilo Fisch am Tag verzehren, was sich natürlich auf den Bestand in den Küstenregionen und in Flüssen auswirkt. Teichwirte und Vogelschützer sind sich spinnefeind. Eine vernünftige europäische Lösung ist auch nicht in Sicht.«

»Zurück zu den Männern. Was ist damals vorgefallen?«

»Die beiden sind an Anahitas Infostand getreten und haben sich aufgeführt wie Halbstarke. Sie haben sie angepöbelt und deuteten an, für das Massaker am Trebelsee verantwortlich zu sein oder die Täter zumindest zu kennen. Am Ende posaunten sie herum, dass das erst der Anfang gewesen sei.«

»Demnach hätten sie sich in aller Öffentlichkeit mit einer nicht unerheblichen Ordnungswidrigkeit gebrüstet. War das nicht dumm?«

»Wieso? Vor einer strafrechtlichen Verfolgung mussten sie keine Angst haben. Es gab keine Beweise. Und wer interessiert sich schon für ein paar tote Kormorane?«

»Wie hat Anahita auf die Drohungen reagiert?«

»Sie hat gesagt, dass sie etwas unternehmen wolle. Wir haben lange darüber diskutiert. Und schließlich hab ich ihr vorgeschlagen, einige Wildkameras in der Brutkolonie zu installieren. Sie reagieren auf Bewegung und Wärme und machen auch nachts gute Aufnahmen.«

»Sie wollten die Schützen aufnehmen, um gerichtlich gegen sie vorzugehen?«

»Ganz genau. Ich weiß nicht, ob Anahita den Vorschlag umgesetzt hat. Wenn, dann hat sie die Kameras von ihrem eigenen Geld gekauft. Wenige Tage später bekam ich wieder einen Anruf von Anwohnern. Ich konnte Anahita nicht erreichen und bin deshalb alleine zur Brutkolonie gefahren. Es war bei Weitem nicht so schlimm wie beim ersten Mal, aber es waren wieder Vögel erschossen worden.«

»Beim zweiten Mal sind weniger Tiere getötet worden?«

»Genau.«

»Haben Sie sich mal gefragt, warum?«

»Worauf wollen Sie hinaus?«

»Vielleicht sind die Schützen unterbrochen worden. Vielleicht hat Anahita sie gestoppt und ihnen gedroht. Bis zu diesem Zeitpunkt hatten die Männer nur geprahlt, aber jetzt hatte jemand ihr nächtliches Treiben beobachtet, vielleicht sogar gefilmt. Sie mussten befürchten, zur Verantwortung gezogen zu werden.«

»So könnte es gewesen sein.«

»Warum haben Sie nichts unternommen? Ihr Verschwinden muss Ihnen doch verdächtig vorgekommen sein.«

»Das hab ich doch. Anahita war nicht zu unserem wöchentlichen Treffen erschienen, und ich habe sofort bei ihr zu Hause vorbeigeschaut und im Hotel angerufen. Ihr Chef teilte mir mit, dass sie auch nicht zur Arbeit gekommen sei und dass er bereits eine Vermisstenanzeige aufgegeben habe. Ich bin dann zum Polizeirevier Werder gegangen und habe die Vermutung geäußert, dass ihr Verschwinden mit dem Kormoranmassaker zu tun haben könnte. Der zuständige Polizist hat mir versichert, dass er diesem Hinweis nachgehen und sich melden würde, sobald er etwas herausbekommen würde. Ein paar Tage später kam die SMS aus Amsterdam.«

»Das ist seltsam. Normalerweise werden alle wichtigen Aussagen protokolliert. Ihr Verdacht hätte die nötige Relevanz gehabt. In der Ermittlungsakte ist jedoch lediglich vermerkt, dass Sie routinemäßig befragt wurden, weil Sie für Anahita im Natur-

schutzbund ein Mentor waren und sie persönlich gut kannten. Der bearbeitende Polizist hat mit einem Kürzel unterzeichnet, das ich nicht entziffern konnte. Wissen Sie noch, wie er hieß?«
»Natürlich. Ich hab ihn mehrmals angerufen, weil ich einfach nicht glauben konnte, dass sie weggelaufen ist, ohne sich zu verabschieden. Mit seinem tumben Geschwafel hat er mich ganz verrückt gemacht. Lohse hieß er. Polizeihauptmeister Lohse.«

Toni erinnerte sich sofort, dass er dem Beamten vor Kurzem begegnet war. Am zweiten Tatort war Lohse in ein Gespräch mit Kriminalrat Schmitz vertieft gewesen. Später hatte er Gesa zum Haus des zweiten Opfers geführt. Der Mann war ihm aufgrund seines äußeren Erscheinungsbildes und seines Verhaltens verdächtig erschienen. Festzuhalten war, dass er die Ermittlungsakte nicht ordnungsgemäß geführt hatte. War es absichtlich geschehen? War er vielleicht der geheimnisvolle Unbekannte, der Reiner Stein die Morde in die Schuhe geschoben hatte?

Sie waren sehr langsam Richtung Golm spaziert. Der Rücken des Naturschützers hatte sich immer mehr gekrümmt. Plötzlich streckte er ihn durch, und seine Miene hellte sich auf.

»Lauschen Sie mal«, flüsterte er heiser. »Dieses ›Du-lio-lia‹. Das ist der Ruf des Pirols. Ich höre ihn dieses Jahr zum ersten Mal. Es war einer der Lieblingsvögel von Anahita. Vielleicht können wir ihn irgendwo entdecken.« Ragnar Hein spitzte die Lippen und imitierte den Ruf pfeifend. Hinterher musste er Atem schöpfen, aber seine Anstrengungen wurden belohnt. Es dauerte nicht lange, bis er eine Antwort erhielt. »Sehen Sie mal«, sagte er erfreut und zeigte hoch in eine Baumkrone. »Da sitzt ein Männchen.«

Toni blickte zu dem stabilen Ast hoch und verstand sofort, warum Anahita diesen Vogel gemocht hatte. Er sang nicht nur klangvoll, sondern war mit dem leuchtend gelben Rumpf auch ein Blickfang.

Toni begleitete den Naturschutzmann zurück zur Fußgängerbrücke, bedankte sich für die Unterstützung und begab sich zum Auto. Er musste herausfinden, wer Anahita vor zwei Jahren am Infostand angepöbelt hatte.

44

Toni brauchte eine Viertelstunde, bis er mit seinem Smartphone die Adresse der »Angelfreunde Werder« herausgefunden hatte. Immer wieder hängte sich das Gerät auf und zeigte an, dass die Internetverbindung unterbrochen war. Mit einem Anruf bei Phong hätte er sich diese Geduldsprobe sparen können, aber er wollte ihn nicht um Hilfe bitten, wenn es nicht unbedingt erforderlich war.

Der Angelclub lag an der Havel, nicht weit vom Zentrum der Inselstadt Werder entfernt, und war 1952 gegründet worden. Aktuell hatte er hundertzwölf Mitglieder. Die Steganlage bot Liegeplätze für siebzig Boote. Toni erreichte das Gelände nach zwanzig Minuten und rollte auf den staubigen Parkplatz, auf dem bereits zahlreiche Pkws abgestellt waren. Nur mit Mühe fand er noch eine Lücke.

Vorbei an einem Anhänger, der noch vom Festumzug mit Wimpeln, Netzen und Plastikfischen geschmückt war, ging er auf das Vereinsheim zu. Vor dem einstöckigen Gebäude saßen mehrere Mitglieder und tranken Bier. Er fragte einen Strohhutträger nach dem Obmann und wurde zum Grill geschickt, wo ein beleibter Endfünfziger Krakauer, durchwachsene Steaks und Spareribs mit einer Zange wendete. Über einem blau-weißen Fischerhemd trug er eine Kochschürze in den Deutschlandfarben.

Toni stellte sich als ermittelnden Kriminalbeamten vor, erklärte den Grund seines Hierseins und fragte schließlich: »Waren Klaus Hartwig, Olaf Wendisch und Reiner Stein Mitglieder in Ihrem Verein?« In den Augenwinkeln bemerkte er, dass die Gardine am Vereinsheim zur Seite geschoben wurde und dann wieder zurückfiel.

Eine Flamme züngelte von der Kohle hoch, und der Obmann löschte sie mit einem Guss aus der Bierflasche. Es zischte, und ein würziges Aroma verbreitete sich. »Ja, ja, die waren hier über zwanzig Jahre Mitglieder«, sagte er. »Vor ein paar Monaten haben wir sie ausgeschlossen.«

Treffer, dachte Toni. Sein Verdacht hatte sich bestätigt. Es war also davon auszugehen, dass Anahita ihre späteren Mörder gekannt hatte. »Was ist vorgefallen?«

»Die haben jahrelang die Arbeitseinsätze geschwänzt und die Mitgliedsbeiträge nicht bezahlt. Ich meine, die machen überall auf dicke Hose, und dann drücken sie sich um ein paar Euro. Das ist doch lächerlich. Als wir Klaus und Olaf dann letztes Weihnachten erwischt haben, wie sie beim Preisskat betrogen haben, war das Fass übergelaufen. Ist natürlich schlimm, was mit ihnen passiert ist. So etwas wünscht man niemandem, aber hier werden Sie keinen finden, der ihnen eine Träne nachweinen würde.«

In diesem Moment traf Jan Hartwig auf einem klapprigen Fahrrad ein. Sein Haar war dunkel nachgewachsen, und er trug Stoffturnschuhe. Der Skinhead von vor ein paar Tagen sah aus wie ein ganz normaler Jugendlicher. War er eine multiple Persönlichkeit oder einfach nur wandelbar? Er wurde auf Toni aufmerksam und grüßte ihn zurückhaltend mit einem Kopfnicken. Nachdem er sich eine Flasche Bier aus dem Kasten genommen hatte, setzte er sich zu einigen älteren Sportskameraden auf die Bank.

Toni musste daran denken, dass er noch nicht dazu gekommen war, Jans Exfreundin zu befragen. Ihr sexuelles Verhältnis zum Vater wäre ein starkes Mordmotiv gewesen. Vielleicht war sie auch zu einem Gangbang genötigt worden. Vielleicht war sie sogar verschwunden und ein weiteres Opfer der Männer. Er würde Phong eine Textmitteilung mit der Bitte um Überprüfung schicken.

Toni wandte sich wieder dem Obmann zu und fragte: »Der Vater wurde rausgeschmissen, aber der Sohn ist im Verein geblieben?«

»Zuerst hat er sich auch rargemacht, Klaus wollte es wohl so, aber einige Monate später ist er zu mir gekommen und hat gefragt, ob er nicht wieder dabei sein dürfe. Na klar, hab ich gesagt. Wir sind doch keine Unmenschen. Der Jan hat sich nichts zuschulden kommen lassen und muss nicht für die Sünden seines Vaters bezahlen. Eine Sippenschuld gibt es glücklicherweise nicht mehr.«

»Da bin ich ganz Ihrer Meinung.«

»Sagen Sie mal – wollen Sie auch ein Bier? Sie gucken so durstig. Für unsere Freunde von der Polizei haben wir bestimmt noch ein Fläschchen im Kasten.«

»Nein, danke«, sagte Toni. In seiner Hosentasche presste er schnell zwei Tabletten aus dem Silberpapier, warf sie in den Mund und zerkaute die bitteren Pillen. »Sind Klaus Hartwig und Olaf Wendisch sonst noch auffällig gewesen?«

»Sonst noch? Wie meinen Sie das? Ich finde, das war schon eine ganze Menge.«

»Stichwort Kormoranmassaker.«

»Ach so. Jetzt verstehe ich, worauf Sie hinauswollen.«

»Und?«

Der Obmann atmete tief ein. »Wir leben hier in einer Gegend mit einer reizvollen Landschaft und einer großen Artenvielfalt. Die Mitglieder unseres Clubs suchen ein Naturerlebnis. Wir sind Tierfreunde und keine Schlächter. Sie haben recht. Wir wurden tatsächlich verdächtigt, für das Kormoranmassaker verantwortlich zu sein, aber die ›Angelfreunde‹ haben nichts damit zu tun. Das kann ich Ihnen versichern. Wir sind nicht gerade Fans des Vogels, aber so etwas hätten wir niemals gebilligt. Natürlich kann man bei über hundert Mitgliedern nicht für jeden die Hand ins Feuer legen … Wir hatten eine Vermutung, wer dahinterstecken könnte. Olaf war von dem Kormoranthema besessen und soll auch verrückte Videos produziert haben. Unser Vertrauensmann hat ihn darauf angesprochen. Olaf hat es abgestritten. Niemand hat ihm geglaubt, aber was sollten wir machen? Wir hatten keine Beweise. Wenn wir welche gehabt hätten, hätten wir ihn sofort aus dem Verein entfernt. Wollen Sie nicht wenigstens eine Krakauer?«

»Da sage ich nicht Nein«, erwiderte Toni. Nur wenig später tunkte er die Wurst in Senf und biss ab. Sie war außen kross, innen saftig und schmeckte wunderbar würzig. »Kennen Sie eine junge Frau namens Anahita Hosseini?«

»Nie gehört, den Namen. Wer soll das sein?«

»Eine junge Frau mit iranischen Wurzeln, die sich im Naturschutzbund engagiert hat. Vielleicht war sie mal hier, um sich nach dem Kormoranmassaker zu erkundigen?«

»Nicht, dass ich wüsste. Sind Sie eigentlich Angler? Wir sind immer an der Rekrutierung neuer Sportskameraden interessiert.«

Toni lachte und sagte, dass er sich sofort melden würde, falls er jemals sein Interesse am Fischen entdecken sollte. Noch nie hätte er eine so gute Krakauer gegessen.

Wenig später bedankte er sich für die Auskünfte. Er hatte in Erfahrung gebracht, was er wissen wollte, und begab sich zum Auto, als er sah, dass ihm Kriminalrat Schmitz vom Parkplatz entgegenkam.

»Sanftleben«, sagte sein Vorgesetzter. »Wenn sich herausstellen sollte, dass Sie Ermittlungen angestellt haben, wird das Konsequenzen für Sie haben. Das ist Ihnen hoffentlich klar?«

»Woher wissen Sie, dass ich hier bin?«

In diesem Augenblick kam Polizeihauptmeister Lohse aus dem Vereinsheim und trat neben sie. Er trug ein kurzärmeliges Hemd und eine ausgewaschene Jeans. Offenbar war er ebenfalls Mitglied bei den »Angelfreunden«. »Ich hab ihn angerufen«, sagte der Mann und warf sich in die Brust, als hätte er eine Heldentat vollbracht.

Toni lächelte grimmig. »Gut, dass Sie da sind. So erspare ich mir einen Besuch bei Ihnen zu Hause. Ich kenne Ihr Geheimnis, Lohse. Sie haben die Ermittlungsakte von Anahita Hosseini frisiert. Sie haben eine Aussage des Naturschutzmannes Ragnar Hein unterschlagen. Die Informationen hätten den Vermisstenfall in ein völlig anderes Licht getaucht und Ermittlungen nach sich gezogen, die Sie unterbunden haben. Damals ist Ihnen niemand auf die Schliche gekommen, aber ich werde das nicht hinnehmen. Legen Sie sich schon mal eine Aussage zurecht, denn es wird nicht lange dauern, bis ich die Wahrheit herausgefunden habe.«

»Sanftleben, was bilden Sie sich ein?«, sagte Schmitz. »Polizeihauptmeister Lohses Integrität ist über jeden Zweifel erhaben. Sie sind immer noch suspendiert! Sie werden überhaupt nichts herausfinden und sehen jetzt lieber zu, dass Sie verschwinden – und zwar schnell.«

»Hauptkommissar Sanftleben bitte«, erwiderte Toni. »Sie sollten sich gut überlegen, wen Sie da schützen. Bestechliche Polizeibeamte zu protegieren, könnte sich nachteilig auf Ihre Karriere auswirken. Und für Ihre Ernennung zum Leiter des Führungsstabes sehe ich auch schwarz. Wenn ich Sie wäre, würde ich noch vor der Pressekonferenz den Naturschutzmann Ragnar Hein zum Verhör einbestellen und schleunigst herausfinden, warum Polizeihauptmeister Lohse die Vermisstenakte manipuliert hat.«

45

In der Nacht vom 1. auf den 2. Mai gab es einen Temperatursturz, der seinen Tiefpunkt am Freitagmorgen bei vier Grad Celsius erreichte. Durch die Bullaugen des Hausbootes konnte Toni beobachten, wie Böen über die Wasseroberfläche der Neustädter Havelbucht peitschten. Immer wieder gingen Schauer nieder, die laut auf das Oberdeck prasselten. Der Schiffskörper wiegte sich hin und her, und irgendwo ächzte eine Holzdiele.

Obwohl Toni den Ofen angeheizt hatte, schlotterte er so sehr, dass er sich eine Kamelhaardecke über die Schultern legte. Sein Kopf dröhnte, seine Beine kamen nicht zur Ruhe. Er fühlte sich ausgelaugt und fragte sich, ob er unter Entzugserscheinungen litt. Mehrmals schmiss er Schmerz- und Beruhigungstabletten ein, um die ärgsten Symptome zu lindern. Um vierzehn Uhr klingelte endlich sein Smartphone, und er nahm den Anruf entgegen.

»Phong«, sagte er. »Erzähl. Was gibt es Neues?«

»Mit deiner SMS, die du mir gestern Abend geschickt hast, hast du recht behalten. Schmitz hat heute Morgen Ragnar Hein einbestellt und ihn zu dem Verschwinden von Anahita Hosseini befragt. Die Aussage des Naturschutzmannes wirft tatsächlich ein anderes Licht auf den Fall, aber im Ergebnis ändert sich nichts.«

»Wieso? Bisher sind wir von zwei Sexualmorden ausgegangen. Jetzt hat es den Anschein, als wäre die junge Frau wegen des Kormoranmassakers getötet worden.«

»Stimmt, und wir haben diesen Punkt unter Hinzuziehung des Polizeipräsidenten auch diskutiert. Doch selbst wenn ein anderes Mordmotiv vorliegt, als wir ursprünglich angenommen haben, ändert das nichts an der Täterschaft. Festzuhalten bleibt, dass Klaus Hartwig, Olaf Wendisch und Reiner Stein an der Suchaktion nach Sofie teilgenommen haben und dass sie Anahita Hosseini wahrscheinlich als Naturschützerin kannten. Eine Verbindung zu beiden Opfern kann festgestellt werden. In der Waldhütte wurden die Besitztümer der Frauen gefunden, außerdem Säuren und Laugen, um die Leichname aufzulösen. Aus welchem Grund sie getötet wurden, ist nebensächlich. Insbesondere, weil die DNA-Analyse positiv ausgefallen ist. Staatsanwältin Winter hat sie gestern Mittag in Auftrag gegeben, und sie wurde mit höchster Priorität durchgeführt. Die bisherigen Übereinstimmungen lassen keinen Zweifel daran aufkommen, dass das Sperma, das wir auf dem ersten Foto sichergestellt haben, von Reiner Stein stammt.«

»Welchen Grund sollte er gehabt haben, auf das Foto zu ejakulieren?«

»Muss ich deiner Phantasie wirklich auf die Sprünge helfen? Vielleicht hat ihn Sofies Anblick an etwas erinnert, vielleicht hat er das Foto als Onaniervorlage benutzt und sich dafür gehasst. Es wäre doch denkbar, dass ihn die Vorfälle einerseits erregt und andererseits abgestoßen haben. Diesen Widerspruch konnte er nur lösen, indem er zum großen Rundumschlag ausgeholt hat.«

»Was ist mit Polizeihauptmeister Lohse? Warum hat er die Akte frisiert?«

»Arbeitsüberlastung.«

»Arbeitsüberlastung? Das hat er gesagt? Das glaubt er doch selbst nicht. Da muss etwas anderes hinterstecken.«

»Selbst wenn – du wirst es ihm nicht nachweisen können.«

»Hast du dich nach der Exfreundin von Jan Hartwig erkundigt?«

»Ja, gleich heute Morgen habe ich ihre Eltern angerufen. Sie haben gesagt, dass sich das Mädchen große Vorwürfe gemacht und die Affäre zutiefst bereut hat. Als die Tratschereien zu schlimm wurden, hat sie die Schule geschmissen und ist nach Mallorca abgehauen, wo sie zurzeit als Animateurin jobbt. Ihre Eltern kriegen ab und zu eine E-Mail von ihr, damit sie wissen, dass es ihr gut geht.«

»Haben sie ihre Tochter gesehen? Haben sie ein richtiges Lebenszeichen erhalten?«

»Verrenn dich nicht, Toni. Wenn die drei Männer das Mädchen umgebracht hätten, hätten wir ihre sterblichen Überreste ebenfalls an der Waldhütte gefunden.«

»Aber die Tatausführung passt einfach nicht zu Reiner Stein.«

»Du spielst auf den Zustand der Wohnung und der Waldhütte an. Ich verstehe das, aber wir haben auch andere Erklärungsansätze diskutiert.«

»Und die wären?«

»Vielleicht war er mit der Planung und Durchführung der Morde so sehr beschäftigt, dass er einfach keine Zeit hatte, um aufzuräumen. Deshalb hat sich der ganze Dreck angesammelt.«

So einfach war es garantiert nicht, und Toni lag eine spitze Bemerkung auf der Zunge, aber er verkniff sie sich. Er durfte seinen Frust nicht an Phong auslassen, der loyal zu ihm gestanden hatte. Er bedankte sich für die Informationen, unterbrach die Verbindung und setzte sich an den Kombüsentisch.

Während er den Zuckerstreuer hin und her schob, dachte er über den großen Unbekannten nach. Gab es ihn wirklich, oder war er nur ein Hirngespinst? Klammerte er sich an ihn, damit ein Hoffnungsschimmer bestand, dass Sofie noch am Leben war? Wenn jemand tatsächlich alles arrangiert hatte, musste er beide Frauen gekannt und einen guten Grund gehabt haben, Reiner Stein alles in die Schuhe zu schieben. Sein Bauchgefühl sagte ihm, dass es Polizeihauptmeister Lohse nicht war. Dazu war der Mann zu einfach gestrickt, dazu fehlte ihm die Raffinesse. Momentan kam Toni die Theorie von dem Hintermann ebenfalls abenteuerlich vor. Vielleicht hatten Phong und Caren recht. Vielleicht hatte er den Blick für das Wesentliche verloren. So eindeutig war eine Spurenlage selten gewesen.

Er rieb sich die Schläfen und begab sich auf die Suche nach ein paar Schlaftabletten. Er wollte zur Ruhe kommen, er wollte die Augen schließen und alles für ein paar Stunden vergessen. Vielleicht würde er hinterher klarer sehen.

46

Eigentlich hatte er nicht damit gerechnet, dass sein Plan so perfekt aufgehen würde. Wenn Menschen beteiligt waren, gab es immer unkalkulierbare Risiken, die unmöglich vorauszusehen waren. Trotzdem hatte er jede Reaktion der beteiligten Protagonisten richtig eingeschätzt. Jetzt würde sogar noch eine Pressekonferenz stattfinden.

Er schaltete den Fernseher ein, wählte das Regionalprogramm und setzte sich in den Sessel. Das gestochen scharfe Bild zeigte einen langen Tisch, auf dem mehrere schwarze Mikrofone standen. Hinter dem Tisch saßen eine attraktive Blondine in einem dunkelblauen Kostüm, ein breitschultriger, älterer Mann, der goldene Rangabzeichen auf den Schulterstücken seiner Uniform trug, und eine kurzhaarige brünette Frau, die nervös ihre Finger knetete. Sie hatte eine Polizeijacke mit weißem Schriftzug, ein hellblaues Hemd und ein dunkelblaues Plastron an. Hinter den drei Personen war ein Schild aufgestellt worden, das den Schriftzug »Polizeipräsidium Potsdam« und die Umrisse des Bundeslandes Brandenburg zeigte. Ein Blitzlichtgewitter ging über der Szene nieder. Man hörte das Klicken der Digitalkameras, Getuschel und Stuhlrücken.

Aus dem Off erklang die Stimme eines Fernsehjournalisten, der die Zuschauer informierte, dass man hinterher auch die Fragen live übertragen würde. Bei dem folgenden Studiogespräch würde man die Ermittlungsergebnisse mit einem Kriminologen und einem Juristen erörtern und weitere Hintergrundinformationen liefern. Insbesondere würde man Bildmaterial von dem Fundort auf der Insel Töplitz zeigen.

»Guten Tag«, sagte die brünette Frau plötzlich. »Ich darf Sie zur heutigen Pressekonferenz begrüßen. Mein Name ist Angelika Beule-Schmitt, und ich bin die Pressesprecherin des Polizeipräsidiums. Frau Staatsanwältin Winter und Herr Polizeipräsident Kien werden Sie heute auf den aktuellen Stand der beiden Tötungsdelikte bringen, die letzten Samstag in Potsdam und am Montag in Werder begangen wurden. Wie Sie ja schon wissen, hängen die beiden Tötungsdelikte mit zwei Frauen zusammen, die seit sechzehn beziehungsweise seit zwei Jahren vermisst waren. Auch darüber werden wir Sie ausführlich informieren. Ich habe noch zwei Anliegen an Sie: Bitte schalten Sie Ihr Handy aus und stellen Sie sich kurz vor, bevor Sie eine Frage an uns richten. Damit möchte ich auch schon weitergeben an Herrn Kien ...«

Der Polizeipräsident ergriff das Wort und genoss es sichtlich, im Zentrum der Aufmerksamkeit zu stehen. Dass er die Aufgabe selbst übernommen hatte, zeigte, welchen Stellenwert er diesem Fall einräumte. In seine Erörterungen band er immer wieder die aparte Staatsanwältin ein, die sachliche, knappe und präzise Erklärungen formulierte, um dann charmant lächelnd den Ball zurückzuspielen.

Die Ausführungen liefen darauf hinaus, dass zwei junge Frauen Opfer von drei Männern geworden waren. Möglicherweise hatten die Tötungen einen sexuellen Hintergrund. Später hatte der Hilfsarbeiter Reiner S. Gewissensbisse bekommen und zunächst seine beiden Mittäter und dann sich selbst gerichtet. Es war ein Kriminalfall, der nicht nur den Medien phantastische Schlagzeilen liefern würde, sondern auch für die Polizei ein gefundenes Fressen war. Trotz des komplexen Sachverhalts konnte eine beinahe lückenlose Aufklärung präsentiert werden, die geeignet war, das Vertrauen der Bürger in die Kompetenz der Behörden wiederherzustellen.

Obwohl die Pressekonferenz noch andauerte, schaltete er den Fernseher aus. Er hatte genug gesehen. Nach diesem Schritt an die Öffentlichkeit würde es für die Polizei kein Zurück mehr geben. Sie würde einen Fehler nur noch eingestehen, wenn unwiderlegbare Beweise vorlägen. Und solche gab es – abgesehen von gestochen scharfem Bildmaterial – in einem Indizienprozess fast nie.

Als der Festnetzanschluss klingelte, nahm er den Anruf entgegen. Es war Alexander Kuschel, ein Bekannter, der ihn zu einem geselligen Abend einlud. Ein gemeinsamer Freund hatte Geburtstag, und man wollte auf ihn anstoßen.

»Am Sonntag um zwanzig Uhr auf dem Marktplatz«, sagte er zur Bestätigung. »Ich werde da sein.«

»Toll«, sagte Alexander Kuschel. »Er wird sich riesig freuen. In letzter Zeit hast du dich ja eher rargemacht.«

»Übermorgen bin ich wieder dabei«, erwiderte er, beendete das Gespräch und stellte das Telefon zurück auf die Ladestation. Er trat ans Fenster und schaute auf die Föhse. Die Wasseroberfläche war leicht gewellt. Das Treffen würde ihm eine gute Gelegenheit bieten, um mit allen zu reden und seinen Abschied aus der Stadt vorzubereiten. Es gab keinen Grund, um Hals über Kopf das Weite zu suchen. Das wäre nur verdächtig, außerdem suhlte sich die Polizei in ihrem Ermittlungserfolg. Trotzdem bestand eine Restgefahr, dass irgendjemandem irgendwann doch noch Zweifel kamen.

47

Nachdem er sich bereits am Samstag ausgeruht hatte, blieb Toni auch den ganzen Sonntag auf dem Hausboot. An seinem Nacken hatte sich ein Ausschlag gebildet, und er fühlte sich krank. Er nahm sich vor, am Montag einen Arzt aufzusuchen, wenn sich sein Zustand nicht besserte.

Er schlief viel und schaute Dokumentationen im Fernsehen. Wenn auf irgendeinem Sender der Fall erwähnt wurde, schaltete er sofort um und vermied es, sich über die Berichterstattung aufzuregen. Die Sehnsucht nach einem Drink betäubte er, indem er Tabletten einwarf, die ihn auch kopflahm machten. Vielleicht konnte er wegen seines benebelten Verstands nicht akzeptieren, dass der Fall gelöst war. Auszuschließen war das nicht, aber im Grunde glaubte er nicht daran. Er hatte sich vorgenommen, ein ganzheitliches Fazit zu ziehen, sobald er wieder fit sein würde. Nach wie vor hielt er seine Zweifel für berechtigt, und wenn sie sich nicht zerstreuen ließen, würde er losgehen und Fragen stellen. Da konnten ihm Kriminalrat Schmitz und der Polizeipräsident noch so viele Zwangsmaßnahmen androhen. Einschüchtern würden sie ihn nicht.

Gegen neunzehn Uhr kam Aroon nach Hause, und sie aßen gemeinsam zu Abend. Hinterher spielten sie eine Partie Schach, die sein Sohn mit einer ungewöhnlichen Eröffnung in wenigen Zügen gewann. Toni bedauerte, dass er kein besserer Gegner gewesen war, und er nahm sich vor, zur Vorbereitung auf das nächste Match ein Strategiebuch zur Hand zu nehmen. Er setzte einen Tee auf und hörte Aroon zu, der über das Studium, über eine neue Software-Idee und den Devisenmarkt sprach. Dabei zappelte er mit seinen langen Gliedmaßen unentwegt herum.

Schließlich ließ sich Toni zu einer Spritztour mit dem Auto überreden. Als Siebzehnjähriger hatte Aroon zwar die Führerscheinprüfung bestanden, aber er durfte nur mit einer Begleitperson am Straßenverkehr teilnehmen. Während sein Sohn den

Peugeot durch die Nacht lenkte, hörte Toni den Nachrichten zu. Von draußen strahlten die Laternen in den Wagen. Auf dem Gehweg fuhren einige Jugendliche mit Skateboards vorüber, die bei genauer Betrachtung schon um die dreißig Jahre alt sein mussten. Und dann kam der Wald. Zwischen den Stämmen gähnte die Dunkelheit. Aroon war Richtung Geltow gefahren. Er überquerte die Havelbrücke, und plötzlich waren sie in Werder. Toni registrierte es mit Verwunderung. Die Stadt schien ihn einfach nicht loszulassen. Später sollte er sich oft fragen, ob die Spritztour Fügung gewesen war.

»Das Baumblütenfest läuft ja noch«, sagte Aroon überrascht. »Da fällt mir ein, dass heute das Höhenfeuerwerk stattfindet.«

»Würdest du es dir gerne ansehen?«

»Nur, wenn es für dich kein Problem ist.«

Toni horchte in sich hinein. Vielleicht lag es an seinem angeschlagenen gesundheitlichen Zustand, vielleicht an der Wirkung der Tabletten, aber er konnte keine Misstöne in sich feststellen. Er fürchtete lediglich, dass die zahlreichen Bier- und Obstweinstände ihn in Versuchung führen könnten, aber in Begleitung seines Sohnes würde er sich zurückhalten können. »Einverstanden«, sagte er.

Nachdem sie einen Parkplatz gefunden hatten, überquerten sie die Brücke zu Fuß. Auf der Insel schallte ihnen aus unterschiedlichen Richtungen Musik entgegen. Betrunkene Festbesucher mit roten Gesichtern konnten sich kaum noch auf den Beinen halten. Trotzdem schütteten sie den Obstwein weiter in sich hinein. Einige Sanitäter standen bereit, um sie nach dem Zusammenbruch zu versorgen. Toni fragte sich, ob er auch so entmenschlicht ausgesehen hatte, wenn er sich betrunken hatte.

Auf dem Marktplatz entdeckte Aroon einen Kommilitonen an einem Bierstand und war schnell in ein mathematisches Gespräch vertieft, in dem mit Formeln und Fremdwörtern jongliert wurde. Toni stand daneben, vergrub die Hände in den Hosentaschen und fühlte sich entbehrlich. Er beobachtete ein Mädchen, das stolz einen blauen Delphinluftballon an einer Schnur ausführte. Dabei überlegte er, ob er sich und den Jungs eine Krakauer besorgen sollte. Vorgestern war er auf den Geschmack gekommen.

Während er nach einer Würstchenbude Ausschau hielt, fiel ihm eine Gruppe auf, die an einem langen Biertisch saß. Es waren Mitglieder der »Angelfreunde Werder«. Der Obmann, Jan Hartwig und Polizeihauptmeister Lohse waren zu erkennen. Auch Kriminalrat Schmitz und der Fischer Peter Herrmann waren darunter. In dieser Kleinstadt war wohl jeder mit jedem bekannt.

Gerade reichte der Obmann eine Karte und einen Kugelschreiber an Jan Hartwig weiter. Toni mutmaßte, dass es sich um eine Unterschrift für ein Geschenk handeln könnte, und dann sah er noch etwas. Er begriff, dass diese Beobachtung alle bisherigen Ermittlungsergebnisse über den Haufen warf. Sie war das fehlende Bindeglied, nach dem er gesucht hatte. Er hatte es die ganze Zeit vor Augen gehabt, aber er hatte es einfach nicht gesehen. Wie blind war er doch gewesen!

Mit angehaltenem Atem trat er zurück und stellte sich hinter den schmalen Rücken seines Sohnes. »Aroon«, sagte er, »es tut mir leid, aber ich habe noch etwas Berufliches zu erledigen.«

»Ich dachte, dass du suspendiert bist«, sagte sein Sohn und fügte dann mit einem Blick auf seinen Kommilitonen an: »Äh, tut mir leid, Papa. Das ist übrigens Lukas. Wir besuchen zusammen ein Seminar und haben über eine Aufgabe diskutiert, die uns unser Professor gestellt hat, aber wenn du willst, können wir auch weiterziehen.«

»Nein, nein. Unterhaltet euch ruhig. Ich muss nur etwas Wichtiges erledigen und weiß nicht, wie lange es dauert. Kannst du später ein Taxi nehmen?«

Toni klärte schnell die Einzelheiten und verbarg sich dabei so, dass er vom Marktplatz aus nicht gesehen werden konnte. Er verabschiedete sich schnell, bewegte sich in geduckter Haltung Richtung Havel und bog in die erste Seitenstraße ab. Er zückte sein Smartphone und rief Phong an.

»Ich weiß, dass es spät ist«, sagte Toni, »aber ich brauche die Meldeadresse einer männlichen Person.«

»Wieso? Was ist denn los?«

»Das ist zu kompliziert, um es dir mit wenigen Worten zu erklären, und du würdest es mir auch nicht glauben. Gib mir einfach die Anschrift.«

»Ich bin sowieso noch eingeloggt«, sagte Phong, ließ seine Finger über die Tastatur springen und gab schließlich Straße und Hausnummer durch.

»Danke. Ich melde mich, wenn es etwas Neues gibt.«

Mit seinem Smartphone rief Toni Google Maps auf und gab die Adresse ein. Die Person wohnte nur wenige hundert Meter entfernt. Hier auf der Insel!

***

Er hatte Toni Sanftleben sofort gesehen, als er auf den Marktplatz geschlendert war. Er wusste nicht, ob der Hauptkommissar misstrauisch geworden war, aber er musste herausfinden, warum er mit gesenktem Kopf und eingezogenen Schultern davongeschlichen war. Das hatte verdächtig gewirkt.

In der Verfolgung einer Person hatte er mittlerweile einige Erfahrungen gesammelt. Er wusste genau, wie groß er den Abstand halten musste und wie viel Zeit er verstreichen lassen musste, ehe er ebenfalls um eine Straßenecke biegen konnte. Glücklicherweise hatte er vorhin seine Schuhe mit den Gummisohlen angezogen, sodass er sich geräuschlos fortbewegen konnte.

Je länger er Toni Sanftleben folgte, desto gewisser wurde er, wohin der Hauptkommissar unterwegs war. Er hatte also eins und eins zusammengezählt. Jetzt würde ihm nichts anderes übrig bleiben, als schnell und entschlossen zu reagieren.

***

Unterwegs begegnete Toni keiner Menschenseele. Die Anwohner waren entweder auf dem Festplatz, oder sie versammelten sich bereits an der Regattastrecke, um sich einen guten Platz für das Höhenfeuerwerk zu sichern.

Da durchzuckte ein stechender Schmerz seinen Nacken und den rechten Arm. Die Nervenstränge fühlten sich wund und entzündet an. Ihm wurde schwummrig vor Augen, und er musste sich an der Hauswand abstützen, um nicht umzukippen. Ich werde doch jetzt nicht schlappmachen, dachte er und drückte einige Tabletten aus dem Silberpapier, die er zerkaute und runterschluckte.

Nachdem er wieder zu Kräften gekommen war, setzte er seinen Weg fort. Über dem Eingang des Mietshauses stand eine Nummer. Durch die vergitterte Rauchglasscheibe konnte er sehen, dass es im Flur dunkel war. In wenigen Sekunden hatte er das Schloss geöffnet, er hastete an den Briefkästen vorbei und stieg leise die Treppe hoch. Mit seiner Taschenlampe leuchtete er auf die Namensschilder und wurde erst im obersten Stockwerk fündig.

Auch das zweite Schloss stellte Toni vor keine größeren Probleme. Vorsichtig drückte er die Tür auf und trat in die Wohnung. Sofort stieg ihm ein Zitrusgeruch in die Nase, so als wäre erst kürzlich gewischt worden.

Er ging durch den Flur in die Küche, wo sogar die Spüllappen akkurat gefaltet waren. Jedes Messer, jedes Glas und jedes Geschirrhandtuch war an seinem Platz. Im Kühlschrank befand sich nicht ein einziges Lebensmittel, von dem die Haltbarkeit überschritten war. So aufgeräumt und ordentlich hatte sich Toni die Wohnung des Täters vorgestellt.

Der erste Eindruck wurde in den anderen Räumen bestätigt. Der Fliesenboden in dem kleinen Badezimmer war so sauber, dass man von ihm hätte essen können. Im Wohnzimmer waren die Bücher und DVDs alphabetisch geordnet, und im Schlafzimmer hingen die Winter- und Sommersachen sorgsam getrennt in verschiedenen Abteilen des Kleiderschranks.

Toni war so sehr in seine Beobachtungen vertieft, dass er nicht hörte, wie die Wohnungstür leise geöffnet und wieder geschlossen wurde. Er vernahm nicht, wie jemand auf Socken kurz ins Badezimmer ging und dann durch den Flur schlich. Und er hörte auch nicht das Rascheln des Oberhemdes, als dieser Jemand den rechten Arm ausstreckte. Es war mehr ein

Gefühl, das ihn dazu veranlasste, sich umzudrehen, aber da war es bereits zu spät. Er spürte einen Stich, alles verschwamm vor seinen Augen, und er sackte zusammen.

***

Er ließ Hauptkommissar Sanftleben auf dem Boden liegen und griff nach einer Tasche, in die er Klamotten, Bargeld und Papiere stopfte. Er hätte niemals gedacht, dass der Kriminalpolizist ohne Ermittlungsdruck das Baumblütenfest besuchen würde, aber er hatte sich getäuscht, und jetzt musste er fliehen.

Er rannte ins Badezimmer und holte den Kulturbeutel. Er hatte ohnehin vorgehabt, Werder in absehbarer Zeit zu verlassen. Nur hatte er nicht damit gerechnet, dass es so schnell passieren würde. Er hatte seinem Vermieter noch kündigen und die Restmiete im Voraus zahlen wollen. Und er hatte einige Besorgungen erledigen wollen. Das war nun hinfällig.

Plötzlich hielt er inne. Warum beeilte er sich eigentlich so? Selbst wenn der Hauptkommissar versucht hatte, Verstärkung anzufordern, hätte ihm niemand geglaubt. Wie hätte er die wahren Zusammenhänge erklären sollen, ohne für verrückt gehalten zu werden? Der Fall war abgeschlossen, und es gab auch hier in der Wohnung nichts, was eine Verhaftung oder eine Anklage rechtfertigen würde.

Er setzte sich hin und konzentrierte sich. Er durfte jetzt keinen Denkfehler machen und alles gefährden. Der Hauptkommissar war der einzige Protagonist gewesen, der von Beginn an ein Risikopotenzial geborgen hatte. Er war hartnäckig, zäh und unbestechlich und könnte ihm vielleicht noch gefährlich werden. Ja, vielleicht sollte er noch einmal umdenken und einen neuen Ansatz wählen.

***

»Toni«, rief jemand. »Toni, wach auf!«

Er spürte, wie eine flache Hand ihn im Gesicht traf, und

öffnete die Augen. Das grelle Licht der Deckenbeleuchtung blendete ihn. Der Schmerz fraß sich durch den Sehnerv ins Gehirn, wo er sich wummernd festsetzte. Er blinzelte mehrmals, bis er sich an die Helligkeit gewöhnt hatte. Dann nahm er den Mann, den er gut kannte, näher in Augenschein.

In der Vermisstenakte von Anahita Hosseini hatte ein Foto von ihr gesteckt. Deshalb hatte er die ganze Zeit gewusst, wie sie ausgesehen hatte. Warum war ihm die Ähnlichkeit nicht früher aufgefallen? Der Mann hatte die gleichen schwarzen Haare, den gleichen ernsten Blick und eine ähnlich kühn geschwungene Nase. Er musste ein naher Verwandter sein, und wenn die familiären Bande zutrafen, hatte er sowohl von Sofie als auch von Anahita gewusst. Außerdem hatte er auf dem Marktplatz mit den Mitgliedern der »Angelfreunde Werder« zusammengesessen, sodass er sicherlich auch Klaus Hartwig, Olaf Wendisch und Reiner Stein gekannt hatte. Er war derjenige, bei dem alle Fäden zusammenliefen. Er war der beste Freund seines Sohnes, der monatelang auf dem Hausboot ein- und ausgegangen war und sich wahrscheinlich heimlich Zugriff auf das Archiv verschafft hatte.

»Du brauchst keine Angst zu haben«, sagte Kenan. »Ich werde dir nichts tun. Ich möchte nur mit dir reden.«

Toni wollte antworten, aber sein Mund war mit Klebeband verschlossen. Jetzt merkte er auch, dass seine Hände und Beine mit Plastikbändern an einen Armlehnenstuhl gefesselt waren. Er konnte sich kaum bewegen.

»Ich mache das Klebeband los, wenn du nicht schreist«, sagte Kenan.

Toni nickte. Kurz darauf spürte er, wie ihm mehrere Bartstoppeln aus dem Gesicht gerissen wurden. »Ah«, machte er. »Was willst du?«

»Du weißt jetzt, wer Klaus Hartwig, Olaf Wendisch und Reiner Stein getötet hat, aber du sollst die ganze Wahrheit erfahren.«

»Du hast auch Reiner Stein umgebracht? Es war kein Selbstmord?«

»Ich möchte, dass du mein Handeln verstehst. Vielleicht siehst du dann davon ab, deine Vorgesetzten verrückt zu machen und mich zu verfolgen.«

»Das kann ich dir nicht versprechen.«

»Ich weiß. Du kannst mich trotzdem alles fragen. Vorher muss ich jedoch eine Sache wissen. Ich hasse unliebsame Überraschungen. Ist irgendjemand darüber informiert, dass du hier bist? Muss ich mit Besuch rechnen?«

»Mein Kollege kennt diese Adresse, aber sonst weiß er nichts. Ich habe ihm gesagt, dass ich ihn anrufe, wenn sich etwas Neues ergibt. Aroon glaubt, dass ich etwas Berufliches erledige. Er hat keine Ahnung, wohin ich gegangen bin. Das sind die beiden einzigen Personen, denen bekannt ist, dass ich mich in Werder aufhalte. Darauf gebe ich dir mein Wort.«

Kenan setzte sich auf den Küchenstuhl, schenkte sich ein Glas Wasser ein und leerte es in einem Zug. Vor ihm auf dem Tisch lagen eine Spritze und ein braunes Gefäß mit einer Flüssigkeit. »Das ist für später. Du wirst ein paar schöne Träume haben, bevor du aufwachst. Dann werde ich fort sein.«

»Jetzt bist du an der Reihe«, sagte Toni. »Fang am besten mit Anahita an.«

»Anahita«, sagte Kenan, und sein Blick ging zum Fenster raus. Das Höhenfeuerwerk begann, und die ersten Raketen stiegen heulend in die Nacht, wo sie zu goldenen, roten und blauen Funkenregen zerbarsten. Auf dem dunklen Wasser spiegelten sich die bunten Explosionen wider. Es war atemberaubend schön. »Wie du vielleicht schon erraten hast, ist sie meine Schwester. Ich bin ein Jahr älter. Im September 2003 ist unsere Mutter kurz nach der Einbürgerung gestorben. Danach kamen wir in ein Waisenhaus und später zu verschiedenen Pflegefamilien. Ich hatte Glück und wurde sogar adoptiert. Seitdem trage ich einen deutschen Nachnamen. Anahita hatte dagegen Pech. Sie kam zu Leuten, die sie in jeder Hinsicht ausbeuteten. Die Welt erschien ihr feindselig, und irgendwann griff sie zu Drogen, um alles besser zu ertragen. In jener Zeit hatten wir kaum Kontakt, wir waren ja noch halbe Kinder, aber ich hatte ihr gegenüber immer ein schlechtes Gewissen. Sie war meine einzige Verwandte und ging vor die Hunde.«

»Wie hast du herausgefunden, was mit ihr geschehen ist?«

»Ich studierte in München, als ihr Arbeitgeber mich anrief. Er erzählte, dass meine Schwester verschwunden sei, und er wollte wissen, ob sie sich bei mir aufhalte. Anahita hatte ihm wohl meine Adresse und Telefonnummer gegeben. Ich konnte dem Hotelier nicht weiterhelfen, und ihr Schicksal blieb ungewiss, bis die SMS aus Amsterdam eintraf. Natürlich dachten alle, dass sie rückfällig geworden war. Aus ihrer früheren Heroinsucht hat sie nie einen Hehl gemacht.«

»Dein Name taucht in keiner Akte auf.«

»Warum auch? Ich hatte nie Kontakt zu den Behörden. Alles, was ich wusste, hatte ich von ihrem Chef erfahren. Und da ich nicht weiterhelfen konnte, sah die Polizei keine Notwendigkeit, mich in Kenntnis zu setzen. Das habe ich zumindest am Anfang gedacht. Später habe ich herausgefunden, dass sie sich nicht bei mir gemeldet haben, um den Vermisstenfall möglichst schnell abzuschließen.«

»Also hast du selbst Ermittlungen angestellt.«

»Zunächst sah ich einfach eine Chance, alte Versäumnisse nachzuholen und mich um sie zu kümmern. Ich fuhr nach Holland und lebte drei Monate lang in Amsterdam. In jedem Szenelokal hab ich ihr Foto gezeigt. Es gibt wohl kaum einen Junkie oder Dealer, mit dem ich nicht gesprochen habe. Niemand kannte sie, niemand hatte sie gesehen, und niemand wusste etwas. Meine Schwester war eine auffällige Erscheinung. Ein solcher Mensch bleibt in Erinnerung. Und so langsam kamen mir Zweifel, ob sie überhaupt jemals in Amsterdam gewesen ist. Ich bin dann nach Werder gefahren.«

»Warum?«

»Kurz vor ihrem Verschwinden hatten wir telefoniert. Sie erzählte mir, dass sie Ärger mit Anglern habe, die Kormorane abschießen würden. Sie berichtete, dass die Männer Hassvideos produziert hätten und wahrscheinlich Mitglieder in dem ortsansässigen Club seien. Außerdem sagte sie, dass sie ihnen eine Falle stellen wolle. Dazu hatte sie einige Wildkameras bei einem Onlineversand bestellt, auf deren Ankunft sie jeden Tag wartete.

Nach der erfolglosen Suche in Amsterdam erinnerte ich mich daran, und irgendwie kam mir das verdächtig vor.«

»Erzähl weiter.«

»Ich zog nach Werder, immatrikulierte mich in Potsdam und wurde Mitglied im Angelverein. Mir war ziemlich schnell klar, dass Anahita mit Klaus Hartwig und Olaf Wendisch aneinandergeraten war. Die beiden waren Arschlöcher. Anders kann ich es nicht ausdrücken. Und sie machten aus ihrer Abneigung gegen die Vögel keinen Hehl. Ich sah keine Chance, von ihnen etwas zu erfahren. Deshalb freundete ich mich mit Reiner Stein an, der oft mit ihnen zusammen war und unter psychischen Problemen litt. Er hatte keine Ahnung, dass ich Anahitas Bruder war. Und irgendwann erzählte er mir, was vor zwei Jahren geschehen war. Er wollte sein Gewissen erleichtern.«

»Was hat er gesagt?«

»Es war eine laue Mainacht. Meine Schwester hatte aus einem Versteck heraus beobachtet, wie Klaus Hartwig, Olaf Wendisch und Reiner Stein mit Schrotflinten auf die Nester, Eier und Jungvögel in der Kormorankolonie schossen. Mit ihrem Handy machte sie Beweisfotos und stellte die Männer zur Rede, die sie niederschlugen. Mit dem Hinterkopf stürzte sie auf einen Stein und verlor das Bewusstsein. Zuerst wussten die drei nicht, was sie mit ihr anstellen sollten, dann trugen sie sie zum Boot.«

»Um sie zur Waldhütte zu schaffen?«

»Genau.«

»Was geschah auf der Insel Töplitz?«

»Reiner Stein hat auf meine Fragen ausweichend geantwortet, aber er erzählte genug, damit ich mir ein Bild machen konnte, was sich vor zwei Jahren zutrug. Meine Schwester wurde weder vergewaltigt noch misshandelt – es war viel barbarischer.«

★★★

In der Waldhütte war es stockduster. Reiner Stein tastete sich vor, bis er den Holztisch erreichte, auf dem die Petroleumlampe stand. Er nahm die Streichhölzer, riss eines an und zündete den

Docht an. Das schäbige Mobiliar tauchte in einem schummrig roten Licht auf. Er drehte die tänzelnde Flamme weiter auf und rief: »Ihr könnt sie jetzt reinbringen.«

Er beobachtete, wie Olaf und Klaus die Vogelschützerin auf das schmale, selbst gezimmerte Bett legten. Es sah bizarr aus, dass über dem Kopf der totenbleichen Frau Poster von vollbusigen Pin-up-Girls hingen. Eng standen sie dann beisammen und schauten auf die Vogelschützerin herab, mit der zwei von ihnen an einem Infostand gestritten hatten. Ihr Gesicht war dreckverschmiert; in ihrem Schritt hatte sich ein großer dunkler Fleck ausgebreitet; offenbar hatte sie sich eingenässt.

»Ach, Scheiße«, sagte Olaf plötzlich und schlug sich mit der flachen Hand vor die Stirn. »Da fällt mir was ein. Wie ist sie überhaupt zur Kormorankolonie gekommen?«

»Stimmt«, erwiderte Klaus. »Wahrscheinlich hat sie das Boot vom Naturschutzbund genommen und im Schilf versteckt.«

»Wir müssen sofort zurück und es suchen«, sagte Olaf. »Jetzt ist es ein Uhr. Wenn wir Gas geben, sollten wir es vor Sonnenaufgang nach Werder geschleppt haben.«

»Das wird eine ganz schöne Fahrerei«, entgegnete Klaus.

»Das ist jetzt egal«, sagte Olaf. »Wichtig ist nur, dass es morgen früh am Steg liegt. Vielleicht erfährt dann niemand, dass es überhaupt weg war. Reiner, du bleibst hier und bewachst die Kleine. Wir kommen morgen früh mit dem Auto zurück, und dann sehen wir weiter.«

»Ist es morgen nicht zu spät?«, fragte Reiner Stein.

»Also dann«, sagte Klaus und klopfte ihm jovial auf die Schulter. »Im Kasten ist noch Bier.«

Die beiden stapften nach draußen und ließen ihn mit der Vogelschützerin alleine. Er fühlte sich beschissen und hatte keine Ahnung, was er tun sollte. Schließlich zündete er einige Kerzen an und griff sich eine von den Autozeitungen, die überall herumlagen. Mit einem Stuhl setzte er sich an ihr Bett und blätterte in dem speckigen Gebrauchtwagenreport. Über den Seitenrand beobachtete er sie und bemerkte irgendwann mit Grausen, dass sich ihre Augäpfel unter den Lidern hin und her bewegten.

Plötzlich gab sie ein Stöhnen von sich, schlug die Augen auf und sah ihn eine gefühlte Ewigkeit lang an.

»Hilf mir«, hauchte sie schließlich und tastete mit den Fingern nach seiner Hand. »Bitte hilf mir. Ich möchte nicht sterben. Ich möchte leben. Bitte.«

Er wusste nicht, was ihn mehr erschreckte – ihre zittrige Stimme oder die Erektion, die sich in seiner Jeans aufbäumte und beinahe den Stoff sprengte. Machte ihn ihre Hilfsbedürftigkeit etwa an?

Panisch schüttelte er ihre Hand ab und sprang auf die Beine. Verdammt, dachte er, ich bin doch nicht pervers. Das hätte ihm zu all seinen übrigen Macken noch gefehlt.

»Bitte«, flüsterte sie. »Einen Arzt. Ich brauche einen Arzt. Und einen Schluck Wasser. Ich –«

»Halt's Maul«, schrie er. »Ich muss nachdenken, ich muss nachdenken.«

Er schnappte sich die Petroleumlampe und stürzte nach draußen auf die Veranda. Mit zitternden Fingern drehte er sich eine Zigarette, steckte sie an der Flamme an und inhalierte tief. Er versuchte, seine Situation zu analysieren, aber in seinem Kopf ging alles durcheinander. Ihm war zum Heulen zumute. Ich bin doch kein verdammter Perverser, sagte er sich wieder und wieder. Warum sind Klaus und Olaf nicht hier? Sie würden wissen, was zu tun ist.

Während aus der Hütte heisere Laute drangen, rauchte er eine Kippe nach der anderen und zählte die Minuten, bis seine Freunde am Morgen endlich vorfuhren. Erleichtert rannte er ihnen entgegen, riss die Autotür auf und sagte: »Wieso hat das so lange gedauert? Das war die Hölle. Ihr habt keine Ahnung, was ich durchgemacht habe.«

»Ist was passiert?«, fragte Klaus.

»Sie ist aufgewacht«, erwiderte er. »Sie hat nach einem Arzt gefragt. Und nach Wasser.«

»Das war's?«, fragte Klaus. »Und deshalb läufst du hier so hysterisch herum?«

»Dazu ist es jetzt zu spät«, sagte Olaf. »Wir hatten genügend

Zeit, um alles zu bereden. Du hast uns ganz schön in die Scheiße geritten. Ich bin kein Jurist, aber jetzt wären wir schon wegen Körperverletzung, Freiheitsberaubung und unterlassener Hilfeleistung dran.«

»Oh, verdammt!«, rief er, und die Tränen platzten ihm aus den Augen.

»Ist ja gut. Beruhig dich wieder. Ich hab auch keine Lust, im Knast zu landen. Sie hat tatsächlich das Boot des Naturschutzbundes benutzt, es liegt jetzt wieder am Steg. Wir haben auch zwei Wildkameras gefunden, die sie wohl in der Kormorankolonie installieren wollte. Wenn wir Glück haben, weiß niemand von ihrer Spritztour. Hier bringen wir auch alles in Ordnung. Und dann kann uns niemand was.«

»Bist du sicher?«

Klaus ging unterdessen zum Kofferraum und öffnete die Klappe. »Ich hab Grillfleisch mitgebracht«, rief er. »Jetzt gibt es erst mal ein Frühstück für Männer, und dann sehen wir weiter.«

★★★

»Meine Schwester war noch das ganze Wochenende am Leben«, sagte Kenan. »Sie hatte eine Schädelverletzung erlitten und hätte wohl gerettet werden können, aber sie haben keinen Arzt geholt. Zwei- oder dreimal ist Anahita zu Bewusstsein gekommen, aber sie haben nur um sie herumgestanden, Bier getrunken und sie beobachtet. Verstehst du? Während die drei draußen gegrillt haben, ist meine Schwester elendig verreckt.«

»Du hast also Anahita gerächt. Warum hast du den beiden Sofies Foto zugesteckt?«

»Ich mag dich. Und ich weiß, wie es sich anfühlt, wenn ein geliebter Mensch verschwindet. Die Ungewissheit macht einen fertig. Man findet keinen Schlaf, wälzt sich hin und her und lauscht auf jedes Geräusch. Man hofft, dass im Treppenhaus Schritte erklingen, dass es an der Tür klingelt oder dass das Handy läutet. Ständig gaukelt einem der Verstand vor, was alles Schreckliches passiert sein könnte. Und dann sind da die Selbstanklagen. Wie oft hab ich mir vorgeworfen, dass ich meine kleine Schwester vernachlässigt habe, dass ich eine Mitschuld an ihrem Verschwinden trage. Es hat mich innerlich aufgefressen. Und dann hab ich gesehen, wie kaputt du warst. Ich hab mich selbst in dir entdeckt. Du hast mir leidgetan. Ich habe ihnen Sofies Foto zugesteckt, um dir einen Gefallen zu tun. Ich wollte, dass deine Suche ein Ende hat. Ich wollte, dass du Ruhe findest. So wie ich.«

»Wo hast du ihr Foto her?«

»Zusammen mit Aroon habe ich die Laube deines Schwiegervaters zu einem Büro umgebaut. Als ich irgendwann alleine renoviert habe, bin ich in einem Versteck auf einen Karton gestoßen, in dem sich viele Gegenstände von deiner Frau befanden. Sie hat sich wohl öfters dorthin zurückgezogen, um Frieden zu finden. Die Sachen hatte sie dort gebunkert, um sie nicht hin und her schleppen zu müssen. Eine Sofortbildkamera war auch dabei. Sie ist mir runtergefallen und zu Bruch gegangen, da habe ich sie weggeschmissen.«

»Also hat Sofie die Fotos selber gemacht«, sagte Toni und fragte sich, was sie damit beabsichtigt hatte. Wollte sie ihren psychischen Zustand dokumentieren? Wollte sie sich selbst vor Augen führen, wie schlimm es um sie stand? Oder hatte sie vor, ihm die Fotos als Hilferuf zukommen zu lassen? Die Antwort würde wohl nur sie selbst geben können. »Demnach weißt du nicht, was mit ihr geschehen ist. Und die drei Männer haben sie auch nicht bei dem Feuerwehreinsatz gefunden.«

»Richtig.«

Damit waren zwei Dinge klar: Sofie war weder in Töplitz geendet noch war sie nach Cheb gebracht worden. Ihr Schicksal war nach wie vor ungeklärt. »Dann hast du die roten Haare in der Grube deponiert?«

»Reiner Stein hat mir von dem Versteck unter den Dielen erzählt, wo sie Anahitas Sachen wie Trophäen aufbewahrten. Bei Sofies Hygieneartikeln hatte ich eine Bürste gefunden, aus der ich rote Haare entnahm und sie draußen eingrub. Ihre übrigen Sachen legte ich zu Anahitas Habseligkeiten, um alles wie zwei Morde aussehen zu lassen.«

»Woher hattest du das Sperma, das du auf dem Foto platziert hast?«

»Reiner Stein besuchte einmal die Woche eine ältere Prostituierte, die es ihm billig gemacht hat. Es war ein Kinderspiel, das Kondom aus dem Müll zu fischen.«

»Warum dieser sexuelle Anstrich?«

»Selbst wenn Anahita keinem Sexualverbrechen zum Opfer gefallen ist, haben die drei Männer mehreren jungen Frauen übel mitgespielt. Reiner Stein hat mir einige ihrer Taten aus der Vergangenheit geschildert. Und in letzter Zeit sind noch die Freundin von Klaus Hartwigs Sohn und Sara Mangold hinzugekommen. Ich wollte, dass die drei Männer in der Öffentlichkeit als Abschaum dastehen. Bei der Nennung ihres Namens sollten sich die Leute angeekelt abwenden. Sie sollten in Erinnerung bleiben, wie sie wirklich waren.«

»Woher wusstest du, dass sie an dem Sucheinsatz 1998 teilgenommen hatten?«

»Reiner Stein erwähnte, dass sie bei der Feuerwehr gewesen wären. Und da habe ich nachgefragt. Mir wurde schnell klar, dass ihre Beteiligung das entscheidende Detail war, um das ich die ganze Story herumbauen musste.«

»Warum bist du nicht zur Polizei gegangen?«

»Wie du vielleicht herausbekommen hast, ist Polizeihauptmeister Lohse Mitglied bei den ›Angelfreunden Werder‹. Außerdem war er eng mit Anahitas Mördern befreundet. Als ein Naturschutzmann namens Ragnar Hein Druck gemacht hat, haben Klaus Hartwig und Olaf Wendisch dafür gesorgt, dass die Suche eingestellt wird. Sie haben gedroht, Lohses Ehefrau von den Sexpartys zu erzählen, die sie in der Waldhütte auf Töplitz veranstaltet hatten. Und das hat ausgereicht, damit Lohse bei Eintreffen der SMS aus Amsterdam den Fall abgeschlossen hat. Ich mag ihn nicht, aber ich denke nicht, dass er irgendetwas weiß. Er ist ein bisschen einfältig und hat vermutlich Hartwig und Wendisch geglaubt, als sie vorgaben, dass sie lediglich Angst hätten, dass das Kormoranmassaker bekannt werden würde.«

»Warum bist du nicht zu mir gekommen?«

»Der Polizeihauptmeister ist mit Kriminalrat Schmitz befreundet. Und Kriminalrat Schmitz ist dein Vorgesetzter. Jemand wie ich, dessen Familie staatlicher Willkür ausgesetzt war, hat kein Vertrauen zu den Behörden. Außerdem hatte ich in der Zwischenzeit Anahitas Mörder gut kennengelernt. Ich habe sie mehrere Monate beobachtet, um mir ein Bild von ihnen zu machen. Die hätten niemals gestanden. Die hätten versucht, sich rauszuwinden. Und ein Mord durch Unterlassen wäre ihnen schwer nachzuweisen gewesen. Vermutlich hätten sie angegeben, dass Anahita bei einem Streit tödlich verunglückt sei. Selbst wenn Reiner Stein bei seiner Aussage geblieben wäre, hätte sie wegen seines psychischen Zustands kaum Gewicht gehabt. Und in einem Prozess wäre er eingeknickt. Ich wollte nicht riskieren, dass sie mit einem Freispruch oder einer Bewährungsstrafe davonkommen und sich ins Fäustchen lachen. Ich wollte für Gerechtigkeit sorgen. Wenigstens das war ich meiner kleinen Schwester schuldig.«

»Wie hast du Reiner Stein getötet?«

»Ich habe nicht selbst Hand angelegt, aber ich hätte es getan. Er war nicht besser als seine Kumpane, er war nur labiler. Ich hab ihm ab und zu eine Denkaufgabe gestellt, das hat schon gereicht. Ich wusste, dass er es dann früher oder später selbst besorgen würde, und das wollte ich nutzen, um ihn als Täter zu fingieren. Zwei Tage bevor ich Klaus Hartwig getötet habe, hab ich ihm gesagt, dass er aus Respekt vor Anahita in die Waldhütte zurückkehren solle. Er solle Kontakt mit ihr aufnehmen, sie um Verzeihung bitten und Frieden schließen. Ich hab mehrmals mit ihm telefoniert, deshalb wusste ich immer, was er dachte und wie er sich fühlte. Nachdem ich Olaf Wendisch getötet hatte, ließ ich durchblicken, dass ich der Überzeugung sei, dass es nur eine Form der Wiedergutmachung gäbe. Und er verstand. Fast schien es so, als hätte er auf meine Erlaubnis gewartet.«

»Woher wusstest du, dass wir ihn nicht finden würden, bevor er sich umbringt, oder dass er nicht verrückt spielt?«

»Seitdem alle Handys mit Bluetooth ausgestattet sind, ist es ein Kinderspiel, Spionageprogramme zu installieren. Ich war über euren Standort und die Ermittlungen ständig informiert. Mittlerweile ist alles wieder gelöscht. Du brauchst also nicht zu hoffen, dass du noch etwas Verräterisches findest.«

»Trotzdem hast du dich in eine schlimme Lage gebracht.«

»Ich bin kein Verbrecher. Ich habe nur meine kleine Schwester gerächt. Aroon wusste von alldem nichts. Er wird sehr überrascht sein, wenn ich plötzlich weg bin. Sag ihm bitte, dass er der klügste und beste Freund war, den ich jemals hatte, und richte ihm aus, dass ich ihn vermissen werde.«

»Jetzt verstehe ich, warum du auf den Verkauf der Software so gedrängt hast. Du brauchtest Startkapital.«

»Nein, der Verkauf der Software war eine glückliche Fügung. Zugegebenermaßen habe ich dann auf einen schnellen Vertragsabschluss und eine sofortige Zahlung der Lizenzgebühr bestanden, aber das ist auch schon alles.«

»Du hast zwei Menschen kaltblütig ermordet. Einen dritten hast du in den Tod getrieben und ihm die Taten angehängt. Du weißt, dass ich dich nicht gehen lassen kann.«

»Die drei waren Schweine, und sie waren schuldig.«

»Es steht dir nicht zu, ein Urteil zu fällen und es auch noch zu vollstrecken.«

»Du kannst mich natürlich anzeigen, aber du wirst keine Unterstützung erhalten. Der Polizeipräsident höchstpersönlich hat vorgestern eine Pressekonferenz abgehalten und sich für den Ermittlungserfolg feiern lassen. Selbst wenn dir jemand glauben sollte, wird nichts geschehen, um das Ansehen der Behörde nicht zu gefährden. Ich habe übrigens noch ein Abschiedsgeschenk für dich«, sagte Kenan und legte ein Buch auf den Küchentisch.

»Was ist das?«

»Sofies Tagebuch. Ich habe es bei ihren Sachen gefunden. Nach der Lektüre war ich davon überzeugt, dass sie Selbstmord begangen hat. Deshalb konnte ich auch guten Gewissens ihren Tod vortäuschen.«

»Wenn darin tatsächlich steht, dass sie Selbstmord begangen hat, hättest du es mir einfach geben können, und ich hätte meine Antworten bekommen.«

»Nein. So einfach ist das nicht. Ihr Leichnam wäre weiterhin verschwunden geblieben. Du hättest dir irgendeine Information rausgefischt, um weitersuchen zu können. Du hättest niemals aufgegeben, aber nach sechzehn Jahren sollte es endlich vorbei sein.«

»Wann es vorbei ist, entscheide ich allein.«

»Das ist mir mittlerweile auch klar.«

»Mach mich los.«

»Später«, sagte Kenan und zog die Spritze auf. »Zuerst werde ich dich ins Reich der Träume schicken. Du solltest übrigens mal deinen Hinterkopf untersuchen lassen. Du hast da einen schlimmen Ausschlag.«

Toni sah nicht hin, als ihm die Nadel in den Oberschenkel gestochen wurde. Er hielt das Tagebuch fest im Blick, bis er das Bewusstsein verlor.

48

Am nächsten Morgen schlug er die Augen auf. Er lag auf dem Küchenboden und starrte an die weiße Decke. Sein Nacken und sein rechter Arm schmerzten. Sein Herz schlug flach und holprig. Er hatte nicht die Kraft, um sich zu erheben, und wusste auch nicht, warum er das tun sollte. Er sehnte sich nach einem Drink. Am liebsten würde er sich volllaufen lassen und die vergangene Woche vergessen.

Alle Spuren, denen er und sein Ermittlungsteam gefolgt waren, hatten sich als Finten oder Sackgassen erwiesen. Kenan war ihnen immer einen Schritt voraus gewesen, und sie waren den falschen Fährten gefolgt wie die Hühner dem ausgestreuten Korn. Alle Ergebnisse, die sie der Presse präsentiert hatten, waren nur Fehlinformationen gewesen, die vom wahren Drahtzieher abgelenkt hatten. Für die Kriminalpolizei war dieser Fall ein einziges Desaster.

Toni zweifelte an seinem Instinkt und seinen ermittlerischen Fähigkeiten. Warum hatte er diese Inszenierung nicht durchschaut?

Er hatte lediglich erkannt, dass die Morde nicht zu Reiner Stein gepasst hatten. Ansonsten war er so blind wie alle anderen gewesen. War es die Hoffnung gewesen, endlich auf den entscheidenden Hinweis gestoßen zu sein?

Sofies Foto hatte ihn sofort gebannt und seinen Jagdinstinkt geweckt. Er hatte die Suche zum Abschluss bringen und inneren Frieden finden wollen. Die Aussicht war so verlockend gewesen. Vielleicht hatte er deshalb nicht gesehen, wie konstruiert es war, dass sechzehn Jahre nach ihrem Verschwinden ein Mordopfer in seinem Zuständigkeitsbereich ihr Abbild in der Tasche gehabt hatte.

Sein Mund fühlte sich staubtrocken an, und seine Lippen waren so spröde, dass sie jederzeit aufspringen konnten. Vermutlich hing das mit dem Mittel zusammen, das Kenan ihm gespritzt hatte. Schwerfällig kam er auf die Beine. Unter dem Hahn füllte er ein Glas mit Leitungswasser auf und spülte einige Schmerztabletten hinunter.

Sein Smartphone lag funktionsfähig auf dem weiß gestrichenen Tisch. Er rief Aroon an und versicherte ihm, dass alles in Ordnung war. Sein Sohn klang feindselig. Der Junge war davon überzeugt, dass er sich betrunken hatte und irgendwo eingeschlafen war. Alle Beteuerungen halfen nichts, und irgendwann hörte er nur noch ein Rauschen in der Leitung. Sein Sohn hatte aufgelegt.

Toni steckte das Handy in die Hosentasche. Es würde nicht einfach werden, Aroon davon zu überzeugen, dass er sich bessern wollte, aber er würde die Flinte nicht bei der ersten Gelegenheit ins Korn werfen. Er würde alles unternehmen, um sein Vertrauen zurückzugewinnen.

Sein Blick fiel auf das Tagebuch, das mit farbigen orientalischen Mustern verziert war. Kenan hatte gesagt, die Aufzeichnungen würden Sofies Freitod nahelegen. Toni bezweifelte, dass er schon die Kraft hatte, auch den letzten Hoffnungsschimmer zu begraben. Trotzdem griff er nach dem Einband und setzte sich mit einem weiteren Glas Leitungswasser ans Fenster, wo er die erste Seite aufschlug.

Er las schnell und konzentriert. Die Aufzeichnungen lieferten ihm nützliche Informationen über ihren Geisteszustand kurz vor ihrem Verschwinden.

Sie schrieb, wie verstört sie sei, dass die Kluft zwischen ihr und ihren Eltern so groß geworden sei. Auch mit ihren früheren Freundinnen könne sie nichts mehr anfangen. Sie habe Angst, zu einem geregelten Leben gezwungen zu werden, das ihr nicht entspräche. Den alltäglichen Pflichten wolle sie keine Macht über sich einräumen; sie wolle auch den Forderungen der Gesellschaft nicht entsprechen; und sie habe Angst, ihren Weg aus den Augen zu verlieren.

Sie hatte auch die beiden Schuldigen an ihrer Misere ausgemacht. Es waren Aroon und er.

Sie schrieb, dass sie ihren Ehemann und den Sohn im Schlaf

beobachtet habe. Dabei habe sie sich vorgestellt, wie sie Gift ins Essen mische, um wieder durchatmen zu können. Gleichzeitig wisse sie, dass sie zu einer solchen Tat nicht imstande wäre. Sie verurteilte sich heftig, überhaupt einen so abscheulichen Gedanken gehabt zu haben, und schrieb, dass es ein schlechter Mensch wie sie nicht verdient habe, geliebt zu werden. Ein schlechter Mensch wie sie habe nur den Tod verdient. Ihre Notizen wurden durch Zeichnungen mit schwarzer Tinte illustriert, die ihre düsteren und verzweifelten Gedankenwelten anschaulich dokumentierten.

Toni war kein Arzt, aber er hatte in seiner Laufbahn mehrere Fälle von Kindstötungen bearbeitet. Möglicherweise hatte Sofie an einer schweren postpartalen Depression gelitten, die in seltenen Fällen auch bis zu zwei Jahre nach der Entbindung auftreten konnte. Ein häufiges Symptom waren Tötungs- und Selbsttötungsphantasien. Vielleicht war sie auch an einer Psychose erkrankt. Auf jeden Fall hätte sie dringend Hilfe gebraucht.

Nach einer Stunde hatte er das Tagebuch beendet und legte es zur Seite. Nachdenklich schaute er auf die Föhse, auf der gerade zwei Ruderbootbesatzungen trainierten. Die weißen, spitz zulaufenden Kiele ihrer Sportgeräte zerschnitten die graue Wasseroberfläche.

Sofies Aufzeichnungen legten nahe, dass sie in die Havel gegangen war, um sich das Leben zu nehmen, aber er war nach wie vor davon überzeugt, dass sie nicht im Wasser geblieben sein konnte. Bei dem verschlungenen Flusslauf wäre sie mit Sicherheit angespült worden.

Möglicherweise war sie von Tieren oder Menschen verschleppt worden, möglicherweise war sie in ein Boot gezogen und an einen unbekannten Ort verbracht worden. Vielleicht war auch etwas passiert, das er noch nicht bedacht hatte. Im Grunde war er wieder an dem Punkt angelangt, wo er bereits vor Aufnahme der Ermittlungen gestanden hatte – mit einem kleinen Unterschied.

In ihrem Tagebuch steckte ein interessanter Hinweis. Zweimal erwähnte Sofie eine junge Engländerin, die sie offenbar in Goa kennengelernt hatte und die ebenfalls Mutter eines Neugeborenen gewesen war. Toni hatte zwar gewusst, dass Sofie eine Krabbelgruppe unter Palmen besucht hatte, aber er hatte die Teilnehmer nie getroffen, weil er ihre Reisekasse ständig durch Gelegenheitsjobs aufgefüllt hatte. Zu jener Zeit hatte er in einer Bungalowanlage gearbeitet.

Es würde nicht einfach werden, aber er musste die Britin ausfindig machen und mit ihr reden. Hoffentlich lebte sie noch und war bei klarem Verstand.

49

Toni verließ die Wohnung und begab sich zu seinem Auto. Auf halber Strecke wurde ihm so schwummrig vor Augen, dass er sich kurz auf den Bordstein niederlassen musste, bevor er den Weg fortsetzen konnte. Als er sich endlich hinter das Steuer seines Peugeots klemmte, schloss er die Augen, um Kraft für das Kommende zu sammeln. Er war immer noch Kriminalbeamter und konnte einen kaltblütigen Mörder nicht einfach laufen lassen. Er musste überzeugend auftreten.

Auf direktem Weg fuhr er in die Dienststelle. Mit viel Geduld und Überredungskunst gelang es ihm, Kriminalrat Schmitz, Gesa und Phong im Besprechungsraum zu versammeln. Er erzählte ihnen, was er in Erfahrung gebracht hatte, und zeigte das Tagebuch. Die Anwesenden musterten es skeptisch. Es hatte nicht den Anschein, als würden sie ihm auch nur ein einziges Wort glauben.

Toni hatte in der Wohnung einige Haare sichergestellt und forderte seine Kollegen auf, eine DNA-Analyse vorzunehmen und sie mit dem genetischen Material vom Fleecepulli zu vergleichen.

»Was soll das beweisen?«, fragte Gesa. »Du hast selbst gesagt, dass Kenan und Reiner Stein Mitglieder bei den ›Angelfreunden Werder‹ waren. Vielleicht haben sie bei einer gemeinsamen Bootstour die Sachen getauscht. So etwas soll gelegentlich vorkommen.«

»Findest du es nicht verdächtig, dass der Bruder des Mordopfers plötzlich verschwindet?«

»Selbst wenn es so wäre«, sagte Kriminalrat Schmitz. »Wir leben in einem freien Land. Er kann tun und lassen, was er will. Und jetzt möchte ich Sie bitten, das Gebäude zu verlassen. Sie sind immer noch suspendiert.«

Toni sah ein, wie hoffnungslos sein Vorstoß gewesen war. Kenan hatte mit seiner Einschätzung recht behalten. In der Behörde war niemand daran interessiert, den Ermittlungserfolg in Frage zu stellen.

Auf dem Weg nach draußen wurde er von Gesa begleitet, die auf ihn einredete und wissen wollte, ob er wieder getrunken habe. Einer ihrer Brüder habe das gleiche Problem gehabt und war mit Hilfe der Anonymen Alkoholiker trocken geworden. Phong begleitete ihn ebenfalls. Das zügige Tempo brachte den beleibten Kriminalkommissar ins Schwitzen. Die Gläser seiner getönten Brille beschlugen, und er fragte keuchend, wann mit seiner Rückkehr in den Dienst zu rechnen sei. Toni erwiderte wahrheitsgemäß, dass er es nicht wisse.

Die ganze Zeit hatte es in ihm gearbeitet. Und als ihm endlich klar geworden war, was ihn so beschäftigt hatte, blieb er abrupt stehen und sagte: »Es gibt einen Weg, um euch zu beweisen, dass ich recht habe.«

Gesa sah ihn misstrauisch an.

»Dann lass mal hören«, sagte Phong und schnappte nach Luft.

»Ich muss Sofie finden«, erwiderte Toni. »Wenn ich sie finde, kann sie nicht in der Waldhütte getötet worden sein, dann ist der Beweis erbracht, dass alles arrangiert wurde, um es wie einen Mord aussehen zu lassen.«

50

Toni fuhr zum Hausboot, wo er auf seinen Sohn traf. Er bat um eine Aussprache und setzte sich mit einem starken Kaffee an den Kombüsentisch. Innerhalb kürzester Zeit erzählte er die ganze Geschichte zum zweiten Mal.

Aroon hörte ihm mit einer ausdruckslosen Miene zu. Der Junge stellte einige Fragen, um die Zusammenhänge besser zu verstehen. Irgendwann zückte er sein Handy und rief Kenans Nummer an. Ihm wurde mitgeteilt, dass der Teilnehmer nicht erreichbar sei.

»Wenn das alles stimmt«, sagte Aroon und steckte das Handy wieder ein, »ist Mutters Schicksal weiterhin ungeklärt.«

»Nicht ganz«, erwiderte Toni und hielt das Tagebuch hoch. »Ihre Aufzeichnungen haben mir einen neuen Ansatz geliefert.«

»Dann geht alles von vorne los. Die Sauferei, die Ruhelosigkeit und die Düsternis. Soll ich dir mal was sagen? Ich mache da nicht mehr mit. Wenn dir deine tote Frau wichtiger ist als dein lebendiger Sohn, dann ist das deine Entscheidung. Ich habe jedenfalls die Nase voll. Ich ziehe aus. Noch heute«, sagte sein Sohn und marschierte Richtung Ausgang.

Toni hatte den Worten seines Sohnes entsetzt zugehört und wollte ihm nachlaufen, aber schon bei den ersten Schritten merkte er, dass er die Kontrolle über seinen Bewegungsapparat verloren hatte. Seine Beine wackelten hin und her, seine Arme ruderten unkontrolliert durch die Luft.

»Aroon«, flüsterte er und schlug hart auf den Dielenboden.

★★★

Mit einer Ambulanz wurde Toni ins Krankenhaus gefahren. Der Notarzt stellte zunächst einen allgemeinen Erschöpfungszustand fest und sorgte dafür, dass er von einer Dermatologin untersucht wurde. Die Medizinerin diagnostizierte eine schwere Gürtelrose, die auf seiner rechten Körperhälfte nicht nur den Hinterkopf, sondern auch das Ohr, den Nacken, den Hals, die Schulter und die Brust befallen hatte. Sein Zustand sei ernst, aber in den Griff zu bekommen, wenn er sich stationär aufnehmen ließe und mindestens eine Woche bliebe. Bei der Anamnese fragte sie, ob er in der Vergangenheit Stress ausgesetzt gewesen sei, und er antwortete wahrheitsgemäß.

Toni wurde in ein Einzelzimmer mit Blick ins Grüne geschoben. Die betroffenen Hautpartien wurden mit einer Paste eingeschmiert, und ihm wurde ein venöser Zugang gelegt. Während die erste Infusion in ihn tröpfelte, sah er zu seinem Sohn hinüber, der am Fenster stand und die Hände auf dem Rücken verschränkt hielt.

»Seit letztem Donnerstag habe ich nicht mehr getrunken«, sagte Toni. »Das musst du mir glauben, aber ich fürchte, dass ich es alleine nicht schaffe. Ich werde Unterstützung brauchen.«

»Früher habe ich immer gehofft, dass du so etwas mal sagen würdest. Aber heute?«

»Was hat sich seit Donnerstagmorgen verändert? Du musst mir eine richtige Chance geben.«

»Du bist gestern Nacht nicht nach Hause gekommen. Das hat mich daran erinnert, wie viel Angst ich früher um dich hatte. Ich hatte immer das Gefühl, dass ich für dich verantwortlich bin. Ich will das nicht mehr. Und ich kann das nicht mehr.«

»Das musst du auch nicht.«

Aroon drehte sich um und sah ihn direkt an. »Wenn du unbedingt nach Mama suchen musst, ist das deine Sache, aber ich will nicht länger mit ansehen müssen, wie du dich zugrunde richtest. Jetzt helfen keine Worte mehr, jetzt zählen nur noch Taten, Papa. Zeig mir, dass du es ernst meinst.«

»Das werde ich tun. Und ich werde dich nicht enttäuschen. Das verspreche ich dir. Jetzt komm mal her zu mir.«

Aroon ging um das Krankenhausbett herum, setzte sich auf den Rand und kauerte sich an seine Seite, wie er es oft als kleiner Junge getan hatte. Toni streichelte ihm lange den Kopf und schlief irgendwann darüber ein. Als er aufwachte, war es draußen dunkel, und sein Sohn war gegangen.

In den folgenden Tagen erhielt er morgens, mittags und abends Infusionen. Wenn die Schmerzen zu groß wurden, musste er nur auf einen Knopf drücken. Eine Schwester kam und gab ihm ein Mittel, das schnell seine Wirkung entfaltete. Er hatte sich jahrelang nicht mehr durchchecken lassen und ließ alle Routineuntersuchungen mit einem unguten Gefühl über sich ergehen. Seine Blutwerte waren zwar im Keller, aber ansonsten konnte glücklicherweise nichts festgestellt werden. Mit der richtigen Behandlung und einer vernünftigen Lebensweise würde er bald wieder fit sein.

Tagsüber lag er in seinem Kittel im Bett und studierte Sofies Tagebuch. Er hatte zwar mitbekommen, dass sie mit ihrem neuen Leben überfordert gewesen war, aber auf seine Nachfragen war sie stets ausgewichen. Vielleicht hätte er aufmerksamer sein müssen, vielleicht hätte er mehr nachbohren müssen, aber nach ihrer Rückkehr war so viel zu tun gewesen. Die Behördengänge, die Organisation ihrer standesamtlichen Trauung, das anschließende Fest, die Wohnungssuche, die Studienplatzbewerbung, die Jobsuche und dann die Arbeit. Dabei hatten sie noch ein einjähriges Kind betreut, das in seiner Entwicklung Riesensprünge gemacht und ständig Aufmerksamkeit gefordert hatte. Nur an den Abenden waren sie zu einem persönlichen Gespräch gekommen. Allerdings waren beide so erschöpft gewesen, dass ihnen vor Müdigkeit die Augen zugefallen waren.

Aus einigen Passagen konnte er auch Mut schöpfen. In ihnen beschrieb Sofie kleine Anekdoten aus dem Alltag. An einem sonnigen Märztag hatten sie den Zoo besucht und zur Belustigung ihres Sohnes die Tiere imitiert. Zu Ostern hatten sie sich an einem aufwendigen Fischgericht versucht, das so ungenießbar geworden war, dass sie sich eine Pizza bestellt hatten, um satt zu werden. Sie beschrieb nichts Aufsehenerregendes, aber in jedem ihrer Worte war die große Zärtlichkeit spürbar, die für Aroon und ihn vorhanden gewesen war.

Am Tag seiner Entlassung ließ Toni seinen Worten Taten folgen, wie Aroon es verlangt hatte, und suchte die Psychiaterin auf, die Caren ihm empfohlen hatte. Nach einigen Sitzungen stellte die Ärztin eine Diagnose. Sie hatte Symptome für eine andauernde Persönlichkeitsstörung nach Extrembelastung gefunden, die sich bei ihm in exzessivem Alkoholkonsum, Schlaflosigkeit, Ruhelosigkeit und sozialem Rückzug manifestiert hatte. Ihr Gutachten schützte ihn vor weitreichenden disziplinarischen Maßnahmen. Eigentlich war ihm sein Job nicht mehr wichtig, aber die Ärztin hatte ihn davon überzeugt, dass diese Haltung auf seine mentale Verfassung zurückzuführen war. So einigte er sich mit dem Disziplinarausschuss darauf, dass er sein Gehalt für die Tage zurückzahlen musste, an denen er unerlaubt vom Dienst ferngeblieben war. Auf unbestimmte Dauer wurde er krankgeschrieben.

Nachdem er eine Beratungsstelle aufgesucht hatte, ging er regelmäßig zu den Treffen der Anonymen Alkoholiker. Die Erzählungen der anderen Teilnehmer halfen ihm, sich selbst besser zu verstehen. Zu den offenen Gruppen begleitete ihn Aroon. Jedes Mal, wenn sein Sohn vor allen Anwesenden schilderte, wie er das Trinken seines Vaters erlebt hatte, schämte sich Toni in Grund und Boden. Sofort wusste er wieder, warum er seit Wochen keinen Tropfen mehr angerührt hatte. Und immer wenn er einen Moment der Schwäche durchlebte, rief er sich Aroons Schilderungen ins Gedächtnis.

Im Vergleich zu anderen Alkoholikern war er kein schwerer Fall, der familiäre, soziale und berufliche Bindungen verloren hatte, aber man musste nicht in der Obdachlosigkeit gelandet sein, um zu begreifen, dass die Trinkerei aus dem Ruder gelaufen war. Er hatte kapiert, dass er auf dem besten Weg ins Abseits gewesen war, und zog seine Lehren daraus.

Mit der Zeit fühlte er sich gefestigter und nahm die Suche nach Sofie wieder auf. Durch mehrere Anrufe brachte er den Nachnamen der Engländerin in Erfahrung. Er fand ihre Kontaktdaten heraus und führte ein längeres Telefonat mit ihr, bei dem sie sagte, dass sie im Oktober 1997 aus Goa abgereist und nach London zurückgekehrt sei. Zwischen Januar und Ende

April 1998 habe sie tatsächlich einige Male mit Sofie telefoniert. Sofie habe während dieser Unterredungen angekündigt, dass sie sie besuchen kommen wolle, aber der Plan sei nie konkret geworden. Irgendwann habe sie nichts mehr von ihr gehört und auch selbst keinen Kontakt mehr gesucht. Sie habe angenommen, dass das gegenseitige Interesse erloschen sei.

Toni sah keinen Grund, um ihre Ausführungen anzuzweifeln. Früher hatte er in alle Richtungen gesucht. Er hatte sich nie spezialisieren können, weil es keine konkreten Anhaltspunkte gegeben hatte. Jetzt wusste er, dass Sofie seelische Probleme und eine englische Bekannte gehabt hatte, von der er all die Jahre nichts geahnt hatte.

Toni fragte sich, wie Sofie nackt und ohne Ausweispapiere nach England gekommen sein könnte. Der einzige mögliche Weg war auch der schlüssigste. Von Werder gab es über die Havel, über die Elbe und die Nordsee eine direkte Wasserverbindung nach Großbritannien. Wenn er ein Boot finden würde, das diese Route in der Nacht ihres Verschwindens genommen hatte, würde er vielleicht Sofies Schicksal aufklären.

51

Im Zeitungsarchiv der Potsdamer Bibliothek fand Toni heraus, dass die Inselstadt Werder 1998 um Bootstouristen für das Baumblütenfest geworben hatte. Zu diesem Zweck waren neue Anlegemöglichkeiten geschaffen worden. Es kostete ihn viel Mühe und Zeit, um sich über die damalige Lage ein Bild zu machen. Mehrmals spielte er mit dem Gedanken, sich an Phong zu wenden, der diese Rechercheaufgabe sicher in wenigen Stunden erledigt hätte, aber er hielt sich zurück. Außerdem kam er irgendwann auch zu einem Ergebnis.

Als Anlaufstation für Schiffsführer war von Ende April bis Anfang Mai 1998 im Stadtgebiet Werder die Marina »Porta Sophia« in Frage gekommen. Außerdem hatte die Fischgaststätte »Arielle« Liegeplätze geschaffen. Ansonsten hatte sich der Uferbereich an der Havel vor allem aus Privat- und Sportgrundstücken zusammengesetzt. An der Föhse hatte Anlegeverbot geherrscht. Ein Stück flussabwärts hatte es besser ausgesehen. Die Marina Zernsee war rechtzeitig fertiggestellt worden. Sie hatte über einen Gastliegebereich verfügt und war mit modernen sanitären Anlagen ausgestattet gewesen. Gegenüber hatte sich der Yachthafen Ringel befunden, der ebenfalls über einige Besucherstege verfügt hatte. Glücklicherweise waren alle diese Häfen noch in Betrieb.

Toni stattete ihnen und auch allen anderen Wassersportvereinen in der Region einen Besuch ab, zeigte seinen Dienstausweis vor, den er nie abgegeben hatte, und studierte alle Listen der Mitglieder und Gastanleger. Er suchte nach einem englischen Schiffseigner, nach einem Sportboot, das unter englischer Flagge gelaufen war, oder nach einem Schiff, das zum fraglichen Zeitpunkt aufgebrochen war, um den Ärmelkanal zu überqueren. Er sprach mit Hafenmeistern, Mitgliedern und Präsidenten, aber sie konnten ihm nicht weiterhelfen.

Bei einem seiner Werderaufenthalte begegnete ihm der Sohn

des ersten Opfers. Jan Hartwig hatte sich längere Haare wachsen lassen, und Toni hoffte, dass sich der Schüler wieder gefangen hatte und nichts mehr mit der rechten Szene zu tun hatte. Er war in Begleitung einer jungen Frau unterwegs. Es stellte sich heraus, dass es sich um seine Ex-Freundin handelte, die vor Kurzem von der Baleareninsel Mallorca zurückgekehrt war, um ihn um Verzeihung zu bitten. Die beiden jungen Leute hatten festgestellt, dass sie sich noch liebten. Sie wollten ihrer Beziehung eine zweite Chance geben, und Toni wünschte ihnen viel Glück. Er hoffte, dass ihre Gefühle stark genug waren, um dem Klatsch der Leute standzuhalten.

Während seiner Recherche motivierte er sich häufig, indem er sich vorstellte, wie die Besatzung eines vorbeifahrenden Schiffes Sofie aus dem Wasser zog, um weiter Richtung Großbritannien zu fahren. Es war nur eine These von vielen, aber sie passte so gut, dass er an ihr festhalten wollte. Natürlich hätte das Boot auch woanders seine Reise begonnen haben können, und so weitete er seine Suche immer mehr aus, bis er irgendwann den britischen Sektor des alten Westberlins erreichte. Im Spandauer Ortsteil Gatow hatte die alliierte Besatzungsmacht unter anderem mit dem »Deutsch-Britischen Yacht Club« Spuren hinterlassen.

Toni rief bei dem Segelverein an und fragte nach einem Ansprechpartner, der über die Verhältnisse und Mitglieder des Clubs im Jahr 1998 Bescheid wusste. Er wurde an Dr. Eberhard Lang verwiesen, der über dreißig Jahre Kassenwart gewesen war und das Amt aus gesundheitlichen Gründen niedergelegt hatte. Sie verabredeten sich zum Mittagessen im »Kulturpark Café«.

Vorher schaute Toni noch in der Laube seines Schwiegervaters vorbei, die sich ganz in der Nähe des Treffpunkts befand. Er war schon lange nicht mehr hier gewesen und erinnerte sich daran, wie sie im Garten gesessen und darüber diskutiert hatten, ob sie Sofie für tot erklären lassen sollten. Sie hatten sich nicht einigen können und heftig gestritten. Mit den Fingern befühlte er die weiße verputzte Außenfassade, vor der Sofie wahrscheinlich die Fotos geknipst hatte. Er fand das Schlüsselversteck und trat über die knarrenden Holzdielen ein.

Aroon und Kenan hatten sich die Laube zu einem Büro umgebaut, und sie hatten ganze Arbeit geleistet. Der Innenraum war kaum wiederzuerkennen. Alle Wände und Fußböden waren weiß gestrichen. In dem verandaartigen Vorbau hatten sie zwei Arbeitsplätze eingerichtet. Durch die großen Fensterscheiben sah man über den Garten, auf den öffentlichen Wanderweg und die dahinterliegende Havel. Ein langes Binnenschiff fuhr gerade vorüber, das Schrott geladen hatte. Eine Jolle kreuzte durch das Kielwasser und tanzte auf den Wellen hin und her, bis sich der Kurs wieder stabilisiert hatte.

Toni versuchte sich vorzustellen, wie Sofie sich gefühlt hatte, als sie zwischen Januar und April 1998 hergekommen war. Vermutlich hatte sie Aroon bei ihren Eltern abgegeben. Zu dieser Jahreszeit war sie in der Laubenkolonie allein gewesen und hatte über ihre Situation nachgedacht. Das graue und verregnete Wetter war nicht geeignet gewesen, um ihre Stimmung zu heben. Er fragte sich, warum sie nicht zu ihm gekommen war, und gab sich selbst die Antwort: Vermutlich hatte sie sich bereits in einem Zustand befunden, in dem es ihr nicht mehr möglich gewesen war, sich einer anderen Person anzuvertrauen.

Toni suchte nach einem Möbelstück, auf dem sie sich niedergelassen, nach einem Buch, das sie zur Hand genommen, oder nach einem Teller, von dem sie gegessen haben könnte. Er wollte Kontakt mit ihr aufnehmen, ihre Anwesenheit fühlen, aber er fand keine Spuren von damals. Alles Alte war gegen modernes Inventar ausgetauscht worden. Die Jungs hatten wirklich ganze Arbeit geleistet.

Toni machte sich zu Fuß auf den Weg. Er spazierte an der Havel entlang, und zwischen dem Blattwerk der Flussweiden blitzte immer wieder die Sonne auf. Er erreichte eine Straße mit tiefen Schlaglöchern, die vorbei an dem »Deutsch-Britischen Yacht Club« zum Gutspark Neukladow führte. Auf diesem schön angelegten Gelände waren in der ersten Hälfte des 19. Jahrhunderts zahlreiche Künstler wie Max Liebermann, Max Slevogt oder Gerhart Hauptmann zu Gast gewesen. Über einen lehmigen Weg erklomm er die begrünte Havelhüne, auf der das gelbe Gutshaus stand, das von dem Großvater des späteren Reichskanzlers Bismarck erbaut worden war. Heute war es Veranstaltungsort für Lesungen, Konzerte und Hochzeiten und beherbergte ein Café, das Kuchen und kleine Speisen anbot. Vor der doppelläufigen Eingangstreppe waren auf einer Wiese mehrere Tische, Stühle und Sonnenschirme aufgebaut worden. Von hier aus sah man auf die glitzernde Havel, die Insel Schwanenwerder und den Wannsee, auf dem gerade eine Segelregatta stattfand.

Toni erkannte Dr. Eberhard Lang an seinem Zwergrauhaardackel, der friedlich zu seinen Füßen schlummerte. Der zierliche Mann trug einen hellen Leinenanzug, eine Nickelbrille mit runden Gläsern und einen Panamahut. Seine Aufmachung passte zu dem historischen Ambiente. Sie begrüßten sich mit Handschlag und gaben bei dem aufmerksamen Wirt ihre Bestellung auf. Toni kam gleich zur Sache und erklärte, wonach er suchte.

Dr. Eberhard Lang nippte an seinem Weißwein und sagte beiläufig: »Ja, mir fällt da ein Sportskamerad ein.«

Toni hatte mit einem weiteren Fehlschlag gerechnet, und es dauerte eine Weile, bis er die Bedeutung der Worte verarbeitet hatte. Dann sah er den früheren Kassenwart aus großen Augen an und sagte: »Bitte erzählen Sie.«

52

Am Abend empfing Toni seinen Sohn mit einem gedeckten Tisch. Die Kombüse war erfüllt von dem Geruch nach geschmolzenem Käse. Aroon schaute in den Backofen und sagte: »Hm, Schinkenröllchen.«

»Setz dich schon mal hin«, erwiderte Toni. »Ich möchte etwas mit dir besprechen.« Er stellte zwei Flaschen Kräuterbionade auf den Tisch, schüttete die Kartoffeln in eine Schüssel und holte die Auflaufform. Nachdem er beide Teller gefüllt hatte, zwängte er sich in die Bank und wünschte einen guten Appetit.

»Was ist los?«, fragte Aroon kauend.

Toni berichtete von seiner These, dass Sofie von einem vorbeifahrenden Boot nach England gebracht worden sein könnte, und beobachtete dabei, wie der Blick seines Sohnes sich verfinsterte. In seiner Erzählung war Toni gerade bei dem Treffen mit dem ehemaligen Kassenwart des »Deutsch-Britischen Yacht Clubs« angekommen, als Aroon seine Gabel auf den Tisch knallte und sagte: »Die Psychiaterin hat gesagt, dass du endlich Abschied nehmen musst.«

Toni griff nach der Hand seines Sohnes. »Ich weiß, dass du dir Sorgen machst, aber ich kann nicht anders. Ich liebe deine Mutter immer noch. Und solange ich nicht weiß, was mit ihr geschehen ist, werde ich keine Ruhe finden.«

Aroon zog seine Hand zurück und lud sich das nächste Schinkenröllchen auf. »Was hat der Kassenwart gesagt?«

»Herr Lang konnte sich erinnern, dass sie am 30. April 1998 auf dem Vereinsgelände in den Mai getanzt sind. Es war gleichzeitig das Abschiedsfest für einen hohen Offizier der Royal Air Force, der auf dem Flughafen Gatow stationiert gewesen war. Beim Abzug der Alliierten wurde er 1994 in den Ruhestand versetzt und hatte eigentlich vor, seinen Lebensabend in Kladow zu verbringen, aber nach vier Jahren war sein Heimweh so groß, dass er mit seiner Frau auf die Kanalinsel Jersey ziehen wollte, wo sich ihre Tochter niedergelassen hatte. Anfang Mai ist er dann mit seinem Boot aufgebrochen. An das genaue Datum kann sich Herr Lang nicht erinnern, aber die Schiffsroute führte an der Stelle vorbei, wo Sofie ins Wasser gegangen ist.«

»Hast du den Luftwaffenoffizier ausfindig gemacht?«

»Er und seine Frau sind vor zehn Jahren bei einer Atlantiküberquerung verschollen, aber ich habe die Nummer seiner Tochter herausbekommen und mit ihr telefoniert. Sie sagte, dass ihre Eltern am 10. oder 11. Mai 1998 in Jersey eingetroffen seien. Einen Passagier hätten sie nicht an Bord gehabt und auch nicht von einem solchen erzählt.«

»Dann war es das wohl.«

»Nicht unbedingt. Der einzige Grund, nach Großbritannien zu gehen, wäre für deine Mutter eine Bekannte gewesen, die in London lebte. Was hätte sie auf Jersey tun sollen? Ich vermute, dass das englische Ehepaar sie irgendwo an Land gesetzt hat, und das würde auch erklären, warum sie ihrer Tochter nichts gesagt haben. Sofie hatte nämlich keine Ausweispapiere bei sich.«

»Das verstehe ich nicht.«

»Nun, die Tochter erzählte, dass das Verhältnis zu ihren Eltern schwierig gewesen sei. Sie wollten nach Jersey ziehen, um endlich Frieden zu schließen, um mehr Zeit mit den Enkelkindern zu verbringen und die familiären Bande zu festigen. Dieses sensible Vorhaben hätten sie ganz sicher nicht begonnen, indem sie erzählten, wie sie einer illegalen Einwanderin beim Grenzübertritt geholfen haben.«

»Okay, das wäre eine Erklärung. Aber warum sollten sie Mama überhaupt geholfen haben?«

»Das weiß ich noch nicht, aber ich habe einen Plan. Ich werde ihn nur umsetzen, wenn du einverstanden bist. Wir entscheiden das zusammen.«

»Ist das so?«

»Ich möchte ein Jahr unbezahlten Urlaub nehmen, um nach England zu reisen und den neuen Spuren nachzugehen. Dazu möchte ich gerne das Hausboot verkaufen und einige Pfandbriefe auflösen.«

»Auf keinen Fall. Wir behalten das Hausboot. Es ist unser Zuhause. Ich hab eine halbe Million Euro auf dem Konto und keine Ahnung, was ich mit dem Geld anfangen soll. Es zu verdienen, war nicht schwer, aber es anzulegen, ist eine komplizierte Angelegenheit. Sag mir einfach, wie viel du brauchst, und du bekommst es.«

»Das kann ich nicht annehmen.«

»Bitte keinen falschen Stolz, Papa. Das ist die beste Spur, die du jemals hattest. Wenn du unbedingt weitersuchen musst, möchte ich dich unterstützen. Du hast früher zwar viel getrunken, aber du warst auch immer für mich da. Das ist meine Gelegenheit, etwas zurückzuzahlen.«

»Einverstanden«, sagte Toni und war stolz auf seinen Sohn. »Du könntest eine Weile bei Oma und Opa unterkommen, damit du nicht alleine bist. Ich hab schon mit ihnen telefoniert. Die beiden würden sich freuen. Und in den Semesterferien besuchst du mich, und wir machen zusammen Urlaub.«

»Urlaub? Das wäre toll.«

Sie sprachen eine Weile über englische Kultur und Geschichte, bis sich Aroon das letzte Schinkenröllchen auflud und sagte: »Ich werde wohl nie richtig verstehen, warum du es nicht aufgibst. Selbst wenn Mama es nach England geschafft haben sollte, ist sie entweder tot, oder sie will nichts mehr mit uns zu tun haben. Vielleicht hat sie eine neue Familie gegründet, vielleicht ist sie jetzt viel glücklicher als früher.«

Toni dachte über die Worte seines Sohnes nach. Dabei sah er vor seinem geistigen Auge, wie Sofie in einem englischen Garten stand und Wäsche aufhängte. Rothaarige Kinder tollten um sie herum. Würde er sie in einer solchen Situation mit ihrer Vergangenheit konfrontieren? Würde er sie zur Rede stellen und ihr Vorwürfe machen? Er wusste es nicht. Er würde wohl spontan entscheiden und sich von seinen Gefühlen leiten lassen. Jedenfalls war er sich sicher, dass die Auflösung ihres Schicksals ihm Frieden schenken würde.

53

Als Toni einige Wochen später auf die Autofähre fuhr, die ihn nach Dover bringen sollte, fühlte er sich befreit. Die Beurlaubung war bewilligt worden, und zum ersten Mal seit Sofies Verschwinden konnte er sich ohne berufliche Zwänge oder Geldsorgen auf die Suche nach seiner Frau begeben. Er wusste, dass er eine Reise mit ungewissem Ausgang angetreten hatte, aber allein der Gedanke, seine ganze Routine und Ausdauer einbringen zu können, beflügelte ihn.

Er begann seine Recherche entlang der Küstenstädte, an denen Sofie an Land gegangen sein könnte. Er suchte Häfen, Busbahnhöfe, Bahnstationen, Krankenhäuser und Hotels auf, er telefonierte mit früheren Mitarbeitern und verschickte ihr Foto tausendfach in E-Mails. Er richtete einen Blog in englischer Sprache ein, hängte Plakate auf und schaltete Suchanzeigen. Zwischendurch stellte er immer wieder Ermittlungen in London an. Er hielt es für möglich, dass Sofie ihr Ziel erreicht hatte und in der Millionenstadt etwas passiert war. Regelmäßig sprach er in Polizeirevieren und Redaktionen von Lokalzeitungen vor, aber die Anhaltspunkte waren seinen Gesprächspartnern nicht stichhaltig genug, um ihn zu unterstützen.

Der raue Charme der Küstenstädte stimmte Toni philosophisch, und am Abend zog er sich in sein Pensionszimmer zurück, um zu lesen. Dank seiner Abstinenz brachte er genügend Konzentration auf, um sich auf die Bücher einzulassen und sich mit dem Inhalt auseinanderzusetzen. Er las seine früheren Literaturhelden wie Hesse, Remarque, Roth, die Familie Mann, Hemingway, Dostojewski, Tolstoi, Camus und Sartre mit verändertem Blick und entdeckte auch zahlreiche Autoren der Gegenwart, die ihm moderne Perspektiven eröffneten.

Früher hatte er oft das Gefühl gehabt, dass die Suche nach Sofie ihn von sich selbst entfernt hatte. Heute brachte sie ihn dazu, sein verschüttetes Ich wiederzuentdecken. Er war verwundert, wie schnell seine Offenheit und Menschenfreundlichkeit zurückkehrten. Obwohl er zuversichtlich gestimmt war, übte er sich gleichzeitig in Demut. Bei der Suche waren Fehlschläge vorprogrammiert, und diese durften ihn nicht aus der Bahn werfen. Er bewältigte einen Schritt nach dem anderen und vermied es ganz bewusst, über die Zukunft nachzudenken.

Im August besuchte ihn Aroon für vier Wochen. Es war ihr erster gemeinsamer Urlaub, und sie hatten keine Probleme, sich in der neuen Rolle zurechtzufinden. Sie segelten zu kleinen Inseln, machten Wandertouren durch karge Gebirgslandschaften und besuchten mittelalterliche Burgen. An den Abenden führten sie Männergespräche bei gesüßtem Tee. Manchmal redeten sie auch über Kenan.

»Was wirst du tun, wenn du Mutters Schicksal aufgeklärt hast?«, fragte sein Sohn. »Wirst du ihn verfolgen?«

»Ich weiß es nicht«, erwiderte Toni. »Ich kann nachvollziehen, warum er so gehandelt hat, aber ich kann es nicht gutheißen. Wo kämen wir hin, wenn sich jeder so verhielte?«

»Kenan ist nicht jeder, aber ich verstehe, was du meinst. Du bist ein Polizist und musst den Rechtsstaat verteidigen. Für dich bemisst sich die begangene Schuld an dem Gesetz und dem Urteil des Richters, aber für mich hat er seine Schwester gerächt wie in den Filmen, die wir manchmal gesehen haben. Er kann immer noch mein Freund sein.«

»Das ist deine Entscheidung.«

»Außerdem glaube ich nicht, dass du ihn kriegen würdest.«

»Wenn die Polizei jemanden verhaften will, dann bekommt sie ihn auch.«

»Nein. In diesem Fall nicht. Du glaubst vielleicht, dass ich gut Schach spielen kann, aber gegen Kenan habe ich meistens verloren. Er ist ein hervorragender Stratege und denkt immer mehrere Schritte im Voraus. Er wird sich niemals erwischen lassen.«

Toni sah seinen Sohn ernst an, dann entspannte sich sein Gesicht wieder, und er sagte: »Ich hab übrigens eine neue Eröffnung einstudiert. Damit fege ich dich in zwölf Zügen vom Brett.«

»Wer es glaubt, wird selig«, erwiderte Aroon schmunzelnd und baute die Figuren auf. »Wer verliert, muss morgen früh einkaufen gehen.«

»Einverstanden«, sagte Toni und machte den ersten Zug.

Es war eine Zeit, in der sie sich unter völlig veränderten Voraussetzungen kennenlernten. Es waren kostbare Tage, in denen sie einen tiefen Blick in die Gedankenwelt des anderen tun und einander näherkommen konnten. Der Urlaub ging viel zu schnell vorüber, und sie verabredeten, im nächsten August wieder gemeinsam zu verreisen und dann endlich in die Bretagne zu fahren.

Nachdem Aroon abgeflogen war, setzte Toni seine Suche mit unverminderter Gründlichkeit fort. Der Herbst kam, die Blätter verfärbten sich gelb, orange und rot und segelten in anmutigen Pirouetten zu Boden. Immer häufiger fegten Regenschauer über die Insel, und die Menschen hüllten sich in dicke Jacken.

Es war ein nasskalter Morgen im November, als Toni auf den Parkplatz des Addenbrooke's Hospital fuhr. Das große Lehrkrankenhaus lag in Cambridge, wo zahlreiche Busse und Bahnen nach London abgingen. Am Empfang erkundigte er sich nach einem Ansprechpartner und wurde zu einer Oberschwester in der Notaufnahme geschickt, die ihm eine Kollegin nennen konnte, die zum fraglichen Zeitraum in der Ambulanz gearbeitet hatte und mittlerweile in einer anderen Abteilung tätig war.

Toni stapfte durch gebohnerte Gänge, wich Patienten auf Krücken aus und fuhr mit einem Fahrstuhl in ein anderes Stockwerk. Er war telefonisch angekündigt worden und musste sich in einer Warteecke gedulden, bis eine korpulente grauhaarige und beherzte Endfünfzigerin ihn mit einem kräftigen Handschlag begrüßte. Sie nahm das Foto von Sofie entgegen, und Toni sah sofort eine Reaktion in ihrem Gesicht.

»Kennen Sie sie etwa?«

Die Schwester wollte ihm die Porträtaufnahme zurückreichen.

»Nein, nein«, sagte Toni. »Bitte sehen Sie noch einmal hin.«

»Das ist nicht nötig«, erwiderte die Schwester. »Manche Gesichter vergisst man nicht.«

Sie erzählte, was sie wusste, und es stellte sich heraus, dass im Mai 1998 eine übermüdete Schwester des Addenbrooke's Hospital namens Anne Bradshaw in der Nähe des Busbahnhofs eine Ampel übersehen hatte und eine Fußgängerin mit hoher Geschwindigkeit angefahren hatte. Die junge Frau war mit schweren Kopfverletzungen in die Notaufnahme gebracht und operiert worden. Sie hatte ein Schädel-Hirn-Trauma erlitten und war nach einigen Wochen von der Intensivstation ins Trauma-Center verlegt worden.

Die Patientin hatte keine Ausweispapiere bei sich gehabt, aber aufgrund ihrer roten Haare, der englischen Kleidung und der Pfundnoten, die sie in der Tasche gehabt hatte, war man davon ausgegangen, dass sie eine britische Staatsbürgerin war. Vergeblich hatte man nach ihren Angehörigen gesucht.

Zwei Jahre später war die Unfallverursacherin in den Ruhestand getreten. Anne Bradshaw hatte schon bei ihrer ersten polizeilichen Vernehmung zugegeben, dass sie am Steuer eingenickt war. Sie hatte sich schwere Vorwürfe gemacht und schließlich die Komapatientin zu sich genommen, um sie zu pflegen und ihre Schuld wiedergutzumachen.

»Sind Sie sich ganz sicher, dass sie die junge Frau zu sich nach Hause genommen hat?«, fragte Toni.

»Ja«, erwiderte die Schwester. »Ich weiß allerdings nicht, ob sich die Patientin heute noch in ihrer Obhut befindet und ob sie überhaupt noch lebt. Außerdem hatte sie Gesichtsverletzungen erlitten. Deshalb bin ich mir nur zu neunundneunzig Prozent sicher, dass sie die junge Frau von dem Foto ist. Wenn Sie möchten, suche ich Annes Adresse heraus. Sie ist in ihre alte Heimat gezogen.«

»Das wäre sehr freundlich. Vielen Dank.«

Anne Bradshaw war mittlerweile über achtzig Jahre alt und lebte in Cromer, einer Kleinstadt mit knapp achttausend Einwohnern, die an der Nordküste der Grafschaft Norfolk lag. Die Distanz betrug fünfundachtzig Meilen, und die schnellste Route über Thetford und Norwich würde etwas länger als zwei Stunden dauern.

Toni startete den Motor und fuhr los. An den Straßenrändern stauten sich Pfützen, die gepflügten Äcker glänzten bleigrau, und die Äste der Bäume bogen sich unter dem Ansturm neuer Böen. Toni hatte keinen Blick für die Herbstlandschaft. Er hatte schon auf der Insel Töplitz gedacht, am Ende seiner Suche angelangt zu sein. Damals hatte er sich getäuscht. Sollte er seine Frau endlich gefunden haben?

Anne Bradshaw lebte am Cliff Drive, aber er machte einen Umweg und parkte in der Nähe des viktorianischen Piers. Er fürchtete sich davor, enttäuscht zu werden, und zögerte den Besuch hinaus. Cromer war bekannt für seine Krabben, und in einer urigen Gaststätte nahm er ein paar Krustentiere mit einer würzigen Sauce zu sich. Erst nachdem er sich gestärkt hatte, machte er sich auf den Weg.

Am East Beach lagen einige Fischerboote. Unablässig rollten Wellen heran, türmten sich auf und brachen am Strand. Das Getöse wurde nur übertönt durch das Kreischen der Möwen. Mit wenigen Schlägen gewannen die Vögel an Höhe, breiteten die Flügel aus und ließen sich von der nächsten Böe fortreißen. Als der Regen kurz aussetzte, war die Luft weiterhin erfüllt von Feuchtigkeit und einem salzigen Geschmack.

Toni stapfte den asphaltierten Küstenweg unterhalb des Cliff Drives hoch und merkte erst jetzt, dass die Eingänge der Häuser auf der Landseite lagen. Er wollte nicht über die Gartenmauer klettern, deshalb musste er ein ganzes Stück weitergehen, bis der Fußweg einen weiten Bogen nahm und von hinten in das Wohngebiet führte. Alles sah nach gehobenem Mittelstand aus.

Anne Bradshaw lebte in einem weißen Fachwerkhaus, das von einem gepflegten Garten umgeben war. In der gepflasterten Einfahrt stand ein italienischer Kleinwagen. An der Fußgängerpforte drückte Toni auf den Klingelknopf. Es dauerte eine halbe Minute, bis in der Eingangstür eine alte Dame erschien und gegen den heulenden Wind anschrie: »Die Gegensprechanlage ist kaputt. Was wollen Sie?«

Toni unternahm mehrere Anläufe, sein Anliegen auf diese Distanz zu erklären, und machte dabei offenbar einen so vertrauenswürdigen Eindruck, dass sich Anne Bradshaw einen Regenmantel überwarf und ans Gartentor trat. Endlich fand er die richtigen Worte, und je länger er sprach, desto weicher wurde das Gesicht der alten Dame. Ihre Lippen zitterten, und sie schlug die Hände vors Gesicht. Mehrmals bewegte sie den Kopf hin und her, dann öffnete sie die Gartenpforte und fasste ihn am Ärmel.

»Kommen Sie«, sagte sie.

Toni folgte Anne Bradshaw über den Weg, sie betraten den Eingangsbereich, in dem sich eine überfüllte Garderobe und eine Treppe befanden. Sie durchquerten das Wohnzimmer, das schon deutlich heller war, und betraten schließlich die Veranda, die mit großen Panoramafenstern ausgestattet war und einen phantastischen Blick auf die Nordsee bot.

Bis zum Horizont schob der stürmische Wind Wolken zu einer dunklen Masse zusammen. An vereinzelten Stellen klafften Lücken auf. Sonnenstrahlen drangen hindurch und trafen auf das graue Meer, wo kleine silbrige Flächen entstanden, die schnell ihre Form variierten und sich plötzlich auflösten, um an anderer Stelle wieder zu erscheinen. Es war ein Naturschauspiel, dem man stundenlang zuschauen konnte.

Endlich traute sich Toni, hinüberzublicken. Vor dem Panoramafenster stand ein Krankenhausbett, und in diesem Krankenhausbett lag eine zierliche Frau mit kurzen roten Haaren. Ihre Augen waren einen Spaltbreit geöffnet. Sie hatte sich verändert, aber Toni fand sie unbeschreiblich schön.

»Sofie«, sagte er rau, kniete neben ihr nieder und ergriff ihre Finger. »Sofie, Sofie, Sofie ...« Er wusste nicht, wie lange er ihren Namen sagte oder wie oft er seine Stirn an ihre Hand drückte. Es mochte dreißig Sekunden oder eine halbe Stunde gedauert haben, aber irgendwann bewegte sie den Kopf und brachte einen gehauchten Ton hervor.

»Oh Gott«, sagte Anne Bradshaw. »Das kann eigentlich nicht sein, aber ... ich glaube ... sie hat Sie erkannt.«

Epilog

Die Wahrscheinlichkeit, dass ein Mensch, der so lange wie Sofie im Koma gelegen hatte, wieder ein Bewusstsein erlangte, war geringer als ein Lottogewinn. Trotzdem geschahen diese »Wunder« immer wieder.

Ein Bahnangestellter aus Polen hatte sich nach einem schweren Arbeitsunfall neunzehn Jahre lang nicht gerührt und nicht gesprochen. Irgendwann machte er Laute, die zunächst keinen Sinn ergaben. Seine Motorik besserte sich von Tag zu Tag. Mittlerweile konnte er wieder mit seiner Frau speisen und sich leise unterhalten.

Eine US-Amerikanerin lag nach einem Verkehrsunfall zwanzig Jahre im Wachkoma. Sie wirkte völlig apathisch, bis sie eines Morgens zu ihrer Mutter »Hi Mum!« sagte. Mittlerweile konnte sie sich an die Zeit vor der Verletzung erinnern. Ihr Verstand war zurückgekehrt.

Eine andere US-amerikanische Patientin, die während eines Kaiserschnitts ins Koma gefallen war, hatte in sechzehn Jahren nur kleine Anzeichen von Bewusstsein gezeigt, bis sich plötzlich, innerhalb kürzester Zeit, ihr Zustand gebessert hatte. Mittlerweile konnte sie wieder Mitteilungen verfassen, sie legte selbstständig Make-up auf und erkundete auf Spaziergängen die Umgebung.

Wenn Ärzte dieses Phänomen erklären sollten, schüttelten sie nur die Köpfe. Es gab keine medizinische Begründung. Einmal war es ein Fußballmatch gewesen wie bei dem vierzehnjährigen Dawid, der ein glühender Fan von Cristiano Ronaldo gewesen war. Seine Eltern hatten ihn jeden Auftritt seines Idols mithören lassen. In dem Moment, als der portugiesische Stürmerstar seine Nationalelf im Entscheidungsspiel zur Weltmeisterschaftsteilnahme geschossen hatte, in dem Moment, als tosender Jubel aus den Lautsprechern gebrandet war, hatte der Junge vor Glück die Augen aufgeschlagen.

Bei anderen Komapatienten waren es sensorische Reize gewesen, die Nervenbahnen stimuliert und eine Kettenreaktion in Gang gesetzt hatten. Manchmal waren es ungewöhnliche Gerüche oder Klänge gewesen. Anne Bradshaw hatte mehrfach gesagt, dass es seine vertraute Stimme gewesen war, die Sofie zurückgeholt hatte.

Am Anfang der Rehabilitation war Toni unsicher gewesen, ob es überhaupt ihrem Wunsch entsprach, dass sie wieder vereint waren. Immerhin hatte sie ihn – aus welchem Grund auch immer – vor sechzehn Jahre verlassen, aber seine Gegenwart ließ sie förmlich aufblühen. Mit kleinen Gesten zeigte sie ihm ihre Zuneigung.

In Begleitung der überglücklichen Großeltern kam Aroon zu Besuch. Schon bei dem ersten Wiedersehen stellte sich eine solche Vertrautheit ein, wie es wohl nur zwischen einer Mutter und ihrem Kind möglich war.

Sofie kämpfte wie eine Löwin und machte Riesenfortschritte. Wenn sie mental gefasst war, versuchte Toni die damaligen Ereignisse zu rekonstruieren, aber ihr Gedächtnis war lückenhaft. Tatsächlich war sie wohl in die Havel gegangen, um sich das Leben zu nehmen. Im Wasser hatte sie es sich jedoch anders überlegt. Das britische Ehepaar hatte sie ins Boot gezogen, aber sie konnte sich nicht erinnern, was sie ihnen erzählt hatte, um mitgenommen und an der englischen Küste abgesetzt zu werden. Sie wusste auch nicht, ob sie Pfundnoten bekommen hatte und ob sie die Kleidung von der Offiziersgattin erhalten oder in einem Küstenort gekauft hatte. Der Unfall war komplett ausgelöscht. Es gab viele Dinge, die aufgearbeitet werden mussten, aber ihre Genesung hatte oberste Priorität.

Als Toni im Januar zurück nach Deutschland kam, war er unschlüssig, was er wegen Kenan unternehmen sollte. Er wusste nur, dass er aufgrund seiner Bekanntschaft und der Freundschaft seines Sohnes persönlich befangen war. Deshalb kam er zu der Überzeugung, dass andere die Entscheidung treffen sollten.

Er verfasste einen Bericht über die Suche und Auffindung seiner Frau. Er erklärte, wie und zu welchem Zweck ihre Sachen in der Waldhütte deponiert worden waren. Er schrieb alles auf, was er über Kenan und seine Schwester Anahita herausgefunden hatte, und kam zu dem Fazit, dass Reiner Stein nicht für die Tötung von Klaus Hartwig und Olaf Wendisch verantwortlich war und dass der Täter auf freiem Fuß war. Sicherlich hätte ein Anwalt andere Erklärungen für die Auffindung von Sofies Sachen in der Waldhütte vortragen können, aber sie hätten in den Ohren jedes erfahrenen Richters wie Phantastereien geklungen.

Toni tütete seine Ausführungen ein und schickte sie an den Mordkommissionsleiter Schmitz, der weder zum Leiter des Führungsstabes ernannt noch zum Kriminaloberrat befördert worden, sondern noch immer in seiner alten Position tätig war. Es wurde gemunkelt, dass man ihm die Aufgabe nicht zugetraut hätte. Außerdem versendete Toni eine Kopie an den Polizeipräsidenten. Von beiden Männern erhielt er keine Antwort.

Gesa und Phong hatten mittlerweile einen neuen Teamleiter erhalten. Toni hatte die Kollegen zum Grünkohlessen eingeladen, aber wegen neuer Fälle hatten sie den Termin schon mehrmals verschieben müssen. Von der Staatsanwältin Caren Winter hatte er nichts mehr gehört.

Und endlich war es so weit.

An einem klirrend kalten Februartag stand Toni an der Neustädter Havelbucht und beobachtete, wie ein Krankentransporter auf den Parkplatz einbog. Ein Pfleger stieg aus und bot ihm an, seine Frau mit dem Rollstuhl zu fahren, aber das kam nicht in Frage. Toni kletterte in den Innenraum, legte ihre Arme um seinen Hals und trug sie den Uferweg entlang. Er roch an ihrem Haar, das nachgewachsen war. Die nackten Äste der Bäume stachen in den strahlend blauen Himmel, und die Luft war klar. Sofie schmiegte ihren Kopf an seine Brust und flüsterte ihm etwas zu, das nur für ihn bestimmt war. Er küsste sie zärtlich auf den Scheitel und spürte, wie ihr Leib zu zucken begann und es an seiner Kehle nass wurde. Dann ging er über den stählernen Steg und kletterte auf das Hausboot.

Nach fast siebzehn Jahren war seine Frau nach Hause gekommen.

Danksagung

Dank an die Feuerwehrleute Steffen Agatz, Christian Franke und Heiko Zemlin, die sich nach einem anstrengenden Nachteinsatz viel Zeit für meine Fragen genommen haben, und an den Fischer Nick Berner, der mir bei einem spontanen Interview interessante Einblicke in sein Handwerk gegeben hat.

Dank an meinen Agenten Dirk R. Meynecke für die angenehme und fruchtbare Zusammenarbeit, an meinen Lektor Carlos Westerkamp für die hilfreichen Kommentare und an meine Frau Steffi, die mir als erste Testleserin immer wertvolle Rückmeldungen gibt.

Tim Pieper
MORD UNTER DEN LINDEN
Broschur, 272 Seiten
ISBN 978-3-89705-914-6

»Spannender Fall zu Berlins Kaiserzeit!«   Histo-Couch.de

»Ein äußerst kurzweiliger, interessanter historischer Krimi, der sich schon von der Thematik her aus der Masse abhebt. Eine volle Empfehlung für vergnügliche Lesestunden!«   Leser-Welt.de

»Tim Pieper präsentiert uns einen grandiosen Kriminalroman.«
Buchrezicenter.de

www.emons-verlag.de

Tim Pieper
MORD IM TIERGARTEN
Broschur, 256 Seiten
ISBN 978-3-95451-178-5

»›Mord im Tiergarten‹ ist ein kritischer Rückblick auf die deutsche Geschichte in einem hochspannenden Krimi verpackt.«
Berliner Kurier

»Bei der spannenden Suche nach Täter und Tatmotiv erfährt der Leser viel über die gesellschaftlichen Verhältnisse im Berlin des ausgehenden 19. Jahrhunderts. Kaufempfehlung.« Ekz

»Hervorragend, spannend, mehr davon!« Histo-Couch.de

www.emons-verlag.de